The Reincarnated Assassin
Is a Swordmaster

환생한 암살자는
검술 천재

TITAN

I

The Reincarnated Assassin
Is a Swordmaster

환생한 암살자는 검술 천재

글개미 장편소설

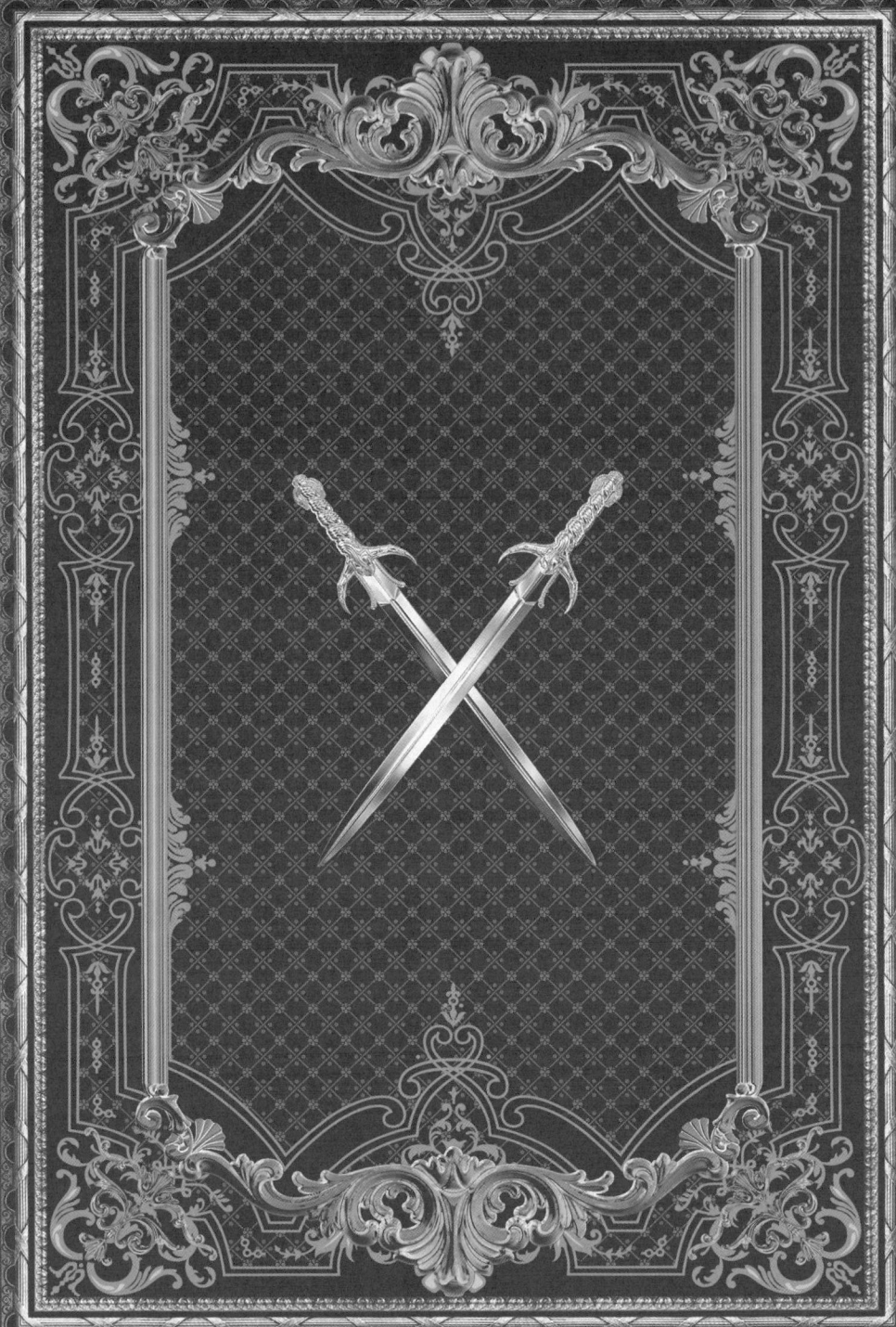

CONTENTS

1장 ⋯⋯ 007

2장 ⋯⋯ 075

3장 ⋯⋯ 303

환생한 암살자는
검술 천재

제1화

난 죽는다.

서늘한 밤바람도, 반만 고개를 내민 달빛도, 암살자로 살아온 감각도 모두 같은 말을 속삭인다.

난 곧 죽는다고.

주변을 둘러보았다.

양털처럼 폭신해 보이는 정원의 수목들 사이로 수많은 샛길이 나 있었다.

하지만 살아 나갈 수 있는 생로는 없다. 죽음의 악취가 흐르는 사로뿐이다.

"라온."

심장을 묵직하게 짓누르는 목소리에 고개를 들었다. 서리를 빚은 듯한 은발을 길게 늘어뜨린 중년인이 보인다.

이 자다.

데루스 로베르트.

로베르트 가문의 주인인 이 남자 한 명 때문에 이 거대한 정원 전체가 죽음의 늪처럼 진한 사기를 뿜어냈다.

"예."

마른침을 삼키고 입을 열었다.

"넌 그림자의 수장이라는 자리에 걸맞은 실적을 보여 주었다. 네가 음지에서 움직여 준 덕분에 가문의 성장세가 더욱 빨라졌어."

"할 일을 했을 뿐입니다."

기쁜 척도, 기쁘지 않은 척도 하지 않았다. 감정이 없는 목각 인형처럼 머리를 조아렸다.

"그런데 라온."

그가 나지막하게 운을 뗐다.

"넌 그림자에게 자유가 필요하다고 생각하나?"

데루스가 손을 뻗었다. 바닥에 비치는 그의 그림자가 똑같이 손을 내밀었다.

"그림자는 주인을 따르면 그만이다. 생각도, 감정도, 마음도 필요 없다."

"맞습니다."

"그걸 알면서 왜 네 스스로 움직였지?"

급격하게 차가워진 데루스의 목소리가 심장을 꽉 조였다.

"세뇌는 어떻게 풀었고."

등골 사이로 오싹한 소름이 돋아 올랐다. 놀란 척을 하지 않기 위해서 혀를 깨물었다.

뭐지?

이전과 다른 언행은 조금도 하지 않았는데, 세뇌가 풀린 걸 어떻게 알았는지 모르겠다.

"말해라. 세뇌를 언제, 어떻게 풀었지?"

이렇게까지 나오면 이미 모든 것을 알고 있다는 뜻이었다.

"어떻게 아셨습니까?"

입술을 깨물며 고개를 들었다.

세뇌.

그건 로베르트 가문이 암살 단체 '그림자'를 운용하는 방법이다.

놈들은 어린아이들을 납치 혹은 구매해 와서 감정을 죽이고, 세뇌를 걸어 평생을 암살자로 사용한다.

나도 세뇌에 걸렸었지만, 우연히 얻은 기연 덕분에 그 지독한 족쇄를 풀어낼 수 있었다.

"네가 가문에서 도망칠 준비를 하고 있었으니까."

데루스가 여유롭게 말을 이었다.

"너를 포함한 그림자의 암살자들에겐 두 개의 목줄을 채워 놓았다. 첫 번째는 세뇌 그리고 두 번째는…."

"크헉!"

폐와 심장을 톱으로 써는 듯한 통증에 나도 모르게 비명이 터져 나왔다.

"레이지 웜이다. 네 몸속에 넣어 둔 벌레가 내 명령에 따라 심장을 파먹고 있지."

"레, 레이지 웜…."

레이지 웜은 노예의 감정마저 파악할 수 있는 최악의 주술이다.

데루스는 레이지 웜을 이용하여 내가 가문에서 도망치려던 것을 알아차렸던 것 같다.

"고, 공명정대한 척은 혼자 다 하면서 세뇌도 모자라, 레이지 웜까지 먹였던 건가? 이 지독한!"

"지독한 게 아니라, 철저한 거다. 실제로 넌 세뇌를 풀었지 않나."

데루스가 대외적으로 보여 주는 다정한 눈빛으로 웃었다.

"사람은 누구나 가면을 쓰고 살아간다는 말이 있지. 내 가면은 남들보다 조금 두껍고 특별할 뿐이야."

"데루스 로베르트…."

이를 악물었다. 심장이 반으로 쪼개지는 듯한 고통을 참으며 몸을 일으켰다.

아무것도 못 하고 죽을 수는 없어.

난 제대로 기억조차 나지 않는 나이에 납치되어 로베르트 가문의 음지에서 사냥개이자, 암살자로 사육되었다.

감정도, 마음도 잃은 채로 살아가다가 기연을 얻어 간신히 세뇌에서 벗어날 수 있었다.

이제야 내 의지대로 살 수 있다고 생각했지만, 돌아온 건 철창을 벗어날 열쇠가 아니라 죽음의 족쇄였다.

내가 대체 무슨 죄를 지었길래 이런 개 같은 삶을 살아야 하는 건지 모르겠다.

망할!

말라붙었던 감정의 우물에 붉은 물이 차오른다. 처음으로 느끼는 분노였다.

"그 상태에서 일어선다고?"

데루스의 눈동자에 작은 흔들림이 피어났다.

"마지막까지 꼴사납게 죽진 않겠다."

허리춤에 매단 검을 쥐었다.

정원에 들어오며 느낀 죽음의 감각은 변하지 않았다.

난 여기서 죽는다.

어차피 죽는다면 그냥 가진 않겠다. 최소한 팔 하나 아니, 상처 하나라도 만들고 죽겠다.

"으아아아아!"

단전에 가득 찬 오러를 폭발시키며 검을 내질렀다.

그 순간.

뻗어 나가던 칼날이 반으로 뚝 부러졌다.

딸칵.

목에 걸고 있던 목걸이가 땅으로 떨어지는 소리가 들린다.

세계가 회전하며 데루스의 차가운 눈동자가 뒤집히고, 달이 거꾸로 섰다.

아….

이제야 알았다. 내 목이 데루스의 검에 잘려 나갔다는 걸.

하지만 암살자의 검은 보이는 게 전부가 아니다.

부러진 검날 뒤에 숨은 섬뜩한 오러가 데루스의 허연 얼굴을 향해 날아갔다.

"추잡하군."

데루스는 귀찮다는 듯 손을 저었다. 파리를 쫓는 듯한 가벼운 손짓에 마지막 검격이 촛불처럼 꺼졌다.

역시나….

데루스는 대륙 최강이라 칭해지는 무인. 내가 이기지 못하는 건 당연한 일이다.

놈은 강하고, 난 약하니까. 어쩔 수 없지. 그래, 어쩔 수 없…을 리가 있나!

가슴 밑바닥에서 번져 가던 분노가 용암처럼 끓어올랐다.

데루스에게 평생을 농락당한 게 억울했고, 기연으로 얻은 '불의 고리'를 완성 시키지 못하는 게 미치도록 아쉬웠다.

이대로 죽을 수는 없어.

신도, 악마도 좋다.

무슨 수를 써서라도 데루스의 가면을 벗기고 놈의 목을 베겠다는 분노가 전신을 가득 메운 순간 내 세계가 빨갛게 멎었다.

"음….'

데루스 로베르트가 오른손을 들어 올리며 인상을 찌푸렸다.

'분명 막았거늘.'

저 쓰레기가 마지막에 내지른 검격을 완벽하게 차단했음에도 손등에 작은 상처가 벌어졌다.

피가 흐르는 상처라니, 몇 년 만인지 모르겠다.

'어이가 없군.'

놈은 스스로 세뇌를 풀었고, 레이지 웜의 고통을 견뎠으며, 자신에게 상처까지 입혔다.

소모품으로 사육한 사냥개에게 무슨 일이 있던 건지 당혹스러웠다.

'다만.'

라온은 이미 죽었다. 상식을 벗어난 놈이었지만, 더 이상 신경 쓸 필요는 없었다.

"치워라."

데루스가 등을 돌리자, 정원의 그림자에 숨어 있던 무인들이 튀어나와 라온의 시체로 다가갔다.

우우웅.

뻘건 핏물에 잠긴 라온의 목걸이가 푸른빛을 내뿜었지만, 그걸 볼 수 있는 사람은 아무도 없었다.

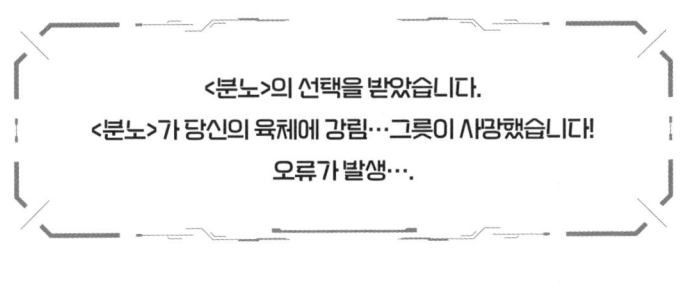

<분노>의 선택을 받았습니다.
<분노>가 당신의 육체에 강림…그릇이 사망했습니다!
오류가 발생….

환생.

존재한다고 생각하면서도 대부분은 믿지 않는 환상의 개념.

라온 역시 환생이라는 걸 믿지 않았다.

평생을 세뇌에 걸려 있었고, 세뇌에서 풀려났을 땐 로베르트 가문을 벗어날 준비로 바빠서 그런 허무맹랑한 것 따윈 생각해 보지도 않았다.

죽으면 그대로 끝이라고 생각했다.

그런데….

"햇살아. 여기 봐봐!"

부드러운 금발이 어깨 위로 흘러내리는 적안의 미녀가 파란색 딸랑이를 흔든다.

"빨간색도 있어!"

왼손에 들고 있던 빨간색 딸랑이도 앞으로 내밀었다.

딱딱딱!

두 딸랑이가 부딪치는 소리에 인상을 찌푸렸지만, 금발 여성은 손을 멈추지 않았다.

"아후."

라온이 작게 한숨을 내쉬며 딸랑이를 향해 손을 내밀었다.

"그래! 이쪽으로 와!"

금발 여성은 활짝 웃으며 더 신나게 딸랑이를 휘돌렸다.

지금 시야에 보이는 건 두 개다. 소시지처럼 오동통한 팔과 신나게 딸랑이를 흔드는 여성.

'아직도 적응이 안 되네. 저 팔이 내 팔이고, 저 사람이 내 어머니라니….'

저 여성의 이름은 실비아. 지금도 믿기 힘들지만, 난 암살자였던 전생의 기억을 그대로 가진 채 저 여성의 아이로 환생해 버렸다.

처음엔 당연히 꿈이라고 여겼다.

한숨 자고 나면 다 끝나 있을 거라 생각했는데, 자도 자도 이 요상한 꿈이 깨질 않았다.

그렇게 의심스러운 하루하루가 지나 100일이 되었고, 그제야 라온은 자신이 환생했다는 사실을 받아들이게 되었다.

"햇살아! 이쪽이야!"

"아우!"

딸랑이를 향해 천천히 기어가자, 실비아가 조금씩 뒤로 물러났다.

"그렇지! 조금만 더!"

라온은 실비아를 따라 아장아장 기어서 딸랑이를 향해 손을 내밀었다.

"아부…."

하지만 무거운 머리 무게를 이겨 내지 못하고 몸이 오른쪽으로 기울었다.

"헉!"

실비아가 딸랑이를 던져 버리고 몸을 던져서 쓰러지려던 자신의 몸을 끌어안았다.

'빠르네.'

그녀의 몸은 쾌속했다. 오러가 느껴지진 않았지만, 적당한 무예는 익혔던 것 같았다.

"놀랐지? 괜찮아요. 괜찮아."

실비아가 라온의 등을 톡톡 두드렸다.

"아우."

라온이 손을 흔들었다. 조금도 놀라지 않았으니 괜찮다고 표현했지만, 그녀의 두드림은 멈추지 않았다.

"우리 햇살이. 엄마랑 꽃님 볼까?"

실비아는 자신을 안은 채로 창가로 다가가 커튼을 열었다. 따스한 햇볕이 솜이불처럼 보드랍게 내려왔다.

'아직도 햇살이라고 불리다니…'

실비아가 부르는 햇살이는 당연히 이름이 아니라 태명이다.

가주가 와서 이름을 정해 줘야 한다는데 더럽게 바쁜지 코빼기도 보이질 않았다.

어쩔 수 없이 100일이 지난 지금도 태명인 햇살이라고 불리고 있었다.

'후…'

라온은 실비아의 품에 안긴 채 주변을 둘러보았다.

방은 뛰어다녀도 될 정도로 넓었고, 벽엔 고급스러운 바다색 벽지가 발라져 있었으며, 천장에는 마법등이 달려 밤에도 불이 들어왔다.

하루에 20시간 이상을 자는 아이의 몸인지라, 많은 것을 파악할 수는 없었지만, 한 가지는 확실하게 알았다.

여긴 부잣집이다. 그것도 꽤 명성 있는 가문.

'나쁘지 않아.'

어차피 환생했다면 평범한 가정보다는 돈 혹은 힘이 있는 가문이 낫다.

'복수해야 하니까.'

데루스에게 목이 잘릴 때의 섬뜩함은 아직도 선하다.

암살자로 사육되며 감정이 모두 마모되었다고 생각했지만, 죽기 전의 기억이 너무 강렬했는지 놈에 대한 분노와 복수심만큼은 확실하게 남아 있었다.

'그래도 조급해서는 안 돼.'

라온은 차분히 호흡하며 마음을 가라앉혔다.

지금까지 이 방에서만 생활했기 때문에 여기가 어디인지, 자신의 위치가 뭔지 아는 게 없다.

일단 상황을 파악한 뒤 복수 준비를 해도 늦진 않는다.

암살자의 덕목 중 가장 중요한 요소는 인내였고, 자신은 최고라 불렸던 암살자였다.

감정과 복수심 따위는 얼마든지 참을 수 있었다.

'거기다.'

전생의 기연을 통해 1000년 전 대륙 최강이라 불리던 검사의 기예 '불의 고리'를 얻었다.

지금부터 '불의 고리'를 익혀 나간다면 암살이 아니라, 정면 승부를 통해서도 데 루스 로베르트를 죽일 수 있을지도 모른다.

언젠가 다가올 그날을 위해서 참고 또 참아야 한다.

'그건 그렇고 또 졸리기 시작하는데….'

실비아의 품에 안긴 채로 따스한 햇볕을 받으니, 잠이 솔솔 쏟아진다.

얼마 생각하지도 않았는데 졸리다니, 아기의 몸은 여러모로 불편했다.

"햇살이 졸려? 그럼 코 자자."

실비아가 방긋 웃으며 등을 두드리는 손길을 더 느리게 한다. 꾸벅거리며 목이 넘어가려고 할 때였다.

"실비아 님!"

노크도 없이 방문이 열리고, 실비아의 직속 시녀가 들어왔다.

"가, 가주님께서 오고 계십니다!"

"아버지가?"

시녀의 말을 들은 실비아가 깜짝 놀라서 눈을 부릅떴다.

'아버지?'

그녀가 아버지라고 부르는 걸 보니, 이 집안의 가주는 아버지가 아니라, 할아버지였던 모양이다.

"지, 지금이라도 준비를…."

"이미 늦었습니다. 바로 앞까지 당도하셨어요!"

"이런!"

실비아도, 시녀들도 당황하여 발을 동동 굴렀다.

뚜벅.

반쯤 열린 문밖에서 몸이 움츠러질 정도로 딱딱한 걸음 소리가 들려왔다.

'가주가 대체 누구지?'

라온이 살며시 눈을 뜨며 문 쪽으로 고개를 돌렸다.

찬란한 금발을 이마 위로 넘긴 적안의 노인이 다가온다. 그 위압적인 걸음에 실비아도, 시녀들도 몸을 떨었다.

'아….'

노인의 눈을 본 순간 시간의 흐름이 느려진다. 압도적인 존재감에 주변이 흐릿해지는 느낌이 들 정도.

"아, 아버지."

"이 아이인가?"

실비아의 앞에서 멈춘 금발 노인은 싸늘함만이 담긴 시선으로 턱짓했다.

"아, 네."

실비아가 무겁게 고개를 끄덕이고 라온을 가주에게 내밀었다.

'아….'

라온의 동그란 눈매가 크게 뜨여졌다. 정면에서 가주의 얼굴을 보고 있자니, 어디선가 본 듯한 기분이 들었다.

'금발적안. 그리고 얼음장을 두른 듯한 냉막한 인상의 노인… 아!'

작은 머리에 벼락이 내리쳤다.

북멸왕 글렌 지그하르트!

대륙의 정점이라 불리는 가문의 주인이 자신을 굽어보고 있었다.

작은 입에서 헉 소리가 절로 나왔다.

아무래도 난 대륙 최강의 가문에서 환생한 모양이다.

제2화

대륙에는 여섯 개의 빛과 다섯 개의 어둠이 있다.

찬란한 태양이 되어 대륙에 우뚝 선 여섯 세력을 육황이라 칭했고, 음지에 깃들어 패악과 공포를 펼치는 자들을 오마라 불렀다.

그 육황 중 하나이자, 북방에 군림하는 패주가 바로 지그하르트 가문이었다.

"아우우."

라온은 그런 지그하르트의 주인과 눈을 마주하며 입을 동그랗게 벌렸다.

'잘된 건가…?'

지그하르트는 전생의 자신을 실컷 이용해 먹다 죽였던 로베르트 가문에 조금도 밀리지 않는 곳이다.

이곳에서 힘을 키운다면 복수할 시기가 훨씬 당겨질지도 모른다.

"아버지와 저처럼 이 아이도 금발에 붉은 눈이에요."

앞으로 어떻게 움직일지를 고민하고 있을 때 실비아가 보드랍게 웃으며 자신의 머리를 쓰다듬었다.

"……."

글렌은 아찔할 정도의 위압감을 그대로 유지하면서 자신의 몸을 들어 올렸다.

'어?'

라온이 몸을 부르르 떨었다. 글렌에게 안긴 순간 손목을 통해 따스하면서도 부드러운 기운이 들어왔기 때문이다.

"우웅…."

오랜만에 느껴 보는 오러에 자신도 모르게 가는 신음이 흘러나왔다.

'무슨 오러가….'

글렌의 오러는 따뜻하기만 한 게 다가 아니었다. 자연의 마나를 그대로 가져온 것처럼 어마어마한 순도를 가지고 있었다.

'몸을 녹여 주고 있어.'

환생 이후엔 추위를 굉장히 많이 탔다. 처음엔 어린아이의 몸이라 그렇다고 생각했지만, 체질적으로 큰 문제가 있었다.

하지만 글렌의 오러를 받자, 혈관으로 태양 빛이 들어온 것처럼 온몸이 따스해졌다.

우우웅.

글렌은 오러를 이용하여 라온의 육체 구석구석을 살핀 뒤 다시 실비아에게 건네주었다.

'뭐지?'

라온이 눈매를 좁혔다. 글렌 정도의 무인이 자신의 몸에 문제가 있다는 걸 모를

리가 없건만, 그의 표정엔 변화가 없었다.

손자가 정상이 아니라는 걸 알면서도 저런 표정이라니, 이해가 되지 않았다.

"실비아."

"네."

"이 아이의 이름은 라온으로 하겠다."

"라온이요? 아, 아버지. 라온이라는 이름의 뜻은…."

실비아의 눈썹이 깊게 가라앉았다.

"그 뜻 그대로다. 그림자처럼 조용히. 있는 듯 없는 듯 살라는 의미다."

부드럽게 오러를 운용할 때와 달리 글렌의 목소리에서 한기가 피어났다.

'허….'

이거 뭐 운명인가?

전생과 같은 이름인 데다가 그 의미 역시 똑같다. 어처구니가 없어서 헛웃음이 나왔다.

글렌이 냉정한 인물이라는 건 알고 있었지만, 아픈 손주에게도 관심이 없을 줄은 몰랐다.

"이상이다."

글렌은 더 이상 이곳에 있고 싶지 않다는 듯 검붉은 코트를 툭 털고서 몸을 돌렸다.

"잠깐만요! 아버지! 최소한 다른 이름을…."

실비아가 라온을 안아 든 채 따라갔지만, 글렌은 돌아보지 않았다. 그대로 저택을 나가 버렸다.

부녀 관계가 아니라, 남이라고 해도 믿을 만한 모습이었다.

"으으!"

라온이 입술을 떨었다. 조용히 있고 싶었지만, 외부에서 전해지는 서늘한 바람에 자신도 모르게 신음이 흘러나왔다.

"미, 미안해!"

실비아는 라온을 끌어안아 주면서 그의 몸에 얼굴을 파묻었다. 간신히 울음을 참고 있는 듯한 모습이었다.

'무언가가 있는데. 졸려서 생각할 수가 없어.'

라온은 온몸을 훑고 지나가는 찬바람과 실비아의 온기를 동시에 느끼며 천천히 눈을 감았다.

'아이의 몸은 정말이지 불편하다니까….'

달이 하늘의 중심에 떠오른 시간.

아기용 침대에 누워 있던 라온이 슬며시 눈을 떴다.

'자는군.'

옆으로 고개를 돌렸다. 실비아는 바로 옆 침대에서 잠에 빠져 있었다.

탁.

침대를 두드려도 깨지 않는 걸 보니, 제대로 잠든 모양이다.

'후….'

작게 한숨을 내쉬었다.

지난 100일은 너무도 답답한 시간이었다.

잠은 끝없이 쏟아졌고, 일어났을 때도 실비아와 함께 있어서 마나를 운용할 수도, 연공을 할 수도 없었다.

연공 중에 가볍게 건드리기만 해도 문제가 생길 수 있기에 지금까지 아무것도 못 했지만, 드디어 기회가 왔다.

'아기 침대.'

시녀장 헬렌의 조언으로 오늘부터 온기가 있는 아기 침대에서 따로 자게 되었다.

바로 옆에 붙어 있긴 했지만, 이 시간에 실비아가 일어날 리가 없다. 연공을 시작하기에 딱 좋은 때다.

'시작해 볼까.'

라온이 천천히 숨을 내쉬었다.

'불의 고리 연성을.'

대륙의 연공법은 호흡을 통해 자연의 마나를 받아들여 단전에 오러를 쌓는다.

하지만 전생의 기연을 통해 얻은 연공법 '불의 고리'는 달랐다.

마법사가 서클을 만들 듯이 심장에 둥근 고리를 연성해서 체력과 육체를 성장시키고, 정신력과 마나 감응력을 높여 준다.

즉, 오러를 만들지는 못하지만, 육체와 정신을 성장시켜 무인이 되기에 가장 완벽한 조건을 갖추게 해 주는 연공법이 바로 불의 고리였다.

'장점은 그것만이 아니지.'

불의 고리는 자연의 흐름을 그대로 따르는 연공법. 아무리 높은 경지의 무인이라도 자신이 불의 고리를 연성했다는 걸 알 수가 없다.

실제로 대륙 최강의 검사라 불리는 데루스 로베르트도 라온이 불의 고리를 익혔다는 건 알지 못했다.

불의 고리를 이용해서 육체와 정신을 성장시키고, 지그하르트 가문의 검술을 익힌다면 데루스 로베르트에게 복수하는 것도 꿈이 아니다.

다만 라온의 육체에는 아주 큰 문제가 있었다.

'냉기.'

피가 흐르는 혈관처럼 마나가 흐르는 마나 회로가 지독한 냉기로 막혀 있었다.

이걸 처음 안 건 얼마 전이다.

자는 척하면서 잠깐 마나를 운용해 봤는데, 마나 회로를 막고 있는 냉기에 깜짝 놀라서 소리를 지를 뻔했다.

"후웁."

라온은 폐가 말릴 정도로 천천히 숨을 들이마시며 대기 중에 퍼진 마나를 느껴 보았다.

'흩어지는군.'

기본적인 마나 감응력이 별로인지, 전생과 달리 마나가 잘 느껴지지 않았다.

상당한 시간을 소모한 끝에 간신히 마나를 받아들여서 마나 회로에 가라앉혔다.

'음.'

라온은 흡수한 마나로 불의 고리 연성을 시작하려다가 우뚝 멈췄다.

'역시 잘못 느낀 게 아니었어.'

어깨 부근의 마나 회로 절반 정도가 서늘한 냉기에 막혀 있었다.

'이러니 잠이 오고, 추울 수밖에.'

그동안 20시간 넘게 잠을 자고, 지독한 추위를 느낀 이유가 바로 이 냉기 때문이었다.

'아홉 곳인가?'

마나를 흘려 전신을 훑어보았다. 냉기에 막혀 있는 마나 회로는 전부 아홉 개였다.

'심각한데….'

아기의 마나 회로는 성인과 달리 활짝 열려 있다. 그런 상태에서 냉기가 반 넘게 차올랐으니, 나이가 들면 마나 회로 전체가 냉기로 막힐지도 모른다.

그때는 지금과 비교할 수도 없는 추위와 고통이 찾아오거나, 심하면 죽게 될 거다.

그전까지 어떻게 해서든 이 냉기들을 지워 버려야 했다.

'불의 고리를 운용하면서 마나 회로의 냉기를 뚫어야겠어.'

불의 고리 연성이 한참 늦어지겠지만, 지금은 사는 게 우선이다.

후욱.

라온이 천천히 숨을 들이켜 마나를 받아들였다. 흡수한 마나를 송곳처럼 얇고 예리하게 저며 마나 회로를 막고 있는 냉기를 찔렀다.

티익!

얼어붙은 폭포를 포크로 찌른 것처럼 작디작은 냉기가 떨어져 나갔다.

'잠깐. 이 냉기를 이용할 수도 있는 거 아닌가?'

이대로 냉기를 내보낼 수도 있지만, 냉기의 순도가 아까웠다.

라온은 떨어져 나간 냉기를 자연의 마나와 함께 불의 고리의 흐름대로 이끌었다.

자연의 마나와 마나 회로를 막고 있던 냉기가 하나로 뭉쳐 전신의 마나 회로를 순환하기 시작했다.

'됐어!'

라온이 주먹을 움켜쥐었다. 전생보다도 훨씬 느린 속도였지만, 큰 문제 없이 불의 고리의 흐름에 따라 마나를 운용할 수 있었다.

우우웅.

마나와 함께 이끈 냉기가 몸에 내려앉는 게 느껴졌다.

'아이의 몸 덕분이군.'

마나 회로가 활짝 열린 아이의 마나 회로가 아니었다면 냉기 때문에 순환 자체를 할 수 없었을 텐데, 그나마 다행이었다.

'다음으로… 어? 벌써?'

조금 머리와 힘을 썼다고, 졸리기 시작했다. 의지와 상관없이 눈꺼풀이 커튼처럼 내려갔다.

'망할….'

라온은 분하다는 신음을 흘리며 눈을 감았다.

그가 잠에 빠지고, 하늘에 걸린 달이 손가락 세 마디만큼 움직였을 때 방문 앞에 한 인영이 나타났다.

문조차 열지 않고, 들어온 사람은 지그하르트의 가주 글렌이었다.

"……."

글렌은 잠이 든 라온을 지그시 바라보다가 손을 뻗었다. 그의 손아귀에서 노을처럼 연한 빛이 피어났다.

화아아.

마나 회로의 냉기 때문에 찡그려진 라온의 이마가 벨벳처럼 매끄럽게 펴졌다.

"아부부."

라온이 낮게 한숨을 내쉬었다.

'역시나 쉽지 않아.'

깨어 있는 시간이 짧고, 그마저도 다른 사람과 함께 있는 경우가 대부분이라 불의 고리를 만들 시간이 없었다.

다만 한두 시간밖에 안 되는 연공 시간과 냉기로 인해서 진도가 지체되는 것치고는 신기할 정도로 성과가 나쁘지 않았다. 꼭 누가 도와주는 것처럼.

"라온. 오늘은 조금만 더 움직여 볼까?"

실비아가 허리를 굽히고 딸랑이를 흔들었다. 계속 반응해 주었더니, 딸랑이를 좋아한다고 생각하는 것 같다.

'놀아 주기 힘들군.'

솔직히 말하자면 실비아나, 시녀들과 놀아 주는 게 냉기를 견디는 것보다 더 힘들었다.

아이의 육체에 성인의 정신이 들어갔으니, 어쩔 수 없는 일이지만.

"아우웅."

라온이 고개를 까딱이고서 실비아를 향해 기어가려고 할 때였다.

달칵.

문이 부드럽게 열리고, 누군지 모를 백발의 노인이 들어왔다. 그는 거적때기 같은 낡은 옷을 입었지만, 눈만큼은 호수처럼 맑았다.

"어? 아저씨!"

실비아는 노인을 알고 있는 듯 환하게 웃으며 문으로 달려갔다.

"오랜만이구나."

"아, 아니지. 성자님…."

"아응."

라온이 깜짝 놀라 자신도 모르게 옹알이를 해 버렸다. 성자라는 칭호와 거지나 입을 듯한 의복을 보자 저 노인이 누구인지 알 수 있었다.

'넝마의 성자!'

넝마의 성자 페드릭은 대륙에서 가장 유명한 치료사 중 하나다.

신성력, 의술 모두 하늘에 닿았지만, 방랑벽이 있어서 보고 싶어도 볼 수 없는 사람이었다.

"성자는 무슨. 예전처럼 아저씨라고 부르거라."

페드릭은 클클 웃고서 라온이 누워 있는 침대로 다가왔다.

"네가 아이를 낳았다는 이야기를 듣고, 지나가는 길에 들렀다. 이 아이냐?"

"아, 네."

"오호! 금발에 적안? 너 이후에 처음 아닌가?"

"맞아요. 예쁘죠?"

실비아가 라온의 머리를 쓰다듬으며 방긋 웃었다.

"그 말 그대로다. 한 살도 안 된 녀석이 예쁘게도 생겼군. 글렌처럼 사나운 놈이랑은 전혀 달라."

페드릭은 낄낄 웃으며 라온 앞에서 손가락을 흔들었다.

"이름은 뭐지?"

"라온이에요…."

"라온?"

그는 라온이라는 이름을 듣고서 인상을 찌푸렸다.

"설마 그림자라는 뜻 아니겠지?"

"맞아요…."

"아이의 이름을 그림자로 짓다니, 글렌 녀석은 대체 무슨 생각인지."

페드릭은 지그하르트의 가주인 글렌의 이름을 친구처럼 친근하게 불렀다.

'글렌 지그하르트와 넝마의 성자가 친구라는 소문은 진짜였군.'

라온은 빗자루 같은 페드릭의 머리를 보며 입맛을 다셨다.

암살자로 살았기 때문에 세계의 정세에 관해서는 나름 많은 정보를 가지고 있었다.

글렌 지그하르트와 넝마의 성자가 상당한 친분이 있다는 정보는 사실이었던 모양이다.

"라온. 이 할아버지가 잠깐만 보자꾸나."

페드릭이 자신의 어깨와 팔뚝, 다리와 가슴 부근을 부드럽게 주물렀다.

"으음…."

그는 심각한 표정으로 입술을 씹다가 마지막으로 하얀빛을 펼쳐 냈다. 그 빛을 쬐자, 온천에 들어간 듯한 후끈한 기운이 전신에 차올랐다.

"후우."

페드릭이 낮게 한숨을 내쉰 후 몸을 돌렸다.

"어떤가요? 다른 아이에 비해 성장이 늦고, 추위를 많이 타던데…."

실비아가 양손을 꼭 모은 채로 페드릭에게 다가갔다.

"혹한의 저주다."

페드릭이 눈썹을 찡그렸다.

"저, 저주라뇨? 갑자기 그게 무슨!"

"혹한의 저주는 실제 저주가 아니다. 지독한 냉기가 마나 회로를 막고 있는 체질이지."

"아…."

"여자아이에게 드물게 나타나는 체질이거늘. 남자아이가 혹한의 저주를 타고난 건 나도 처음 보는구나."

그는 묘한 눈빛으로 라온의 몸을 훑어보았다.

"지금은 마나 회로가 열려 있는 시기라 큰 문제가 없겠지만, 네 살 이후 마나 회로가 닫히기 시작하면 심각한 추위와 고통을 느끼게 될 거다."

"그, 그런…."

실비아가 불안함에 입술을 짓씹었다.

'알아서 고칠 수 있으니, 걱정하지 마세요.'

라온이 살며시 고개를 흔들었다.

조금 오래 걸리긴 하겠지만 불의 고리를 운용하면서 냉기를 지울 수 있다. 딱히 치료받을 필요는 없었다.

"이 아이의 마나 회로를 막고 있는 냉기 덩어리는 총 아홉 개. 내가 치료했던 여자아이들에게서도 보지 못한 숫자다. 거기다 하나하나의 냉기가 강하니, 억지로 뚫었다간 백치가 될 가능성도 있겠어."

"치, 치료할 방법은요!"

실비아가 당장 쓰러질 것 같은 얼굴로 페드릭의 소매를 확 잡아당겼다.

"화속성 영약을 희석해서 하루에 한 번씩 물처럼 마시게 하고, 해가 가장 높게 뜬 정오부터 2시간 동안 햇볕을 쬐게 해 주어라."

"그렇게 하면 나을 수 있나요?"

"말했다시피 이건 병이 아니라, 체질이다. 내가 말한 대로 한다면 최소한 어린 나이에 하늘의 품으로 돌아가지는 않을 거다. 다만…."

페드릭이 말을 끊고 뜸을 들이자, 모두가 마른침을 삼켰다.

"냉기가 이 아이의 체질과 체력을 잡아먹어서 치료가 끝나도 검사가 되기는 힘들 거다."

"그런 건 상관없어요."

실비아는 죽지만 않는다면 된다는 듯 세차게 고개를 저었다.

"그리 생각하면 다행이구나. 어쨌든 지금부터는 이 아이를…."

똑똑.

페드릭이 추가적인 조언을 해 주려 할 때 노크 소리와 함께 문이 열렸다.

"실례합니다."

고급스러운 검은 예복을 입은 중년인이 방으로 들어오며 고개를 숙였다.

"가주님께서 성자님을 찾으십니다."

"나중에 간다고 전하거라."

"지금 당장 오시라 말씀하셨습니다."

"쯧, 하여튼 때를 못 맞추는 녀석이라니까."

페드릭이 짧게 혀를 차고서 고개를 돌렸다.

"실비아. 나중에 다시 들르마."

"아, 네."

페드릭은 라온을 잠시 바라보다가 중년인과 함께 방을 떠났다.

'혹한의 저주라….'

라온이 손가락을 비볐다.

'드디어 알았군.'

그동안 자신을 괴롭히던 냉기의 정체가 무엇인지 밝혀졌다. 다만 특별히 달라질 건 없다.

지금까지처럼 불의 고리를 연성하는 동시에 냉기를 지우면 성인이 되기 전에 혹한의 저주를 치료하고 누구보다 뛰어난 육체와 마나 감응력을 만들 수 있으니까.

"라온."

문이 닫히자마자, 실비아가 침대에 누워 있던 자신을 끌어안고 얼굴을 비볐다. 그녀가 불안할 때 하는 행동이었다.

"엄마가 꼭 구해 줄게. 어떻게 해서든."

항상 웃기만 하던 그녀의 눈에 눈물이 고였다.

'뭐지…?'

실비아의 떨림이 전해지자, 체한 것처럼 가슴이 답답해졌다. 꺼끌한 철사로 심장을 긁는 듯한 느낌이다.

이 감정이 무엇인지는 잘 모르겠지만, 이 찌르르함을 계속 느끼고 있긴 싫었다. 그래서.

"아부부."

라온은 실비아의 눈가에 고인 눈물을 작은 손으로 쓸어내렸다.

"아…."

"도련님!"

"세, 세상에…."

실비아가 눈을 부릅떴고, 시녀들이 짧은 비명을 터트렸다.

"라온…."

그녀는 고개를 숙인 채 물기 젖은 자신의 손을 한참 동안 어루만지다가 벌떡 일어섰다.

"아버지에게 가 봐야겠어."

실비아의 표정에서 망설임이 사라졌다.

❈❈❈❈❈

실비아는 라온이 태어난 이후 처음으로 지그하르트의 가주전으로 향했다.

조금 전에 성자가 지나갔기에 가는 길은 활짝 열려 있었다.

"시, 실비아 님!"

"지금은 가주님과 성자께서…."

"비켜!"

앞을 막아서는 시종과 시녀들을 억지로 뚫고 알현실 문을 두드렸다.

쿵! 쿵! 쿵!

노크 같은 주먹질을 다섯 번 했을 때 거대한 문이 열리기 시작했다.

"무슨 일이냐."

페드릭과 마주 앉아 차를 마시고 있던 글렌이 인상을 구겼다.

"부탁드려요."

실비아는 이를 꽉 깨물며 무릎을 꿇었다.

"라온을 구해 주세요!"

뒤에 시종들이 있음에도 노예가 주인에게 복종하듯이 머리를 땅에 박았다.

"……."

글렌은 눈 하나 깜짝하지 않은 채 실비아가 머리를 숙이는 것을 지켜보았다.

"너도 들었을 텐데? 그 아이의 체질이 낫는다고 해도 무인으로 살기 힘들다는 걸."

이미 전해 들었는지 글렌은 라온의 상태를 알고 있었다.

"무인으로 키우지 않으면 돼요!"

"지그하르트의 이름을 받은 자가 무인이 되지 않는다? 그런 존재 가치 없는 아이에게 왜 도움을 주어야 하지?"

"아버지의 손자니까요."

"네가 인연을 끊는다고 가문을 나간 후에 데리고 온 손자지."

"그건…."

실비아가 떨리는 눈동자를 바닥으로 깔았다.

"내가 그 아이에게 해 줄 수 있는 건 지그하르트의 이름을 내려 주는 것뿐이다. 바보짓은 한 번이면 족해."

글렌의 얼굴은 얼음장을 씌운 듯 싸늘했다.

"지그하르트는 강자만이 살아남을 수 있는 땅. 나약한 손자 따위는 없는 게 낫다. 거기다 영약 정도는 너도 구할 수 있을 텐데?"

"밖에서 구하는 것보다 가문의 보고에 있는 영약들이 훨씬 효과가 좋으니…."

"그건 가문의 이름을 드높인 자들에게 주기 위한 물건이다. 손자라고 해도 아무것도 하지 않은 아이에게 줄 건 없다. 그만 나가거라."

"아버지! 제발!"

실비아는 피가 흐르도록 주먹을 말아 쥔 후 다시 머리를 박았다.

'물러나선 안 돼!'

혼자였다면 여기서 돌아갔다. 자존심을 생각하여 뒤를 돌아보지 않았을 것이다. 하지만 지금 자신에겐 지켜야 할 아이가 있었다. 라온을 위해서라도 끝까지 매달려야 했다.

"끌고 나가라."

글렌의 단호한 지시에 기둥 뒤에서 검은 무복을 입은 무인들이 튀어나왔다. 그들은 실비아의 양팔을 잡고 문으로 끌고 갔다.

"제, 제발 라온을!"

실비아가 끝까지 라온의 이름을 부르짖었지만, 글렌은 관심이 없다는 듯 고개를 돌려 버렸다.

"후우…."

그 모습을 모두 지켜본 페드릭이 한숨을 내쉬었다.

"네가 막내 손자의 상태를 봐달라고 불러 놓고, 연기 한번 잘하는군. 솔직히 대하는 게 그리 어렵나?"

"시끄럽고, 자세한 상태나 말해."

"말했듯이 마나 회로 아홉 개가 냉기로 막혀 있는 상태다. 지금은 괜찮지만, 나이를 먹을수록 위험해지겠지."

페드릭이 차를 홀짝이며 말을 이었다.

"그래도 네가 오로로 냉기를 밀어 준 덕분에 한동안 큰 문제는 없을 거다."

글렌과 페드릭은 라온의 몸을 직접 확인했음에도 그가 불의 고리를 연성하고 있다는 건 알지 못했다.

불의 고리는 천년 전의 연공법이었고, 단전을 사용하지 않는다. 두 사람에게 절대적인 능력이 있다고 해도 불의 고리를 파악하는 건 어려운 일이었다.

"혹한의 저주 증상이 있는 여자아이들은 순도 높은 냉기를 이용하여 뛰어난 마법사나 검사가 될 수도 있지만, 더운 기운이 많은 남자아이는 달라. 말했듯이 네 막내 손자가 무인이 되는 건 불가능에 가깝다."

"무인이 되지 않아도 상관없어. 살기만 하면 돼."

"실비아에겐 윽박질러 놓고 상관없다? 북멸왕도 막내 손주는 예쁜 모양이구먼."

페드릭이 클클 웃었다.

"……."

글렌은 페드릭의 말을 무시하고서 허공을 향해 손가락을 그었다.

우우웅.

공간이 십(十)자로 갈라지며 금빛의 차원이 열린다. 불길로 가득한 공간 안에서 작은 나무 상자 세 개가 튀어나왔다.

"어떻게 해야 하는지는 알고 있겠지?"

그는 그렇게 말하며 상자를 페드릭에게 넘겨주었다.

"어휴, 이래서 내가 가문 같은 걸 만들지 않는 거야."

페드릭은 한숨을 내쉬고서 나무 상자를 받았다.

"부탁한다."

글렌의 시린 목소리가 기이할 정도로 낮게 울렸다.

"다 좋은데, 그 아이의 이름을 왜 라온이라 지은 거냐. 좋은 이름이 쌔고 쌨는데, 하필 그림자라고…."

"라온이라는 이름에는 그림자라는 뜻만 있는 게 아니다."

그가 고개를 저으며 하늘 높게 뜬 금빛 태양을 바라보았다.

"천년 전에는 그것과 정반대의 뜻도 있었지."

제3화

"마님. 가져왔습니다."
시녀장 헬렌이 김이 모락모락 올라오는 하얀 대접을 실비아에게 건네주었다.
"고마워."
실비아는 대접 안에 든 영약을 식히면서 잠이 든 라온을 바라보았다.
"먹이기 힘들겠지?"
"아이들은 쓴 걸 싫어하니까요. 실비아 님도 어렸을 때 쓴 약을 싫어하셨죠."
"나도?"
"기억나지 않으시겠지만, 약 먹기 싫다고 도망가신 적도 있었어요."
"에이, 라온이 듣잖아."
"후후."
두 사람은 고로롱 숨소리를 내는 라온을 보며 옅게 웃었다.

"하긴 약을 좋아하는 아이는 없지. 거기다 라온은 이렇게 어리니, 더 싫어할 테고."

"실비아 님. 그래도…."

"알아. 먹여야지."

실비아가 결심했다는 듯 고개를 끄덕였다.

'아저씨께서 주신 영약인데, 한 방울도 남겨선 안 되지.'

그날 아버지에게 빌었던 모습이 마음에 걸렸는지 페드릭은 별관에 다시 들러 질 좋은 화속성 영약 세 개를 건네주었다.

영약을 희석해서 사용하기 때문에 꽤 오랜 시간을 버틸 수 있을 테니, 그 시간 동안 다른 영약을 구하면 된다. 그분이 와 주셔서 정말 다행이었다.

"라온."

실비아는 라온의 기분이 상하지 않게 부드럽게 머리를 쓰다듬었다.

"우으…."

라온이 손을 꼼지락거리며 눈을 떴다.

"잘 잤니?"

"아우우웅."

"오늘부터 라온이 해야 할 일이 있단다. 이걸 전부 먹어 줘야 해."

실비아는 작은 나무 수저로 약을 떠서 라온의 입에 가져다 대었다.

'먹긴 하겠지만, 바로 울겠지.'

아이의 본능상 약은 먹겠지만, 쓴맛에 짜증을 내고 뱉을 게 분명했다.

"자, 먹자."

실비아는 영약이 흐르지 않도록 긴장한 채 라온의 입에 영약을 넣어 주었다.

"으으…."

라온이 인상을 찡그리는 게 보였다. 곧 터질 울음을 기다리며 눈을 찡그렸다. 하지만 울음소리는 들려오지 않았다.

"어?"

살며시 눈을 뜨자, 라온이 고사리 같은 손을 휘휘 젓고 있었다. 꼭 더 달라고 하는 것처럼.

"헬렌. 이건…."

"도, 도련님이 더 달라고 하시는 것 같은데요?"

"그렇지? 그거 맞지?"

실비아는 눈을 동그랗게 뜨고서 다시 수저를 들었다. 이전보다 조금 더 많은 양의 영약을 떠서 라온의 입에 흘려 넣었다.

"우우!"

라온의 눈썹이 팔(八)자로 휘었다. 하지만 이번에도 울지 않았다. 좀 전보다 더 빠르게 손을 까닥였다.

"아…."

실비아가 입을 떡 벌렸다.

"라온이 내 마음을 알아준 건가?"

"분명합니다! 도련님께서 실비아 님의 뜻을 알고 참아 주시는 것 같습니다."

인상을 찌푸리는 걸 보면 쓴 건 분명하다. 하지만 저렇게 더 달라고 하는 걸 보면 자신의 마음을 알고 참겠다는 게 분명했다.

"라온!"

실비아는 참지 못하고 라온을 꽉 끌어안았다.

✻✻✻✻✻

'됐고, 빨리 약이나 더 주세요.'

라온이 실비아의 어깨를 두드리며 손을 흔들었다.

'좀 쓴 건 대수도 아니지. 이런 기회를 놓칠 수는 없어.'

그냥 약이라면 모를까. 지금 가장 필요한 화속성 영약이다. 혀가 제 역할을 하지 못할 정도로 쓰고, 뜨겁더라도 전부 먹어 치워야 한다.

"라온 좀 봐! 너무 예쁘게 먹지 않아?"

"그럼요!"

라온은 실비아와 헬렌이 뭐라 하든 신경 쓰지 않고 넘겨주는 영약을 꿀떡꿀떡 삼켰다.

'뭔지는 몰라도 효과가 장난이 아니야.'

영약을 먹자마자, 배 속에 용광로를 피운 것처럼 뜨끈한 기운이 타올랐다. 더운 열기가 마나 회로를 흐르며 추위를 몰아내기 시작했다.

'약효도, 농도도 적당해.'

연약한 아이의 몸에 강한 영약은 오히려 독이 될 수도 있다.

실비아와 헬렌이 신경을 썼는지 영약의 농도는 받아들이기 딱 좋은 정도였다.

"끅."

라온은 수저에 남은 영약까지 쪽쪽 빨아 먹은 뒤 작게 트림을 하고서 눈을 감았다.

"마님."

"응. 잠시 자도록 놔두자."

실비아와 헬렌은 감격한 눈빛으로 한참 동안 자신을 바라보다가 밖으로 나갔다.

"아우."

두 사람이 나가자마자, 라온이 눈을 번쩍 떴다.

'한동안은 안 오겠지.'

오더라도 건드릴 일은 없을 테고.

밥도 먹고 약도 먹었으니, 실비아나 헬렌이 자신을 깨울 일은 없다. 연공을 하기에 가장 좋은 순간이었다.

라온은 체내에 차오른 뜨끈한 기운을 끌어당겨 불의 고리 연성을 시작했다.

'영약 덕분에 불의 고리를 만들고, 냉기를 녹이는 시간이 더 빨라지겠어.'

그의 입가에는 본인도 모르는 미소가 지어졌다.

시간은 유수처럼 흘러 라온이 불의 고리 연성을 시작한 지 2년하고도 반이 지나갔다.

그동안의 일과는 참으로 간단했다.

아침에 일어나서 실비아와 헬렌과 놀아 주다가 점심과 영약을 먹은 뒤 낮잠을 자는 척하면서 불의 고리를 연성했다.

저녁을 먹고 조금 일찍 자다가 자정쯤 깨어나 모두가 잘 때 두 번째 연공을 시작했다.

다른 건 몰라도 대륙 전체의 3살배기 중에서 가장 열심히 사는 거 하나는 자신할 수 있었다.

'잘하면 오늘 불의 고리가 1성에 오를 수도 있겠는데.'

영약 덕분에 연공 시간이 길지 않음에도 진도가 막힘이 없었다.

적절한 시간과 집중력만 확보되면 오늘 불의 고리를 연성하는 것도 가능할 것 같았다.

'그건 그렇고 정말 관심이 없군.'

글렌 지그하르트는 자신의 이름을 지어 준 뒤 단 한 번도 얼굴을 비추지 않았다. 자신만이 아니라, 딸인 실비아에게도 관심이 없는 것 같았다.

'뭐, 상관없나.'

그쪽에서 관심이 없다면 이쪽도 줄 필요 없다. 전에 생각했듯이 얻을 것만 얻어서 가문을 나가면 그만이다.

'다만 아주 조금….'

이곳에 남아 있을 실비아와 헬렌을 비롯한 시녀들이 마음에 걸렸다. 3년 동안 함께 있으며 자그마한 감정의 싹이 트인 것 같았다.

"라온. 엄마라고 불러 봐!"

미래를 생각하며 손가락을 꼼지락거리고 있을 때 실비아가 헤헤 웃으며 자신을 안아 들었다.

"어마!"

"아우우! 한 번 더!"

"어마!"

"꺄아악!"

억지로 발음을 뭉개며 엄마라고 불러 주자, 실비아의 얼굴이 환하게 피어났다. 행복에 푹 잠긴 눈빛이었다.

"라온. 딱 한 번만 더!"

"어마!"

"실비아 님. 약을 가져왔습니다."

조금 지친 얼굴로 실비아와 놀아 주고 있으니, 헬렌이 따뜻하게 데운 영약을 가지고 왔다.

"아, 수고했어."

실비아는 헬렌에게 영약이 들어 있는 대접을 넘겨받았다.

"자, 라온."

그녀는 따끈한 영약을 조금 식힌 뒤 내밀었다.

"아웁!"

라온의 작은 입이 약이 든 스푼을 마중 나갔다.

"잘 먹네!"

2년 반이 지났는데도 실비아와 헬렌은 영약을 삼키는 자신을 보며 배시시 웃었다.

"졸려…."

라온은 영약을 다 먹은 뒤 졸린 것처럼 눈을 끔뻑였다.

"약 다 먹었으니까. 낮잠 잘까?"

"응."

"그래. 코자자."

실비아는 창가 앞에 놓인 침대에 자신을 내려놓고, 배를 두드려 주었다.

"우우웅…."

라온이 자는 척하며 눈을 감았다. 잠시 뒤 실비아와 헬렌이 방을 나가는 소리가 들려왔다. 그가 자는 척하는 이 시간이 저 둘의 휴식 시간이었다.

'이제 시작해도 되겠군.'

라온은 눈을 감은 채로 불의 고리 연성 구결을 외우며 숨을 들이마셨다.

후우웅.

들숨에 빨아들인 자연의 마나를 전신으로 흘려보냈다.

'마나의 흐름이 매끄러워.'

평소와 똑같이 호흡했지만, 마나가 부드럽게 흘러간다. 무언가를 이룰 것만 같은 기분이다.

'침착하자.'

차분히 숨을 내쉬며 마나 회로를 흐르는 마나의 선을 연결했다. 폐가 작아 숨이 달려 손끝이 떨렸지만, 꾹 참았다.

고오오!

영약의 뜨거운 기운과 자연의 마나로 마나 회로 내부의 냉기를 깎은 뒤 전신으로 순환시켰다.

뿌득.

영약의 기운과 마나가 뼈와 근육, 피부에 스며드는 것이 느껴졌다.

칼날을 벼리는 것처럼 점점 날카로워지는 집중력을 유지하며 계속해서 불의 고리를 연성했다.

얼마나 지났을까.

번쩍!

불덩이가 심장을 가로지르는 듯한 후끈한 감각이 가슴을 울렸다.

뜨거운 기운이 심장을 후프처럼 휘돌고 있었다. 드디어 불의 고리가 완성된 것이다.

'드디어 됐…'

눈을 뜨고 환호를 지르려 할 때 금색의 빛이 번쩍였다.

띵!

> 첫 번째 <불의 고리>가 연성되었습니다.
> 최초의 업적이 생성되었습니다.
> 특성 <불의 고리[1성]>이 생성됩니다.

'이, 이게 뭐지?'

마법사들이 마법을 사용할 때 나타나는 마법진 같은 빛이 눈앞에 떠 있었다.

> <불의 고리[1성]>의 효과로 육체가 조금 더 굳건해집니다.
> <불의 고리[1성]>의 효과로 근력이 상승합니다.
> <불의 고리[1성]>의 효과로 민첩성이 상승합니다.
> <불의 고리[1성]>의 효과로 체력이 상승합니다.
> 특성 <수속성 저항력[1성]>이 생성됩니다.

<불의 고리>를 습득했다는 메시지 이후로도 다른 내용이 주르륵 떠올랐다.

'어?'

라온이 입을 동그랗게 오므렸다.

'이 내용들은 뭐…'

메시지들이 떠오름과 동시에 몸이 가벼워진 느낌이 들었다.

아이의 몸이라 엄청난 차이까진 아니지만, 변화 자체는 확실했다.

'거기다 통증도 줄어들었어.'

마나 회로를 막고 있던 냉기의 통증도 감소했다.

'불의 고리에 이런 능력이 있었나?'

불의 고리는 분명 전설이라 불리는 연공법이지만, 고리 3개가 생길 때까지는 큰 효과가 없고, 4개 때부터 제 능력을 발휘한다.

1성을 이룬 것으로 이런 변화를 주는 건 전생에 없던 일이다.

'영약이나, 아이의 몸 때문인가?'

여러모로 생각해 보았지만, 답이 나오지 않았다.

'아니면 이 메시지 때문인가…'

라온이 눈앞에 뜬 메시지를 다시 읽어 보았다.

전생과 지금은 여러 가지 차이가 있었지만, 가장 큰 건 이 메시지 같았다.

"도련님. 벌써 일어나셨어요."

머리 위에서 헬렌의 목소리가 들려왔다. 연공을 하는 동안 다시 방에 들어온 것 같았다.

"헬렌! 이거 봐!"

라온이 손가락으로 마법진 같은 메시지를 가리켰다.

"네? 침대요?"

헬렌은 메시지가 보이지 않는지 침대를 보며 웃어 줄 뿐이다.

'나한테만 보이는 건가?'

헬렌의 눈에 보이지 않는 걸 보면 저 메시지는 자신에게만 보이는 모양이다.

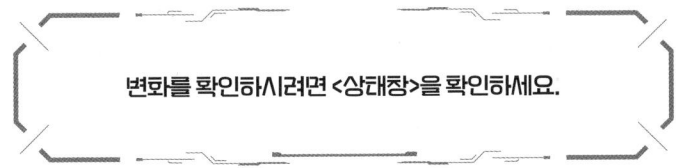

'상태창? 어?'

무슨 말인지 모른 채로 상태창이라는 말을 되뇌자, 메시지와 같은 빛의 창이 눈앞으로 튀어나왔다.

```
<상태창>
이름 : 라온 지그하르트.        칭호 : 없음.
상태 : 혹한의 저주(아홉 가닥), 저질 체력, 전신 냉증,
       운동 능력 저하, 마나 감응력 저하.
특성 : ???, 불의 고리(1성), 수속성 저항력(1성)

*추가 능력이 개방되지 않았습니다.
```

눈앞에 뜬 상태창이라는 걸 천천히 살펴보았다.

'혹한의 저주, 저질 체력, 전신 냉증, 운동 능력이랑 마나 감응력 저하라…'

상태에 적힌 내용은 자신의 현재 상태를 가리키는 것 같았다.

'역시 내 몸은 여러모로 거지 같군.'

혹한의 저주는 그렇다 치고 냉증에 저질 체력까지 있다. 평소에 조금만 움직여

도 지치는 이유가 여기에 있었다.

'그래도 상관없지.'

라온이 입매를 다물었다. 좋지 않은 체질이 가득했지만, 조금도 불안하지 않았다.

자신은 전생에서 최고의 암살자라 불렸고, 불의 고리라는 천고의 연성법을 알고 있다.

전생의 경험을 바탕으로 불의 고리를 완성한다면 저 단점 따위는 없는 것과 마찬가지다.

'거기다 여긴 지그하르트니까.'

지그하르트가 가진 검술 비기까지 익힌다면 데루스 로베르트의 목을 베는 것도 얼마든지 가능하다.

다만 복수만 생각해선 안 된다.

'난 고작 3살이니까.'

데루스는 대륙 최강자 중 한 명이다. 지금부터 복수하겠다고 열을 냈다간 정신이 버티지 못한다.

어차피 놈을 죽일 수 있는 사람은 거의 존재하지 않는다. 느리더라도 안정적으로 힘을 쌓아서 기회가 왔을 때 한 번에 끝을 내야 한다.

라온은 다짐을 하듯 주먹을 움켜쥐고 다시 상태창을 보았다.

'그건 그렇고 이 메시지는 정말 뭐지?'

갑자기 이 메시지와 상태창이 보이는 이유를 모르겠다. 암살자의 감각으로 내게 해를 주지 않는다는 것만 느껴질 뿐.

'아마 환생과 관계가 있겠지.'

전생의 기억을 가진 채 환생한 이유와 이 메시지가 관계가 있다고 어렴풋이 짐

작만 갔다.

데루스 로베르트의 목을 노리는 것처럼 천천히 알아봐야 할 것 같다.

'조급해하지 말고 차분하게 가자.'

> 두 번째 불의 고리가 생성되었습니다.
> <불의 고리(2성)>의 효과로 영혼의 격이 상승합니다.
> <불의 고리(2성)>의 효과로 마나 감응력이 상승합니다.
> <불의 고리(2성)>의 효과로 정신력이 상승합니다.
> <불의 고리(2성)>의 효과로 기력이 상승합니다.

메시지창을 확인한 라온이 씩 웃었다.

'드디어 됐어.'

첫 번째 고리가 생성된 후 2년 반 동안 꾸준히 수련한 덕분에 두 번째 불의 고리가 생겨났다.

첫 번째 불의 고리는 가로로, 지금 생겨난 두 번째 불의 고리는 세로로 심장을 휘돌고 있었다.

감응력이 올랐다는 메시지 때문인지 방 안에 떠도는 마나에 대한 감각이 민감해졌다.

역시 저 메시지가 특별한 혜택을 주는 것 같았다.

'5살에 두 개의 불의 고리를 만들다니.'

5살이라는 어린 나이에 전설급 연공법 불의 고리를 습득한 건 대륙 역사상 처음 있는 일일 거다. 뿌듯함이 가슴 가득 차올랐다.

'그래도 만족해서는 안 돼.'

계획대로 되고 있다고 방심해서는 안 된다. 언제, 어떤 방해가 올지 모르기 때문에 항상 철저하게 대비해 놓아야 한다.

'피해를 주고 싶지 않으니까.'

실비아와 헬렌을 비롯한 시녀들은 내게 베풀어 주기만 했다.

떠날 사람이라 도움을 주진 못하겠지만, 그들의 호의를 이용하고 싶지 않았다.

"휴우."

라온이 다시 연공을 시작하려 할 때 문이 벌컥 열렸다.

"아들!"

실비아가 들어왔다. 미소를 짓고 있었지만, 안색이 조금 어두웠다.

"엄마?"

5살이 넘었기 때문에 이젠 실비아에게 제대로 엄마라 불러야 했다. 발음이 조금 새는 건 어쩔 수 없었지만.

"오늘은 엄마랑 갈 곳이 있다고 했지?"

그녀는 그렇게 말하며 들고 온 검붉은색 예복을 침대에 놓고 자신의 잠옷을 벗겼다.

'그러고 보니.'

얼마 전에 어린 직계와 방계 아이들을 모아다가 무슨 확인을 한다고 했었다.

"걱정하지 마. 금방 끝날 거야."

실비아는 자신을 안심시키려는 듯 방긋 웃었다.

"응."

"우리 아들은 어쩜 이리 착하고 예쁠까."

실비아는 옷을 갈아입히다 말고 자신의 볼에 얼굴을 비볐다.

'으, 제발….'

라온은 이러지도 저러지도 못한 채 손만 떨었다.

옷을 갈아입고서도 한참 동안 자신을 안고 있던 실비아의 폭주를 멈춘 건 헬렌이었다.

"마님. 지금 그러고 계실 시간이 아닙니다. 곧 '판별식'이 시작된다구요!"

제4화

라온은 실비아의 품에 안겨 처음으로 별관을 떠나 지그하르트 본관으로 향했다.

'저게 본관인가.'

멀리 본관이 보인다. 높이는 하늘과 눈높이가 맞을 정도였고, 너비는 이 먼 곳에서도 한눈에 다 담을 수 없을 정도였다.

집이 아니라, 성이라고 불러도 이상하지 않을 규모.

'북방의 지배자답네.'

지그하르트는 하나의 가문임에도 왕국보다 더한 영토와 무력을 보유했다. 괜히 육황의 한 축이 아니었다.

'다들 저기서 산다는 거지?'

헬렌이 말해 주길 실비아와 자신을 제외한 다른 직계들은 전부 본관 가주전 주변에서 산다고 했었다.

실비아만 따로 별관에서 사는 이유가 있겠지만, 그건 알려 주지 않았다.

'판별식이라…'

라온은 본관의 중심에 세워진 가주전을 훑어보면서 오늘 열리는 판별식에 대해 생각했다.

'별걸 다 한다니까.'

하늘을 향해 열린 아이의 두개골은 4살을 기점으로 닫히기 시작하고, 그 순간부터 아이가 가진 마나의 재능은 바뀌지 않는다고 한다.

두개골이 닫힌 아이들을 모아다가 마나에 대한 재능이 어느 정도인지 알아보는 행사가 바로 오늘 열리는 판별식이다.

'난 뭐가 됐든 상관없지.'

지금의 재능이 미천하다고 해도 '불의 고리'가 육체와 마나 감응력을 최고의 상태로 올려 줄 것이다. 타고난 재능 따위는 자신과 관계없는 이야기였다.

"라온."

천천히 불의 고리를 회전시키고 있을 때 실비아가 자신을 살짝 들어 올렸다. 옆을 보니, 어느새 본관 앞에 도착해 있었다.

"엄마는 라온이 무엇을 해도 상관없어. 그저 건강하게만 자라 주면 돼."

"응. 알겠어."

아무것도 모르는 아이처럼 방긋 웃어 주었다.

"역시 우리 아들이 제일 귀엽다니까!"

그녀가 또 자신의 뺨에 얼굴을 비비기 시작했다. 이리되면 5분 동안은 움직이지 못한다.

"으흠, 실비아 님."

"아, 미안!"

헬렌의 헛기침에 실비아가 정신을 차렸다. 함께 와서 정말 다행이었다.

"들어가자. 조금 늦었겠어."

"네."

그녀는 자신을 안은 채로 가주전으로 들어갔다.

'음.'

라온은 가주전 내부의 사람들을 보며 눈매를 좁혔다.

'수준이 높군.'

본관 그것도 가주전이라서 그런지 건물 내부에 평범한 사람은 한 명도 없었다. 무인들만이 아니라, 시종과 시녀들의 눈빛에도 정광이 어려 있었다.

"금방 도착하니까. 조금만 참아."

"응."

라온은 실비아와 함께 1층 중앙 복도를 걸었다. 그 끝에는 거인이 드나들어도 될 정도로 거대한 철문이 세워져 있었다. 오늘 판별식이 열리는 알현실의 입구였다.

"실비아 지그하르트, 라온 지그하르트, 헬렌 카빈. 확인했습니다."

알현실을 지키던 무인이 다리를 틀며 문을 열어 주었다.

끼이이익!

쇳덩이가 뒤틀리는 듯한 묵중한 소리와 함께 별세계가 열렸다.

천장에서는 오색찬란한 빛이 쏟아져 내리고, 금색의 벽에선 값을 헤아릴 수 없는 장식품들이 즐비하게 늘어서 있었다.

보기만 해도 억 소리가 나는 이곳이 바로 지그하르트의 가주 글렌을 만날 수 있는 알현실이었다.

쿠웅!

문이 닫히는 소리와 함께 방에 있던 사람들의 시선이 라온에게 화살처럼 꽂혔다.

"실비아? 그럼 저 아이가 실비아의?"

"무슨 어린아이의 얼굴이 저리…."

"금발적안."

"체구가 작군. 병이 있다고 들었는데 사실이었나?"

"패배자의 피를 물려받았으니 그렇겠지."

"패배자가 아니라, 낙오자라고 해야죠."

처음 보는 사람들이 라온에게 관심을 내비쳤다. 물론 좋은 시선은 아니었다.

어린 몸으로. 아니, 어리기 때문에 라온은 저들이 쏘아 내는 비릿한 감정을 그대로 느낄 수 있었다.

"저런 녀석까지 알현실에 들어오다니."

"낙오자의 자식까지 판별식을 진행할 필요가 있나?"

"그러게요. 수준 떨어지는 짓인데."

뭐가 실패자고, 무슨 낙오인지는 모르겠지만, 저들은 실비아와 자신을 노골적으로 비난하고 있었다.

'음….'

라온이 주먹을 꼼지락거렸다. 자신에게 작다고 말한 건 아무렇지 않았지만, 실비아의 욕을 듣고 있으니, 가슴이 갑갑해졌다.

"괜찮아. 라온. 엄마만 보고 있어."

그녀는 패배자, 도망자라는 말을 들었음에도 자신을 향해 웃어 주었다.

'역시 이 사람은 강해.'

실비아는 마음이 강한 사람이었다. 그녀의 다정한 목소리에 울렁이던 가슴이 가라앉았다.

'저들이 직계인가.'

여유를 되찾고 알현실 내부를 훑어보던 라온의 눈이 단상 위에서 멈췄다.

붉은빛 의자에 앉아 있는 7명.

그들은 밑에 있는 사람들과 격이 다른 기운을 두른 채 아래를 굽어보고 있었다.

'수준이 달라.'

아래 있는 방계들이 여우와 늑대라면 단상 위 직계들은 이미 하늘에 오른 용처럼 어마어마한 존재감을 뿜어냈다.

그들은 방계처럼 입을 열지 않았지만, 쓰레기를 보는 듯한 눈으로 자신과 실비아를 내려다보았다.

'다 적들뿐인가.'

콩가루 집안이라고 생각할 때 실비아는 단상 위가 아니라, 아래. 그것도 끝자리로 향했다.

'이상해.'

여러모로 의문이 든다.

일반적으로 가문의 직계와 방계 사이엔 넘을 수 없는 벽이 있다. 직계라면 몰라도 방계가 노골적으로 시비를 거는 건 기이한 일이다.

거기다 실비아는 홀로 떨어져 살고, 단상 위에 올라가지 못했다. 직계임에도 모종의 이유로 차별을 받는 게 분명했다.

'이유가 뭐지?'

도망자나, 낙오자라고 하면 대련이나, 전투에서 패했던 걸지도 모른다.

쿠웅!

실비아가 차별받는 이유를 생각하고 있을 때 알현실의 문 앞에 서 있던 무인들이 들고 있던 창으로 바닥을 내리쳤다.

"북방에 군림하는 지그하르트의 온당한 주인. 글렌 지그하르트 가주께서 입장하십니다!"

그 말과 함께 알현실의 거대한 철문이 활짝 열렸다.

고오오오!

공기가 파르르 떨리는 듯한 위압적인 기파와 함께 글렌 지그하르트가 그 모습을 드러냈다.

등장만으로 중력이 무거워지고, 심장이 조여든다. 숨이 턱 막힐 정도의 긴장감이 등골을 스쳤다.

"가주님을 뵙습니다!"

단상 위에서 아래를 굽어보던 용들도, 밑에서 이를 드러내던 늑대들도 동시에 무릎을 꿇었다.

뚜벅.

그 발소리.

5년 전 들었던 그 딱딱한 발걸음 소리와 함께 글렌 지그하르트가 입장했다. 알현실 전체를 짓누르는 절대적인 존재감을 펼치며 단상의 중심에 세워진 금색 옥좌에 앉았다.

"시작하라."

그가 손가락을 튕기자, 알현실 중앙에 검이 솟구쳤다. 거인이 들기에도 벅차 보이는 거대한 석검이었다.

'저게 판별의 검인가.'

저 검은 1,000년 전의 물건으로 손을 올리면 그 사람이 가진 마나의 재능을 파악할 수 있다고 한다.

석검의 능력을 이용하여 아이들의 재능을 판단하는 게 오늘 열리는 판별식의 정체였다.

"첫 번째 버렌 지그하르트."

진행자의 말에 단상의 두 번째 줄에 앉아 있던 여섯 살쯤 되어 보이는 푸른 머리칼의 남자아이가 일어섰다.

"검에 손을 올려 주십시오."

그가 단상으로 내려가자, 사회자가 석검을 가리켰다. 버렌은 고개를 끄덕이고서 석검에 손을 얹었다.

우우웅!

버렌의 손끝에서 피어난 녹색 빛이 석검 전체를 뒤덮었고, 검병의 끝 부근에선 진한 바람이 피어났다.

"오오!"

"바람이다! 바람이야!"

"검 전체에서 빛이 나는 걸 보니, 마나의 질도 최상급입니다!"

"역시 카룬 님의 자제다운 재능입니다!"

"축하드립니다!"

단상 아래에 선 방계들은 버렌 앞에 앉아 있던 중년인에게 박수와 환호를 보냈다.

"검사에게 잘 어울리는 좋은 속성이다. 앞으로는 바람을 느끼는 데 집중하도록 해라."

"알겠습니다!"

 글렌이 고개를 끄덕이자, 버렌은 태양을 마주한 해바라기처럼 활짝 웃고서 자리로 돌아갔다.

"다음 봉신 가문 슬리온의 루난 슬리온."

"네."

 단상의 우측 끝에 앉아 있던 은발의 여자아이가 조용히 일어섰다.

'봉신가 슬리온인가.'

 왕을 따르는 귀족처럼 봉신 가문은 지그하르트를 따르는 북방의 명가들이었다. 슬리온은 봉신 가문의 대표였기 때문에 직계와 같이 단상 위에 있던 모양이다.

 우우웅.

 루난이라 불린 여자아이가 덤덤한 눈으로 석검 앞에 다가가 손을 올렸다.

 치이잉!

 그녀의 손이 석검에 닿자, 뭉툭한 검날의 끝에서 달을 녹인 듯한 은빛이 치솟았. 솟구친 빛은 검날을 가득 메우고도 모자라, 검병까지 올라섰고, 검 전체에 은빛의 서리를 만들어 냈다.

"서리? 그것도 검 전체라니!"

"버렌 님과 같은 수준의 재능인가…"

"괜히 슬리온이 아니야."

"슬리온 가에 또 하나의 천재가 나왔군."

 다만 버렌 때와 달리 환호와 박수 소리는 크지 않았다. 봉신 가문과 방계 사이에 경쟁 관계가 있는 것 같았다.

"좋은 속성을 가졌구나. 칼날처럼 예리하게 다듬는다면 어떤 기운도 뚫을 수 있을 게다."

글렌 지그하르트는 루난에게도 고개를 끄덕여 주었다.

"감사합니다."

루난은 큰 표정 변화 없이 고개를 꾸벅이고서 고양이처럼 폴짝 뛰어 본인의 자리로 돌아갔다.

그 뒤로 2명의 직계와 수많은 방계, 봉신 가문 아이들이 석검에 손을 올렸지만, 버렌과 루난 정도의 재능을 가진 사람은 아무도 없었다.

'이제 알겠군.'

라온이 손가락을 튕겼다. 다른 사람들의 판별식을 보자, 뭐가 좋고 나쁜지에 대해 파악할 수 있었다.

'마나의 순도는 검날의 빛이 어디까지 가느냐고, 마나의 속성은 검병의 끝에서 나타나.'

마나의 질이 뛰어난 경우는 루난이나, 버렌처럼 검 전체가 번쩍이고, 특별한 속성의 마나는 검병을 통해 알 수 있는 것 같았다.

"마지막으로 라온 지그하르트. 앞으로 나와 주십시오."

"가자. 라온."

"응."

고개를 끄덕이자, 실비아가 상큼하게 웃고서 자신을 들어 올렸다.

"다른 친구들이 하는 거 봤지? 똑같이 하면 돼."

실비아는 석검 앞에 자신을 내려놓은 뒤 시범을 보여 주듯 손을 뻗었다.

"응."

짧게 대답한 뒤 석검을 바라보았다.

'잘 나오진 않겠지.'

불의 고리가 2성이 되었지만, 마나 회로의 냉기는 질겁할 정도로 많이 남았다.

현재 자신의 몸 상태를 생각하면 다른 아이들처럼 뛰어난 빛을 펼치진 못할 거다.

"후우."

천천히 숨을 뱉고 석검을 향해 손을 뻗었다.

두웅.

손이 석검에 닿자, 조약돌이 떨어진 연못처럼 심장에 파동이 일어났다. 작았던 고동이 가슴을 넘어 전신을 울렸다.

'뭐지?'

그 기이한 감각에 손을 빼려고 할 때 눈앞이 환하게 번쩍였다.

은빛 갑옷을 두른 금발의 사내가 보인다.

그의 앞에는 수를 헤아릴 수 없는 괴물들이 파도가 되어 밀려오고 있었다.

뭐야 이건….

환상이 분명한데도 이마에서 식은땀이 흐를 정도로 감각이 생생했다.

호흡도 제대로 못 하고 손을 떨고 있을 때 남자가 검을 들어 올렸다.

시리도록 아름다운 검날 위로 황금색 불길이 타올랐다.

그가 불꽃에 휩싸인 검을 벼락처럼 내리그었다.

그 순간.

대지 위로 치솟은 금빛의 불길이 세상을 덮었다.

시야 전체에 차오른 금색 화염을 피해 눈을 감았다가 뜨자, 다시 세상이 바뀌고 눈앞에 메시지가 떠 있었다.

> <불의 고리[2성]>을 습득하고 있습니다.
> ???을 습득하지 못했습니다.
> 성취가 모자랍니다.

뭔지 모를 메시지를 보고 고개를 갸웃거렸을 때 석검에서 빛이 솟구치기 시작했다.

우우웅.

세차게 올라가던 빛이 힘을 잃고, 검신의 중앙 부분에서 멈춰 섰다.

다른 사람처럼 특별한 능력도, 높은 순도도 없었다. 직계는커녕 방계에도 한참 미치지 못하는 재능이었다.

"벌써 끝?"

"중간도 못 간다고?"

"크하하하! 저렇게 적은 건 처음 보는데?"

"마나의 질도 나쁜 데다가 아무 능력도 없는 백색이군."

"외모 빼고는 볼 게 없네."

"역시 도망자의 자식은 무신께서도 보살피지 않으시나 봐."

판별식을 지켜본 직계들은 한심하다는 듯 인상을 찌푸렸고, 방계들은 대놓고 비웃음 터트렸다.

"……"

직계와 방계들에게 짧은 조언을 해 주던 글렌도 입을 열지 않았다.

"괜찮아. 라온. 잘했어."

실비아는 항상 보여 주는 웃음을 지으며 자신을 안았고, 어느새 다가온 헬렌이 입술을 깨물며 귀를 막아 주었다.

"후…."

라온이 낮은 숨을 뱉어 냈다.

무시는 익숙했다. 인간이 아니라, 개로 사육되고 세뇌까지 받았으니, 감정 따윈 버린 지 오래다. 비난과 모욕 따윈 얼마든지 받아들일 수 있었다.

어차피 얻을 것만 얻어서 떠날 몸. 이곳에서 무슨 일이 있어도 신경 쓰지 않으려 했다.

실비아와 시녀들이 자신을 진짜 가족으로 대해 줬지만, 그 마음은 변하지 않았다. 하지만 지금은 이상하리만큼 기분이 가라앉았다.

자신만이 아니라, 실비아와 헬렌까지 비웃는 놈들을 보자, 감전된 듯 가슴이 찌 릿했다.

'좋다.'

라온이 지그시 어금니를 깨물었다. 실비아와 시녀들은 처음으로 자신을 인간으로서 대해 준 사람들이다.

그들을 비웃는 직계와 방계들에게 타고난 재능이라는 게 얼마나 하찮은 건지 알려 주기로 다짐했다.

"판별식은 매번 참여했지만, 저 수준은 처음 보네."

"진짜 지그하르트 맞아?"

"실비아가 가졌던 재능도 전부 날아갔네요. 가주님과 같은 금발적안 빼고는 볼 게 없어요."

뚫린 입이라고 멋대로 떠든 놈들의 얼굴을 모두 기억했다.

"그만."

글렌의 서늘한 한 마디에 알현실 전체가 얼어붙었다.

"판별식은 끝났다. 전부 나가도록."

"가주님?"

"다시 말해야 하나?"

"모두 해산하라."

글렌의 둘째 아들인 카룬 지그하르트가 일어서자, 다른 사람들도 슬쩍 눈치를 보며 알현실을 나갔다. 물론 들리지 않게 라온과 실비아의 욕을 중얼거리면서.

5분이 지나기도 전에 알현실에 남은 사람은 방의 주인인 글렌 지그하르트와 그의 수석 집사 로엔뿐이었다.

"어쩔 수 없는 거겠지."

글렌은 중앙에 세워진 판별의 검을 보며 덤덤하게 고개를 끄덕였다.

"가주님…."

로엔이 그에게 다가가려 할 때였다.

파직!

판별의 검 아랫부분에서 치솟은 빛이 검날을 넘어 검병의 끝까지 차올랐다.

화아아아!

그 빛은 태양처럼 진한 황금색이었고, 검병의 끝에선 이글거리는 불길이 타올랐다.

"금색 불꽃?"

글렌의 눈동자에 처음으로 폭풍이 몰아쳤다.

제5화

딱!

글렌이 손가락을 튕기자, 알현실 내부의 마나가 들썩였다.

쿠구구구!

잔잔한 호수 같았던 마나의 흐름이 급속도로 출렁이며 바닥에서 거대한 철문이 치솟았다.

화아아아!

천장에 닿을 정도로 웅장한 철문은 금빛 불길에 타오르고 있었다.

"가, 가주님?"

로엔이 눈을 부릅떴다. 저 문은 가주만이 소환할 수 있는 지그하르트의 보고다. 글렌이 저 문을 소환하는 건 10년 만에 처음이었다.

"잠시 다녀오마."

글렌이 손을 올리자, 금빛 철문이 기름을 칠한 듯 부드럽게 열렸다.

그는 잠시 뒤를 돌아 석검 위로 타오른 금색 불길을 다시 한번 확인한 뒤 보고 안으로 들어갔다.

보고의 내부엔 셀 수 없이 많은 보물이 쌓여 있었다.

최상급 영약과 무기들, 성을 살 수 있는 보석과 여러 종류의 서적까지. 하나만 나와도 대륙에 피바람을 일으킬 보물들이었다.

글렌은 자신을 열렬히 드러내는 무기나 보석, 정갈하게 쌓인 영약에도 관심을 주지 않았다.

보고를 일직선으로 걸어가 가장 깊은 곳에 세워진 거대한 책장으로 향했다.

원통형 책장은 세계수라도 된 듯 보고의 끝까지 솟구쳐 있었고, 칸마다 가지각색의 책이 꽂혀 있었다.

탁.

글렌이 땅을 가볍게 차자, 그의 몸이 중력을 무시하고 떠올랐다. 허공을 밟아 책장의 첫 번째 칸으로 향했다.

첫 번째 칸엔 다른 곳과 달리 딱 두 권의 책만 놓여 있었다.

그는 앞에 꽂힌 누렇고 낡은 책을 잡아서 빼내려 했다. 하지만 책은 바위에 깔린 듯 요지부동이었다.

"역시 움직이지 않는군."

글렌은 혀를 쯧 차고서 바로 옆에 있는 붉은빛 책을 꺼냈다.

두 번째 책은 첫 번째 책과 달리 부드럽게 빠졌고, 보존이 잘 되어 있어서 보는 데 아무런 문제도 없었다.

타다닥.

빠르게 책의 내용을 훑어보던 글렌의 손이 중간에서 뚝 멈췄다.

"음…."

그는 책에 적힌 글귀를 읽으며 인상을 찌푸렸다.

"초대 지그하르트 가주의 오러는 태양 같은 금빛이었으며, 마계의 불꽃마저 녹여 버리는 초월적인 화력을 보여 주었다…."

글렌은 눈을 내리감고, 라온이 만들어 낸 금색 불길을 떠올렸다.

"금색 마나, 금색 불길."

노란색 오러는 자주 나왔지만, 진한 금빛의 마나는 지그하르트 역사상 단 한 번밖에 나오지 않은 색이었다.

"라온. 넌 대체…."

"엄마가 미안해."

실비아는 별관에 돌아오자마자 라온을 끌어안았다. 평소보다 더 꽉 잡혀서 숨쉬기 어려울 정도였다.

"괜찮아."

라온은 실비아의 등이 바르르 떨리는 걸 보며 그녀의 어깨를 두드려 주었다.

'아직은 잘 모르겠어.'

전생에선 감정이라는 걸 모르고 살았다.

죽이라면 죽였고, 납치하라면 납치했고, 훔치라면 훔쳤다. 사육사와 개. 명령과 복종의 관계뿐이었다.

하지만 지금은 달랐다.

실비아와 헬렌 그리고 시녀들은 아무것도 바라지 않고 자신에게 주기만 했다.

받기만 한 삶은 처음이었기 때문에 지금 가슴을 찌르르 울리는 이 감정이 무엇인지 정확히 설명할 수가 없었다.

그래도 하나는 안다.

실비아와 시녀들이 울지 않았으면 좋겠다. 항상 웃지는 못하더라도 슬프지 않기를 바랐다.

'날 비웃었다면 아무런 감정도 들지 않았겠지.'

하지만 가주전에 있던 자들은 실비아를 비웃었다.

단상 아래의 방계들은 대놓고 낄낄거렸고, 단상 위의 직계들은 벌레를 보듯 혐오스러운 표정을 지었다.

'알려 줘야겠지.'

실비아를 비웃은 그들 모두에게 가르쳐 줄 것이다. 오늘 그들이 보여 준 추잡한 행동이 어떻게 돌아갈 것인지를.

환생한 암살자는
검술 천재

따사로운 햇볕이 내리쬐는 오후.

정원 잔디 위에 남자아이 하나가 앉아 있었다.

짙은 금발이 잔잔한 바람에 휘날리는 아이의 이목구비는 어려 보임에도 이미 완벽에 가까운 조화를 이루고 있었다.

다만 몸이 좋지 않은 것처럼 얼굴이 창백한 것이 약간의 흠이었다.

"후우…."

두 눈을 감은 채 한참 동안 앉아 있던 아이가 천천히 눈을 떴다.

'불의 고리가 세 개가 되기 직전이군.'

아이가 아니라, 소년이라고 불러야 할 정도로 성장한 라온이 옅게 웃었다.

'벌써 7년이 지났나.'

첫 번째 판별식 이후로 7년이 지나, 어느새 열두 살이 되었다.

그 시간 동안 꾸준히 연공을 한 덕분에 두 개의 불의 고리가 세 개로 늘어나기 직전이었다.

'조금 아쉽네.'

전신에 퍼진 냉기만 없었다면 진즉에 3성에 올랐겠지만, 아쉽게도 냉기와 함께 연공을 하느라 진도가 느려질 수밖에 없었다.

그래도 얻은 게 없지는 않았다.

'상태창.'

속으로 이젠 익숙해진 단어를 외쳤다.

```
<상태창>
이름 : 라온 지그하르트.        칭호 : 없음.
상태 : 혹한의 저주(아홉 가닥), 저질 체력, 운동 능력 저하,
       마나 감응력 저하.
특성 : ???, 불의 고리(2성), 수속성 저항력(2성)

*추가 능력이 개방되지 않았습니다.
```

수속성 저항력이 2성으로 올랐고, 상태에서 전신 냉증이 사라진 덕분에 전처럼 손발이 굳는 증상이 사라졌다.

물론 다른 체질 때문에 몸을 움직이는 건 여전히 힘들었지만, 그건 불의 고리 성취가 올라가면 자연히 해결될 문제였다.

"흐음."

라온이 상태창을 끄고, 잔디밭에서 일어섰다.

'이제 육체 수련도 시작해야 하는데….'

추위를 덜 타게 된 덕분에 실비아와 시녀들의 걱정은 줄어들었지만, 몸을 움직

이려고만 하면 쫓아와서 말린다.

불의 고리 성취를 빠르게 높이기 위해서는 육체적인 수련도 필요했기 때문에 대놓고 훈련할 방법을 찾아야 했다.

'당당하게 수련할 방법 없나?'

억지로 수련을 할 수도 있지만, 이상하게 실비아의 말은 거역하기가 힘들었다. 명령이 아니지만, 따를 수밖에 없었다.

"도련님!"

어떻게 해야 하나 고민하고 있을 때 별관에서 헬렌이 달려 나왔다.

"판별식에 참여해야 하는데 아직도 그러고 계시면 어떻게 해요. 하여튼 마님이랑 똑같다니까."

"아, 그랬지."

판별식은 외부에 나가 있거나, 임무 수행 중인 사람들을 제외하고는 모두가 참여해야 했기 때문에 자신도 가야만 했다.

"그 짜증 나는 것들 또 보겠네."

몇 년 전 2번째 판별식에 참여했을 때도 노골적인 조롱을 받았다. 이번에도 비겁자니, 도망자니 알아듣지도 못할 소릴 지껄일 것이다.

"도, 도련님. 그런 말씀은 작게…."

헬렌이 주변을 돌아보며 입에 손가락을 올렸다.

"다른 사람들이 있을지도 모른다고?"

"이 가문 내부의 눈과 귀는 항상 열려 있어요."

"걱정도 팔자지만, 알겠어."

라온은 짧게 혀를 차고서 별관으로 들어갔다. 안에는 예복을 차려입은 실비아가

기다리고 있었다.

"힘들면 방에서 쉴래? 엄마 혼자 가도 돼."

눈가에 주름이 조금 늘어난 실비아가 머리를 쓰다듬어 주었다.

"괜찮아."

라온은 고개를 젓고서 방으로 들어갔다.

'우릴 비웃은 놈들이 어떻게 변했나 확인해야 하니까.'

암살자에게 표적의 변화는 최우선으로 확인해야 하는 과제였다.

라온은 즐거운 마음으로 판별식에 참여하기로 했다.

라온은 실비아, 헬렌과 함께 판별식이 열리는 알현실로 들어갔다.

"여전히 키가 작군."

"비쩍 말랐네. 금발적안만 빼면 다른 가문의 아이라고 해도 믿겠어."

"지그하르트의 이름에 어울리는 건 저 잘난 외모뿐이지."

"창백해서 얼굴도 별로 같은데?"

예상대로였다. 관심 없다는 듯 무시하는 직계들과 속삭이듯 비꼬는 방계들은 여전했다.

'다행이야.'

저들은 여전히 자신과 실비아를 조롱하고 있었다. 그 태도가 달라지지 않아 오히려 만족스러웠다.

'조애나, 헨리, 데니어….'

라온은 단상 위부터 아래까지 둘러보며 직계와 방계들의 이름을 하나씩 되뇌었다.

단상 아래 맨 뒷자리에 앉아, 30분 정도 대기하니 가주 글렌 지그하르트가 입장했다.

그는 여전히 아니, 7년 전보다 더한 위엄을 두른 채 단상 위로 올라가 판별식을 진행했다.

직계는 한 명도 없었고, 방계와 봉신 가문의 아이들만 판별식을 진행했기 때문에 세 시간도 지나지 않아 식이 종료되었다.

방계 아이들의 마나 순도가 높았기 때문에 중간중간 자신과 비교하는 놀림이 들려왔지만 무시했다.

"오늘 판별식은 종료되었습니다. 모두 수고…."

"잠깐."

글렌이 손을 들어 올리며 판별식이 끝났다는 사회자의 말을 끊었다.

"라온 지그하르트."

옥좌에 앉아 천하를 굽어보는 절대자의 시선이 처음으로 라온을 향했다.

순간 정적이 일어나며 이 공간에 있는 모두의 관심 역시 그에게 집중되었다.

'나?'

라온이 마른침을 삼켰다. 갑자기 자신의 이름이 호명될 줄은 생각도 못 했기에 당황스러웠다.

"가, 가주님?"

"으음….'

실비아가 당황하여 눈동자를 바르르 떨었다. 옆에 있던 헬렌이 손을 꽉 잡아 주었다.

"가문의 일원으로서 기초 수련에 참여하라는 명령서가 떨어졌을 텐데, 왜 한 달이 지난 지금도 답을 보내오지 않았지?"

'기초 수련 참여?'

그런 건 받은 적도 없다. 옆을 보니, 실비아가 입술을 깨물고 있었다. 이미 알고 있었던 것 같다.

"가, 가주님. 라온은 다른 아이들과 다릅니다. 아직 몸속의 냉기가 남아 있어서…."

"지그하르트의 이름을 받은 자에겐 예외도, 거부도 없다."

"제대로 걷기도 힘들어하는 아이입니다. 훈련을 버티지 못할 거예요."

실비아가 단호하게 고개를 흔들었다.

"걷지 못하면 기어서라도 훈련을 받아라. 그게 지그하르트다."

글렌이 오른손으로 턱을 괴며 눈을 내리감았다.

"바, 받아들일 수 없습니다. 아니, 최소한 조금의 시간이라도…."

"받아들일 수 없다면 또 집을 나갈 건가? 그 핏덩이를 데리고?"

"그, 그건…."

오른손을 잡은 실비아의 손이 축축이 젖어 드는 게 느껴졌다.

"이 땅에선 지그하르트로서 살 수밖에 없다. 싫다면 나가거라."

글렌의 목소리는 피 한 방울 섞이지 않은 남에게 말하듯 냉담했다.

"저러다 또 도망치는 거 아니야?"

"그것도 볼만하겠지만, 이제 깰 단전이나 마나 회로도 없잖아."

"저런 사람이 가문의 직계였다니. 쯧쯧"

"……."

라온은 실비아와 글렌 그리고 이 방에 있는 모두를 보며 서늘한 눈빛을 가라앉혔다.

'이제야 알겠군.'

실비아가 직계이면서도 이런 처참한 대우를 받는 이유를. 직계만이 아니라 방계에게도 무시 받는 이유를 이제야 알 수 있었다.

'가문을 나갔던 거야.'

그녀에겐 무예를 익힌 흔적이 있지만 오러가 없다. 단전을 폐하거나, 오러를 익히지 않았다는 뜻인데, 예상대로 전자였다.

실비아는 단전과 마나 회로를 망가뜨린 뒤 가문을 나가 아버지와 결혼을 했던 게 분명했다.

'날 임신한 뒤 아버지가 죽게 되어 어쩔 수 없이 돌아왔겠지.'

이해는 간다.

지그하르트의 직계 자리를 스스로 걷어찼다가 돌아왔으니, 방계 이하의 대접을 받는 이유는 합당했다.

'다만.'

그건 외부의 시선이고, 그들의 사정이다. 실비아의 아들인 라온의 입장에선 그녀가 받는 대우를 참을 수 없었다.

탁.

라온이 실비아와 헬렌의 손을 놓으며 앞으로 한 걸음 나섰다.

"도, 도련님!"

"라온. 엄마가 알아서 할 테니…."

"괜찮아."

두 사람에게 고개를 저어 준 뒤 글렌의 정면에 섰다.

"가주님. 말씀하신 대로 다음 달부터 훈련에 참여하도록 하겠습니다."

손자가 아닌, 벌레를 보는 듯한 그의 눈빛을 마주하며 고개를 숙였다.

"넌 훈련이 있던 것도 모르지 않았나?"

글렌의 셋째 아들이자, 삼촌인 데니어 지그하르트가 입을 열었다. 직계 중 유일하게 안쓰러운 시선을 보내던 사람이다.

"그렇습니다."

"기초 훈련이라고 해도 환자인 네가 감당할 수 있는 수준이 아니다. 지금이라도 물러나라."

"괜찮습니다."

라온이 데니어가 아니라, 글렌을 바라보았다.

"지그하르트라는 이름을 받았으니, 그 값은 해야겠죠. 훈련에 참여하겠습니다."

아이답지 않은 단호한 목소리에 사람들의 시선에 일순간 변화가 일었다.

작은 돌멩이 정도로 인식하는 듯한 눈빛이지만, 지금은 그걸로 충분했다.

자신은 밑바닥 사냥개에서 최고의 암살자로 올라선 전력이 있고, 대륙 전설에 나오는 불의 고리를 익히고 있다.

그 모든 능력을 살린다면 이 가문에서 우뚝 서는 것도 불가능한 일이 아니다.

복수가 늦어진다? 아니다. 오히려 이게 더 빠른 길일지도 모른다.

꾸욱.

라온이 작은 주먹을 꽉 말아 쥐었다.

'너희가 깔본 돌멩이가 얼마나 단단해질지 보여 주마.'

제6화

"지그하르트의 이름을 입에 담는다? 넌 그게 얼마나 무거운 건지 알고 있느냐?"

글렌 지그하르트의 눈동자에 자그마한 기세가 담겼다.

"크윽!"

라온이 피나도록 입술을 깨물었다.

'살이 짓눌리는 것 같아.'

글렌은 거대한 바다에서 바닷물 한 바가지를 퍼 올렸을 정도로 작은 기세를 뿜어냈을 뿐이지만, 심장이 쥐어짜이는 것 같았다.

등줄기에서 흐른 식은땀 때문에 옷이 등에 달라붙는 게 느껴졌다. 불의 고리를 연성하지 않았다면 방금 기절했을지도 모른다.

'이게 북멸왕이라 불리는 무인인가….'

눈빛만으로 질릴 정도라니, 데루스 로베르트 이상의 무력이다. 고개를 들어 올릴 수가 없었다.

"다시 말해 보아라. 넌 지금 한 말을 책임질 수 있느냐?"

"가, 가주님. 라온은 아직 어립니다. 무얼 알고 한 말이 아니에요."

"그렇습니다! 라온 님은 별관에만 계셔서 지그하르트의 이름을…."

실비아와 헬렌이 옆으로 달려와 무릎을 꿇었다.

"가주님. 아직 아무것도 모르는 아이일 뿐입니다. 기세를 거두어 주십시오."

데니어 지그하르트가 일어서며 기세를 막아 주었다.

"데니어 님!"

"저런 건방진 녀석조차 챙기시다니, 역시 데니어 님이라니까."

"무력보다도 마음이 넓으신 분이잖아."

데니어의 언행에 방계들이 찬사를 보냈다.

"지금 내가 말하고 있다."

"윽!"

"끄윽…."

글렌의 패도적인 음성에 데니어와 실비아가 동시에 물러섰다. 그들이 움직인 게 아니라, 글렌이 목소리만으로 두 사람을 밀어낸 것이다.

"죄, 죄송합니다."

데니어가 고개를 숙였다. 하지만 실비아는 달랐다.

"아, 아버지…."

오러조차 없는 몸으로 글렌의 기세를 견디고 자신에게 다가왔다.

"라온은 아직 훈련을 받을 상태가…."

실비아의 눈동자엔 자신을 걱정하는 마음뿐이었다.

가슴이 찌르르 울렸다.

'모르겠어.'

이 울컥하는 감정이 그녀에 대한 동정인지, 걱정인지 혹은 또 다른 무언가인지는 모른다.

다만 그녀가 저런 모습을 보이지 않고, 항상 행복하게 웃었으면 좋겠다.

'난 암살자였지.'

암살자는 어둠 속에서 살아가는 존재. 삶이 아닌, 죽음과 친숙하게 지내며 스스로를 드러내지 않는다.

'하지만 이젠 아니야.'

더 이상 암살자로 살지 않겠다.

암살자 라온이 아닌, 라온 지그하르트로서 실비아를 원래의 위치로 돌려놓겠다고 다짐했다.

캬앙!

그렇게 생각한 순간 목에 매달린 쇠사슬 한 가닥이 떨어지는 듯한 소리가 들려왔다.

"알지 못합니다."

라온이 억지로 고개를 들어 올렸다. 글렌의 위압적인 눈동자에서 도망치지 않았다. 당장에 눈을 감고 싶은 충동을 억누르며 말을 이었다.

"전 이 본관이 아니라, 별관에서 자랐습니다. 지그하르트가 얼마나 높은지, 얼마나 잘난 곳인지 모릅니다."

"라, 라온!"

실비아가 다급하게 불렀지만, 돌아보지 않았다.

"그러니 훈련에 참여하여 지그하르트가 어떤 곳인지 알아보려 합니다."

라온의 말이 끝나자, 모두가 숨을 멈추고 글렌을 바라보았다.

"……."

글렌의 한쪽 눈썹이 살짝 내려앉았다.

"그 말은 기초 수련으로 지그하르트의 수준을 판단하겠다는 거냐?"

"그게 지금의 제가 지그하르트에 대해 알 수 있는 유일한 방법입니다."

"그렇다면 교관에게 단단히 준비하라 지시해야겠구나. 널 실망시키지 않도록."

글렌의 붉은 눈동자에서 피어오른 불길에 알현실이 쥐 죽은 듯 고요해졌다.

"크으…."

라온은 참지 못하고 결국 고개를 숙였다. 지금 자신은 겨우 열두 살이다. 아직은 글렌의 천분의 일도 감당할 수 없는 아이였다.

다만 굴복한 건 아니다.

불의 고리를 꾸준히 연성하고, 뛰어난 오러 연공법을 익힌다면 언젠가 그 앞에 서도 당당히 설 수 있다.

라온은 말이 아닌, 행동으로 보여 주겠다고 다짐하면서 이를 악물었다.

'언젠가는.'

모두가 떠난 후 침묵이 내려앉은 알현실엔 글렌과 그의 집사 로엔만이 남아 있

었다.

"봤나?"

"예. 확실하게 봤습니다.

글렌의 질문에 로엔이 고개를 크게 끄덕였다.

"그 녀석은 물건이다."

글렌의 입매는 조금 전과 달리 살짝 위로 올라가 있었다.

"내 압박을 견디면서 당당히 말하는 열두 살이라니, 지금까지 그런 녀석은 없었어."

"저도 처음 보았습니다."

로엔이 흘러내린 머리를 정돈하며 씩 웃었다.

"외모만이 아니라, 기세도 어렸을 적 가주님을 쏙 빼닮았습니다."

"이상한 소리 말거라."

글렌은 헛소리 말라는 듯 콧방귀를 뀌었지만, 그의 입가는 바람을 탄 풀잎처럼 조금 더 올라갔다.

"기초 수련의 난이도를 올리실 생각이십니까?"

"들은 귀가 많으니, 그래야겠지."

"라온 님이 수련을 통과할 수 있을까요?"

"기초 수련에 참여조차 힘들 거다."

글렌이 망설임 없이 고개를 저었다.

"영약 덕분에 몸 상태는 많이 호전되었지만, 체격도, 체력도 좋지 않아. 좀 더 회복되면 모를까. 지금은 무리다."

"그럼 왜…."

"말했잖느냐. 지그하르트의 이름을 받은 자에게 차별은 없다고."

"음."

로엔이 입맛을 다셨다.

'여전히 솔직하지 못하시다니까.'

수십 년을 함께했기 때문에 알 수 있다. 글렌이 대놓고 라온을 부른 건 그를 압박하려는 게 아니라, 다른 사람들에게 차별하지 않는다는 것을 보여 주어 역으로 보호하려는 의도였다.

아마 라온이 훈련에서 떨어지면 미운 놈 떡 하나 주는 것처럼 영약을 내려 주실 거다.

물론 라온이 직접 나섰던 건 글렌조차 몰랐을 테지만.

"전 라온 님의 성격이 마음에 들지만, 걱정스러운 점이 하나 있습니다."

"직계와 방계 아이들 때문이겠지."

"네. 크게 반응하진 않겠지만, 이전과 달리 주목을 받게 될 겁니다. 아무리 적은 양이라고 해도 가주님의 기세를 견뎠으니까요. 미리 조치를…."

"아니, 지켜보기만 해라. 괜히 자극할 필요는 없어."

"알겠습니다."

로엔은 본인의 생각이 있음에도 글렌의 지시에 바로 고개를 끄덕였다. 그에게 있어서 글렌은 신이나 다름이 없었다.

"가주님. 한 가지만 여쭈어봐도 되겠습니까?"

"음?"

"혹시라도 라온 님이 기초 수련을 통과하신다면 어떻게 하시겠습니까?"

"통과?"

글렌이 턱을 괴며 7년 전 판별식을 떠올렸다.

'금색 불꽃.'

우연인지 혹은 이상이 일어난 건지는 모르지만, 라온은 초대 가주만이 사용했다는 금색 불꽃을 피워 냈었다.

"그럴 일은 없다. 다만 만분의 일이라고 그렇게 된다면…."

피식 웃으며 옥좌에서 일어섰다.

"그에 합당한 보상을 내려야겠지."

라온은 별관에 돌아가자마자, 실비아의 방으로 끌려갔다.

"라온."

실비아가 라온의 양쪽 어깨를 꽉 부여잡았다.

"대체 왜 그런 거야."

"음…."

"지그하르트의 훈련은 아이라고 봐주지 않아. 지금의 네 체력으론 버틸 수 없어. 다치기만 할 거라고."

실비아의 목소리가 축 가라앉았다. 자신에 대한 걱정으로 손이 떨리고 있었다.

"참을 수가 없었어."

"뭐?"

"나도 내가 어떤 감정으로 움직였는지는 정확히 몰라."

라온이 눈을 내리감았다. 정말이다. 실비아, 헬렌과 12년을 살았지만, 아직 자신의 감정은 파스텔 톤 하늘처럼 연하다.

"하지만 본관에 가서 엄마가 무시당할 때마다 가슴이 답답해. 그래서 한마디 하고 싶었어."

실비아와 헬렌에게만큼은 거짓말을 하고 싶지 않았기에 솔직한 마음을 뱉어 냈다.

"아…."

"라온 도련님."

실비아의 입이 벌어지고, 헬렌의 눈동자가 바르르 떨렸다.

"후우."

실비아는 어깨를 잡은 손을 놓고, 천천히 눈을 감았다가 떴다.

"라온. 네가 날 생각해 주는 건 고맙지만 넌 아직 어려. 한참 응석을 부려야 할 나이에 벌써 엄마를 생각해 줄 필요 없어."

"하지만."

"넌 모르겠지만, 엄마 꽤 강해. 얼마든지 참을 수 있어."

실비아는 눈물이 나오려는 걸 참기 위해서 혀를 씹었다.

'이런 아이를….'

라온은 자신에게 과분할 정도로 착한 아이였다. 가문의 분위기를 파악했는지, 다른 아이들처럼 어리광을 부리지도 않았고, 몸이 아파도 홀로 참아 냈다.

그렇게 착하고 다정한 아이였기에 스스로 힘든 곳으로 걸어가게 놔둘 수는 없었다.

"엄마가 할아버지에게 다녀올게. 훈련을 딱 1년만 미뤄 달라고 부탁하면 그분이라도…."

"해 볼게. 아니, 할 수 있어."

라온이 고개를 흔들었다. 실비아를 위해 나선 것도 맞지만, 다른 이유도 있다.

기초 훈련은 실비아와 헬렌의 눈치를 보지 않고, 대놓고 육체 수련을 할 기회였다. 알아서 찾아와 준 행운을 날려 보낼 수는 없었다.

"정말이야. 할 수 있으니, 믿어 줘."

"할 수 있고, 없고가 중요한 게 아니라, 네 몸이 더 안 좋아질 수도 있다는 게 문제야."

"음…."

라온이 흔들리는 실비아의 눈동자를 바라보며 눈매를 좁혔다.

'그 소리였군.'

서로의 시선이 달랐어.

자신은 훈련에 버틸 수 있다를 말했고, 실비아는 몸 상태를 걱정했다.

암살자로서 실적만을 따지던 그 시간 때문에 그녀의 마음을 이해하지 못했다.

"그럼 몸 상태가 나빠지면 바로 포기할게."

실비아의 걱정을 덜어 주기 위해서 새로운 대답을 말했다.

"넌 아파도 말하지 않는데, 널 어떻게 믿어!"

"약속할게."

"하아…."

실비아가 머리를 부여잡으며 한숨을 내쉬었다.

"실비아 님. 라온 도련님을 한번 믿어 보는 건 어때요?"

"헬렌도 라온이 어떤 앤지 알면서…."

"훈련 강도가 높은 건 맞지만, 이번 수석 교관님은 지그하르트에서 보는 눈이 가장 좋은 분이에요. 도련님의 상태를 알고 있을 테니, 심해지기 전에 중지시키실 거예요."

"하아…."

헬렌의 말을 들은 실비아가 한숨을 내쉬며 자신을 지그시 내려다보았다.

"라온. 정말 약속할 수 있니? 조금이라도 몸에 이상이 있으면 바로 말해야 해? 알겠지?"

"응."

라온이 덤덤하게 고개를 끄덕였다.

"한 번만 믿어 볼게."

"고마워."

"그래도 가만히 있을 수는 없지."

"네?"

"5 연무장에 다녀올게. 말이라도 해놔야지."

그녀는 그렇게 말하고 바로 방 밖으로 뛰어나갔다.

"라온 도련님."

실비아가 나가자마자 헬렌이 무릎을 꿇고, 눈을 마주쳤다.

"절대. 절대 무리하면 안 돼요! 힘드시면 바로 포기해야 합니다. 아시겠죠?"

"알겠어. 몇 번을 말하는 거야."

"몇 번이 아니라, 몇십 번을 말해도 부족해요. 도련님은 다른 아이들보다 약하다는 걸 기억하고, 오기를 버려야 해요."

"그래."

헬렌 역시 실비아 정도로 걱정이 많았기에 고개만 끄덕였다.

'미안하지만, 내가 먼저 포기할 일은 없어.'

폐가 터져서 죽더라도 멈출 생각은 없었다. 힘들면 힘들수록 불의 고리의 경지가 올라, 육체와 정신을 강하게 만들어 줄 테니까.

❈❈❈❈❈

라온은 별관 뒤에 있는 작은 정원으로 향했다.

"본관에 갔다 오니, 텅 빈 느낌이네."

본관에는 넓은 연무장과 세련된 정원을 비롯한 여러 시설이 있지만, 별관에는 작은 정원과 호수가 전부였다.

너무 작아 실비아의 눈을 피해 수련할 수 없었지만, 나름의 운치는 있었다.

라온은 정원의 의자에 걸터앉았다.

'훈련은 꽤 힘들겠지.'

실비아나, 헬렌의 걱정대로 자신의 몸은 아직 완벽하지 않다. 마나 통로에 냉기도 남아 있고, 성장도 늦으며, 체력도 부족하다.

지그하르트의 훈련은 악명 높기로 유명하니, 아이들의 기초 훈련이라고 해도 버거울 거다.

다만 자신에겐 그 이상의 지옥을 걸어온 전생의 경험이 남아 있다. 그 기억이 있다면 절대 무너지지 않는다.

'이제 진짜 시작이야.'

태어난 이후 불의 고리를 익힌 게 토대였다면 다음 달부터 진행될 훈련은 집을 짓기 위한 기초 공사였다.

그 공사를 잘 다져 놓아야 훗날 높은 건물을 쌓을 수 있다.

"보여 줘야지."

그 어떠한 직계보다도 뛰어난 성취를 보여 줘서, 우리를 조롱하던 놈들의 입을 전부 닥치게 할 것이다.

'그리고 그놈. 데루스 로베르트.'

이곳의 일로 복수가 조금 늦어지겠지만, 자신의 진짜 목표는 천검성 데루스 로베르트다.

데루스의 가면을 벗기고, 목을 베는 그날까지 절대로 멈추지 않는다.

"후…."

라온이 서산 아래로 잠겨가는 금빛의 태양을 보며 눈을 감고 마나를 받아들였다.

그의 심장을 휘도는 불의 고리가 세차게 회전하기 시작했다.

제7화

지그하르트는 북방의 지배자란 명성답게 막강한 무력 단체들을 보유했다.

하나하나가 일당백인 단체들이었지만, 가장 용맹한 무력 단체를 묻는다면 열 명 중 다섯은 전마대를 꼽았다.

그 전마대의 대주이자, 글렌의 둘째 아들인 카룬 지그하르트는 인상을 구기며 혀를 찼다.

"환자. 그것도 제대로 움직이지도 못하는 환자라고 하지 않았나?"

"넝마의 성자와 가주님의 대화를 들었던 시녀들이 한두 명이 아닙니다. 분명 심각한 병을 앓고 있다고 했습니다."

"그건 나도 들었다. 이전에 봤을 때도, 오늘도 그 아이의 몸은 정상이 아니었다. 그런데…."

카룬 지그하르트가 책상을 툭툭 두드렸다. 그때마다 책상이 아니라, 그의 집무

실 전체가 울렁였다.

"놈은 아버지의 기세를 견뎠다."

글렌이 뿜어낸 기세는 그가 본래 가진 힘에 비하면 태양 앞의 반딧불이처럼 작았다.

하지만 그걸 12살짜리가, 그것도 환자인 아이가 견뎠다. 눈앞에서 봤음에도 믿을 수가 없었다.

"버렌이었다면 견딜 수 있었을까?"

"……."

카룬의 혼잣말 같은 질문에 대답은 없었다.

"그래. 견디지 못했을 거다."

자신의 아들인 버렌은 일곱 살부터 수련을 시작했고, 수시로 질 좋은 영약들을 먹었다.

그렇게 키운 버렌도 아버지의 기세를 견딜 수 없을 텐데, 라온이 이겨 낸 게 계속 머릿속을 맴돌았다.

"실비아도 재능만큼은 누구보다 뛰어났었지."

지금은 단전과 마나 회로가 깨져 폐인에 불과하지만, 실비아의 재능은 그 누구도 따라가지 못했다.

"별관에 사람을 넣을 수 있나?"

"시간은 좀 걸리겠지만, 가능합니다."

문 앞에 대기하던 집사가 고개를 끄덕였다.

"넣어라."

카룬은 차가운 눈동자를 빛내며 몸을 돌렸다.

"그곳에서 벌어지는 일들을 모조리 보고하도록."

❈❈❈❈❈

라온은 아침이 밝아오기도 전에 방을 나갔다. 정원 앞에서 가볍게 몸을 푼 뒤 별관 주변을 뛰기 시작했다.

훈련을 대비하기 위해서 나름 단련한다고 했으니, 방해할 사람은 없었다.

"후욱…."

달린 지 얼마 지나지 않았음에도 숨이 턱 끝까지 차올랐다. 전생과는 비교할 수 없이 약한 육체였다.

"하아아."

가빠 오는 숨을 참았다. 코로 숨을 들이마시고, 입으로 내쉬는 단순한 행동에 집중하며 불의 고리를 운용했다.

들어가고 나오는 그 모든 숨결에 자연의 마나가 담긴다.

꽃가루처럼 팔랑이는 마나의 알갱이들이 마나 회로를 누비며 육체에 활력을 주고, 피어나는 냉기를 가라앉혔다.

'좋은 흐름이야.'

라온이 고개를 끄덕였다. 불의 고리는 육체 활동과 함께할 때 그 진가가 드러난다. 운용하는 마나의 양과 순도가 평소와 비교할 수 없을 정도로 뛰어났다.

"후우…."

땀으로 옷이 축축하게 젖고, 입에서 단내가 났지만, 불의 고리가 만들어 주는 활력에 웃음이 절로 나왔다.

"라온!"

전신을 자극하는 단련의 희열을 느끼며 더 집중하려 할 때 창문이 벌컥 열리고, 실비아의 얼굴이 튀어나왔다.

"첫날부터 무리하면 어떻게 해!"

"허억, 허억…."

라온이 걸음을 멈추고 숨을 헐떡였다.

"땀도 그렇게 많이 흘리고, 너무 과했어!"

"어, 어쩌다 보니까."

거친 숨을 내쉬며 고개를 숙였다.

'방해가 아니야. 잘 멈춰 줬어.'

이번엔 실비아의 말이 맞았다. 현재 자신의 육체는 환자에 가깝다. 불의 고리가 활력을 만들어 준다고 해도 이 이상 달렸으면 탈이 났을 거다.

'아직 시간은 많아.'

기초 수련이 시작될 때까지 한 달이라는 시간이 남았다.

2성의 끝에 온 불의 고리를 3성으로 올릴 수 있는 시간이니, 조급해하지 말고, 천천히 나아가면 된다.

"방에서 쉴게."

"몸은 괜찮아? 이상한 곳은 없어?"

실비아는 흔들리는 눈망울로 자신의 전신을 훑어보았다. 그녀에게 고개를 저어 주었다.

"없어. 오늘은 그만하고 쉬어야 할 거 같아."

"너 내일도 이렇게 무리하면 훈련 못 하게 할 거야."

"걱정 마."

라온은 옅게 웃고서 방으로 들어갔다.

'이제 세로 고리를 연공하면 되겠군.'

가로로 도는 불의 고리는 육체를, 세로로 도는 불의 고리는 정신을 성장시킨다.

지금까지 가로로 도는 불의 고리를 운용했으니, 지금은 세로로 도는 고리를 연성할 차례였다.

라온은 바닥에 앉아 눈을 내리감았다. 뛸 때보다 마음을 차분하게 가라앉히고 자연의 마나를 받아들였다.

지이이잉!

심장을 휘도는 두 개의 불의 고리 옆으로 옅은 그림자가 생겨나기 시작했다.

글렌 지그하르트는 가주전을 벗어나 홀로 5 연무장으로 향했다.

연무장의 문을 열고 들어가니, 교관들이 수백 명을 수용할 수 있는 누런 대지를 다지고 있었다.

"가주님을 뵙습니다!"

글렌은 인사를 해 오는 교관들에게 손을 들어 주고서 연무장 외곽에 세워진 수석 교관실에 들어갔다.

너저분해 보이는 방의 중앙에 흔들의자 하나가 까딱이고 있었고, 그 위에는 밀짚모자로 얼굴을 가린 사내가 죽은 듯 누워 있었다.

"자는 척 그만하고 일어나라."

"어욱…."

흔들의자에 앉아 있던 사내가 탁한 숨을 뱉으며 모자를 걷어 냈다. 20살이나 되었을까. 붉은 머리칼을 아래로 내린 미남자가 하품하며 몸을 일으켰다.

그의 귀는 평범한 인간과 달리 풀잎처럼 올라가 있었고, 외모 역시 이 세상의 것이 아닌 듯한 신비로움을 뿜어냈다.

뾰족한 귀와 인간을 벗어난 아름다운 외모. 5 연무장의 수석 교관은 인간이 아니라, 자연의 종족이라는 엘프였다.

"제 수면공이 통하지 않는 건 역시 가주님뿐이네요."

"교관들은 땀을 흘리며 땅을 다지는데 수석이라는 놈이…."

"걔네는 제가 내린 지시를 따르고 있는 겁니다. 전 머리로 일하는 거고, 그 친구들은 몸으로 일하고 있으니 공평하죠."

"리메르. 넌 10년이 지나도 철이 들질 않는군."

"사람이 변하면 죽는 법입니다. 아, 난 엘프구나."

리메르라 불린 엘프가 낄낄 웃으며 의자에서 일어섰다.

"오늘은 어쩐 일로 여기까지 왕림하셨습니까? 설마 막내 손주 때문인가요?"

"……"

글렌은 말을 하지 않고 리메르를 바라보았다. 함께 전장을 달리던 사이라 그런지 눈빛만 봐도 무슨 생각을 하고 있는지 아는 것 같았다.

"실비아가 와서 사정사정하던데, 가주님도 오실 줄은 몰랐네요."

"실비아가?"

"라온이 다치지 않게 잘 봐달라고 하더군요. 가주님도 그런 부탁을 하러 오셨다면 괜히 오신 겁니다."

장난기 가득했던 리메르의 녹색 눈동자가 낮게 가라앉았다.

"이 연무장만큼은 가주님께서도 터치하지 않겠다고 말씀하셨죠. 아무리 막내 손주라고 해도 예외는 받아들이지 않겠습니다."

"그러도록."

"예?"

글렌의 주억거림에 리메르가 입을 벌렸다.

"훈련 강도를 낮추지 말고 네 마음대로 올려라. 어중이떠중이는 걸러지도록."

"강도를 내리는 게 아니라, 올리라는 말씀이십니까?"

"그래."

"그럼 손자도 떨어질 텐데… 아!"

리메르가 손뼉을 치며 미소를 지었다.

"이야, 이거 생각보다 막내 손자를 더 사랑하시나 봅니다. 실비아에게 제대로 못 전한 사랑을 그 아이에게…."

"네가 전우가 아니었다면 방금 목이 날아갔을 거다."

"으흐흐!"

그는 능글맞은 표정을 지으며 목을 매만졌다.

"확실하게 옥석을 가려라. 제대로 된 인원만 네 훈련을 받을 수 있도록."

"수련생 선발 시험이라도 치르라는 말씀이십니까?"

"그건 네 마음대로 해라."

"알겠습니다!"

"가겠다."

"옙!"

글렌은 리메르의 경례를 받으며 문을 나섰다. 나오는 길에도 교관들은 땅을 다지고 있었다.

"……"

글렌은 별관이 있는 서쪽을 바라보다가 몸을 돌려 가주전으로 걸어갔다. 그의 걸음이 평소보다 조금 무거워 보였다.

라온은 눈을 감은 채로 방에 앉아 있었다. 세 시간 넘도록 움직이지 않던 그의 어깨 위로 금빛 연기가 스멀스멀 피어올랐다.

> 세 번째 불의 고리가 생성되었습니다.
> <불의 고리>가 3성이 되었습니다.
> <불의 고리(3성)>의 효과로 육체와 영혼의 격이 상승합니다.
> <불의 고리(3성)>의 효과로 근력과 체력, 민첩성이 상승합니다.
> <불의 고리(3성)>의 효과로 마나 감응력과 정신력,
> 기력이 상승합니다.
> <수속성 저항력>이 3성에 올랐습니다.
> <혹한의 저주> 한 가닥이 사라집니다.

"됐군."

라온은 눈앞에 뜬 반투명한 메시지를 보며 주먹을 움켜쥐었다.

> <상태창>
> 이름 : 라온 지그하르트.   칭호 : 없음.
> 상태 : 혹한의 저주(여덟 가닥), 저질 체력, 운동 능력 저하,
> 마나 감응력 저하.
> 특성 : ???, 불의 고리(3성), 수속성 저항력(3성)
>
> *추가 능력이 개방되지 않았습니다.

'3성은 확실히 다르네.'

시원한 마나가 전신을 훑고 지나간 것처럼 육체는 민감해졌고, 정신은 맑아졌다.

마나 회로의 너비가 벌어지며 냉기의 고통도 줄어들고, 팔다리에 근육의 형태가 잡히기 시작했다.

'입문을 벗어나니 확실히 효과가 좋아.'

3성부터가 불의 고리 초급 단계다. 이제 막 초급에 올랐을 뿐인데도 육체와 정신의 차이가 크게 느껴졌다.

'상태창의 효과도 있겠지.'

이 마법 같은 메시지와 상태창 덕분에 불의 고리가 전생보다 훨씬 뛰어난 효과를 내고 있을 거다.

'혹한의 저주도 한 가닥 사라졌고.'

일어서서 가볍게 몸을 움직여 보았다. 몸이 깃털처럼 가볍다. 지금 상태라면 지그하르트의 기초 훈련이 아무리 험난하다고 해도 버틸 자신이 있었다.

'아니, 그 이상이야.'

훈련을 버티는 정도가 아니라, 천재라고 불리는 지그하르트의 아이들에게도 밀리지 않을 것 같았다.

"음?"

들뜬 기분에 취해 있을 때 배에서 꼬르륵 소리가 울렸다. 그러고 보니 점심도, 저녁도 굶었다.

'밥이라도 먹을까.'

방을 나가 식당으로 향했다. 식당에는 옅은 불이 켜져 있었고, 실비아가 테이블 앞에 앉아 있었다.

"엄마가 왜 이 시간에…."

"아들이랑 밥 먹으려고 기다리고 있었지."

실비아는 방긋 웃으면서 옆에 있는 의자를 팡팡 두드렸다.

"늦었는데."

세 번째 불의 고리를 연성하느라 식사 시간이 한참 지난 상태였지만, 실비아는 웃으며 의자를 꺼내 놓았다.

"괜찮아. 빨리 앉아."

라온은 어색한 표정으로 실비아의 옆자리에 앉았다.

"헬렌."

"네!"

주방에서 헬렌의 목소리가 들려왔다. 잠시 후 시녀들이 음식들을 내왔는데, 전부 자신이 좋아하는 음식들이었다.

"라온."

실비아가 음식들을 밀어 주면서 어색한 미소를 지었다.

"오늘은 엄마가 라온에게 할 말이 있어."

"할 말?"

"응…."

그녀는 고개를 끄덕이고서 한참 동안 입을 열지 않았다.

"라온은 똑똑하니까 이상하게 생각했을 거야. 왜 우리가 따로 살고, 왜 다른 사람이 욕을 하는 건지."

"음…."

라온이 들고 있던 포크를 내려놓았다. 실비아는 훈련을 시작하기 전에 과거 이야기를 하려는 것 같았다.

어느 정도 알고 있었지만, 모르는 척 가만히 있었다.

"엄마는 죄인이야. 짊어져야 할 책임에서 도망친 주제에 살기 위해서 다시 돌아왔으니까."

실비아의 말은 생각보다 무겁게 시작되었다.

임무 중 우연히 만난 아버지와 사랑에 빠졌고, 평범한 기사였던 그와 함께하기 위해서 마나 회로와 단전을 폐하고 가문을 뛰쳐나갔다고 한다.

"사실 네 누나도 있었어. 너랑은 2살 차이가 났고, 시아라는 이름을 가지고 있었지."

"그럼 누나도…."

"그래."

그녀의 목소리가 음울 그 아래로 가라앉았다. 지하 밑바닥에서 흐르는 듯한 음성이었다.

"내 얼굴을 알고 있던 '에덴'의 간부가 습격을 해 왔어. 그리 강하지 않았던 네 아빠와 널 임신하고 있던 난 할 수 있는 게 아무것도 없었지."

에덴은 지그하르트가 속한 육황과 대립하는 오마의 한 축이다. 따스해 보이는 이름과 달리 왕국 이상으로 많은 강자를 보유한 괴물 같은 집단이었다.

"그럼 엄마는 어떻게 여기로 돌아온 건데?"

"아버지가 나 몰래 호위를 붙여 놓으셨어. 우리와 조금 떨어져 있던 그들은 네 아빠와 누나가 당한 이후에서야 도착했지만."

"할아버지가?"

라온이 눈매를 좁혔다. 찔러도 피 한 방울 흘리지 않을 듯한 냉정한 글렌이 호위를 붙여 주었을 줄은 상상도 못 했다.

"그래서 엄마는 이 가문에서 죄인이야. 네 할아버지에겐 정말 드릴 말씀이 없지."

실비아가 고개를 푹 숙였고, 헬렌과 시녀들은 아무 말 없이 모은 손을 꽉 쥐었다.

"……."

라온은 머리 숙인 실비아를 지그시 바라보았다.

'이기적이군.'

실비아는 이기적이다. 자신의 행복을 위해 가문의 책임에서 벗어났다가 목숨을 구걸하기 위해 다시 돌아왔으니까.

가문의 직계와 방계가 그녀를 왜 그렇게 험하게 대하는지도 이해가 갔다.

'다만….'

그녀는 자신에게 새로운 삶을 주고, 단 한 번도 느끼지 못했던 애정을 준 사람이다.

남들이 모두 이기적이라 칭해도 자신에게만큼은 2번의 삶을 살며 만난 유일한 어머니였다.

"엄마."

라온의 부름에 실비아가 고개를 들었다.

"후회해?"

"후회?"

"가문을 떠나기 전으로 돌아가고 싶어?"

"그건 아니야. 후회는 하지 않아."

실비아는 단호하게 고개를 저었다. 그녀는 가문에서 투명 인간처럼 지내다가 아버지와 누나를 만나 처음으로 사람답게 살았다고 말했다.

"그렇지만 지금의 네겐 미안할 뿐이야. 못난 엄마라….."

"행복했어?"

"그래. 그때도 행복했고, 너와 함께 있는 지금도 행복해."

"그럼 됐어."

"라, 라온?"

"난 괜찮아. 신경 쓰지 마."

라온은 방긋 웃고서 다시 포크를 쥐었다.

'이기적이어도 좋아.'

남들에게 이기적인 인간이라 불려도 좋다. 도망자니, 비겁자니, 욕을 먹어도 좋다.

'대신 되찾겠어.'

그녀가 잃었던 지그하르트 직계의 위치. 먼저 그 자리를 되찾아 준 후에 자신에게 주어진 복수의 업을 끝내기로 마음먹었다.

"흐윽."

"라온 도련님…."

실비아의 큰 눈에서 눈물이 떨어지자, 옆에 서 있던 헬렌과 시녀들도 소리 없이 눈물을 흘렸다.

달그락.

별관의 식당에선 식기가 부딪치는 달그락 소리와 훌쩍이는 울음소리가 묘한 합을 이루었다.

라온은 눈이 탱탱 부은 실비아와 시녀들을 돌려보낸 뒤 방으로 돌아갔다.

'점검은 해 보고 자는 게 좋겠어.'

3성에 오른 불의 고리로 몸과 마음을 깨끗하게 다지고 자는 게 좋을 것 같았다.

우우웅.

심장을 감싼 고리들이 살아 있는 생명처럼 펄떡이며 회전한다.

확실히 3성에 오르니, 고리의 회전 속도가 빨라지고 육체와 정신을 성장시키는 효과도 올라간 것 같았다.

'좋군.'

초급 단계의 시작인 3성이 이 정도인데, 나중에 불의 고리가 중급 이상의 단계에 오르면 어떤 능력을 발휘할지 기대되었다.

라온은 불의 고리를 다섯 번 휘돌린 후 잠을 자기 위해서 침대로 올라갔다. 불을 끄고 눈을 감으려고 할 때 처음 보는 메시지가 떠올랐다.

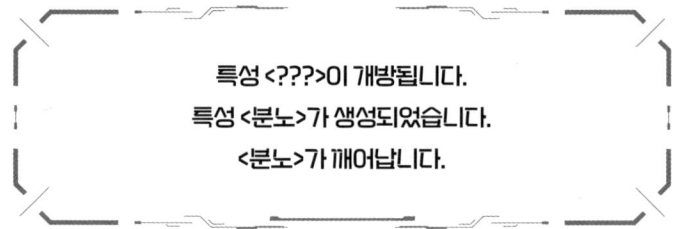

특성 <???>이 개방됩니다.
특성 <분노>가 생성되었습니다.
<분노>가 깨어납니다.

제8화

'분노?'

라온이 마른침을 삼키고, 주변을 둘러보았다.

'누군가 있어…'

보이지도 들리지도 않았지만, 혼자만 있던 방 안에 어떠한 존재감이 드리웠다. 메시지에 나타난 <분노>라는 놈 같았다.

화아아아.

긴장의 끈을 꽉 말아 쥐고 사방을 경계하고 있을 때 눈앞에 푸른 불꽃이 타올랐다.

주먹만 한 불꽃에서 무시무시한 기파가 치솟았다. 화산이 폭발하는 장관을 눈앞에서 지켜보는 느낌이었다.

-드디어.

푸른 불꽃 속에서 등골을 오싹하게 만드는 서늘한 음성이 들려왔다. 금방이라도 터질 듯한 광기가 어려 있는 목소리였다.

"이게 무슨…."

전생의 삶을 통해 수많은 정보를 알고 있었지만, 말하는 불꽃은 듣지도, 보지도 못했다.

-네가 끌어 올린 분노는 본왕에게 닿았다. 마계의 두 번째 군주 라스(Wrath)의 이름으로 네 복수를 이루어 주마. 영혼과 육체를 바쳐…음?

스스로를 마계의 군주 라스라고 소개한 푸른 불꽃이 자신의 위아래를 훑어보다가 입을 떡 벌렸다.

-어린애? 왜 어린애가….

"넌 뭐지?"

-네놈이야말로 누구냐. 본왕에게 전해진 분노는 너처럼 머리에 피도 안 마른 애송이가 낼 수 있는 감정이 아니었다.

라스의 음성은 낮게 가라앉았지만, 숨 막힐 정도로 격한 감정이 휘몰아쳤다.

"분노?"

라온이 인상을 찌푸렸다. 전생이라면 모를까 이번 생을 살면서 크게 분노한 적은 한 번도 없었다.

'잠깐 전생?'

생각해 보면 자신은 기억을 가진 채로 환생했고, 상태창이라는 기이한 능력을 얻었다. 전부 죽고 난 이후에 이루어진 일이었다.

그런 특별한 능력을 준 게 바로 이 라스라는 놈일지도 모른다는 생각이 들었다.

"그럼 네가 내게 상태창을 준 건가?"

-상태창? 네가 그걸 사용할 수 있다고?

"그래."

-말도 안 되는 소리! 음?

라스를 휘감은 푸른 불꽃이 요동쳤다.

-여, 연결이 끊겼어! 어째서….

"네 정체는 뭐고, 왜 이곳에 나타난 거지?"

-본왕을 부른 건 네놈이다.

"내가 불렀다고?"

-모든 것을 바쳐서라도 누군가를 죽이겠다는 분노를 일으키지 않았느냐. 본왕은 네 소원을 이루어 주기 위해서 이곳에 강림했노라.

"아…."

죽기 전에 어떡해서든 데루스 로베르트를 죽이겠다고 다짐했던 게 생각났다. 말을 들어 보니, 이 불꽃은 그때의 분노를 따라 자신의 앞에 나타난 것 같았다.

'근데 너무 늦었잖아.'

전생과 현생의 시간 차이는 2년이었고 태어난 이후 12년이 지났다. 14년이 지난 다음 나타나서 뭘 어쩌자는 건지 모르겠다.

"내 복수를 이루어 준다고?"

-그렇다.

"그 대가는?"

라온의 눈동자에서 진한 열기가 타올랐다.

"세상에 공짜는 없지. 아까 했던 말을 생각해 보면 내 영혼과 육체를 가져가는 건가?"

-그토록 간절한 복수를 이루어 준다면 네 하찮은 영육 따위는 바치는 게 옳은 일

이다.

"……."

라스를 지그시 내려다보았다. 푸른 불길 안에 갇힌 무언가가 보인다. 인간이 아닌 다른 존재가 사이한 미소를 짓고 있었다.

'내가 죽고 환생해서 이런 일이 벌어진 건가?'

예측해 보면 전생에서 놈이 자신의 육체를 차지하기 전에 죽어서 이런 상황이 벌어진 것 같았다.

"복수는 자신의 손으로 해야 의미가 있다."

데루스에게 평생을 농락당하다 죽은 뒤 새로운 기회가 찾아왔는데, 다른 자의 손을 통해 복수한다? 절대 받아들일 수 없다.

'내 손으로 복수를 해야 해.'

라온은 복수를 남에게 떠맡길 생각이 없었다. 많은 고난이 있다고 해도 데루스의 목은 직접 딸 것이다.

-아니군. 네놈이 맞아.

라스가 푸른 불꽃 속에 감춰 둔 두 눈동자를 통해 자신을 노려보았다.

-가슴 밑바닥에 깊고도 짙은 분노를 숨겨 두고 있구나.

그가 이를 드러내며 웃었다.

-무슨 일이 있었는지는 상관없다. 본왕은 이미 선택을 마쳤으니, 네놈은 몸을 바치면 그만이니라.

라스의 음성에서 분노가 타오름과 동시에 푸른 불꽃이 라온을 덮쳤다.

"끄윽!"

라온이 허리를 굽히며 가슴을 움켜쥐었다.

차갑다.

몸만이 아니라, 정신마저 얼어붙는 감각. 라스라는 놈의 속성은 불이 아니라, 얼음이었다.

-놈을 생각하며 분노를 끌어 올려라. 설사 신이라고 해도 본왕이 죽여 주마.

라스의 오싹한 목소리에 가슴이 울렁였다. 얼어붙은 고드름에 심장이 꿰뚫린 것 같았다.

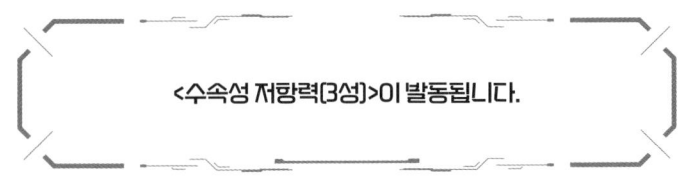

'수속성 저항력!'

냉기를 흡수한 덕분에 얻은 수속성 저항력이 라스가 뿜어내는 냉기의 통증을 감소시키고 있었다.

다만 라스의 공격은 냉기만이 아니었다.

"크으으…."

라온이 진한 신음을 뱉어 냈다. 데루스의 얼굴이 떠오른다. 자신을 벌레처럼 내려다보던 놈의 비웃음에 숨이 막혀 온다.

-본왕에게 몸을 맡겨라. 놈의 머리를 깨부수고, 살을 씹어 삼켜 주겠노라.

"후욱…."

감정을 자극하는 라스의 목소리에 데루스에 대한 분노를 폭발시키고 싶었다.

'절대 안 돼….'

라온이 어금니를 바드득 깨물었다. 라스라는 놈에게 몸을 넘겨줬다간 다른 방에 있는 실비아와 시녀들에게 무슨 짓을 할지 모른다.

설사 이곳에서 죽더라도 몸을 넘겨줄 수는 없었다.

'견뎌.'

피나도록 주먹을 쥐었다. 자신은 암살자였다. 그것도 최고의 암살자.

암살자가 가져야 할 덕목인 인내와 감정의 차단은 그 누구보다도 자신 있었다.

-생각보다 잘 견디지만, 언제까지 버틸 수 있을까? 본왕의 냉기는 그 누구도 이겨 내지 못한다.

라스는 자신을 비웃듯 몸과 정신을 얼리는 냉기를 펼쳐 냈다.

"후욱…."

다행이었다. 감정을 더 자극했다면 버티기 힘들었을 텐데, 놈이 선택한 건 냉기의 강화였다. 호흡을 고르며 뼛속까지 침투해 오는 냉기를 견뎠다.

-하찮은 인간 따위가 끝까지!

라스의 이글거리는 목소리에 짜증과 분노가 어렸다.

-본왕이 사용할 육체라 손상을 줄이고 싶었지만 어쩔 수 없군. 그대로 집어삼켜 주마.

허세가 아니었다. 놈의 불꽃이 커짐과 동시에 육체와 정신을 자극하는 냉기의 강도가 비할 수 없이 높아졌다.

"끄으읍!"

라온이 참지 못하고 신음을 흘렸다. 피부가 뜯어지고, 장기가 쪼개지는 듯한 통증에 입이 저절로 벌어졌다.

-분노를 일으키고, 본왕을 받아들여라. 그대로 죽을 셈이냐.

"네놈 따위에게 몸을 넘기느니, 죽는 게 나아."

혀를 씹어서 정신을 차렸다. 몸을 넘기느니 차라리 죽겠다고 다짐할 때 생각 하나가 떠올랐다.

'잠깐만 수속성 저항력이 이놈의 냉기를 막을 수 있다면….'

불의 고리로 육체와 정신의 고통을 전부 낮출 수 있을지도 몰라.

아니라고 해도 지금은 해 보는 수밖에 없었다.

화아아!

라온이 억지로 마음을 가라앉히고 불의 고리를 회전시켰다. 심장에 걸쳐 있던 세 개의 고리가 맹렬하게 회전하기 시작했다.

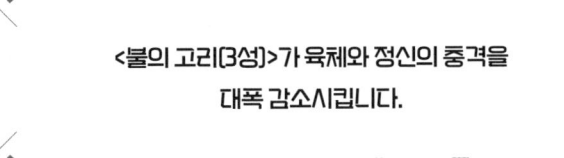

<불의 고리(3성)>가 육체와 정신의 충격을 대폭 감소시킵니다.

예상이 맞았다.

불의 고리는 육체와 정신 모두를 성장시키고 보호하는 연공법. 외부에서 파고든 자극을 견딜 때도 효과가 있었다.

불의 고리가 빠르게 휘돌며 정신과 육체에 활력을 불어넣었다. 금방이라도 터지려던 감정의 불씨가 가라앉기 시작했다.

고오오오!

전생에서 키운 정신력과 불의 고리, 수속성 저항력이 조화를 이루니, 라스가 주던 고통과 자극이 훨씬 가벼워졌다.

-네, 네놈은 대체….

라스의 목소리에 경악이 담겼다.

후우욱.

놈이 피워 내는 냉기의 불길이 점점 약해진다. 분노를 일으키지 않으면 자신에게 들러붙을 수 없는 것 같았다.

-어린 인간 따위가 어떻게!

"인간은 맞지만, 어리진 않아."

라온은 잦아드는 냉기를 밀어내며 담담하게 대답했다.

-이, 이건 말이 안 돼. 안 된다고!

라스가 격한 비명을 토하며 몸에서 떨어져 나갔다. 놈의 눈동자가 겁먹은 망아지처럼 떨리고 있었다.

-아무리 깨어난 지 얼마 안 됐다고 해도 본왕이 인간 따위에게 밀리다니!

"후…."

라온은 가볍게 숨을 뱉어 내고 라스를 노려보았다. 놈의 불꽃은 바람 앞의 등불처럼 출렁였다.

"내 복수는 내가 한다. 잡귀 따위에게 몸을 맡기진 않아."

-잡귀? 마계의 군주에게 잡귀라니!

"나 하나 어쩌지 못하는 놈이 마계의 군주? 군주가 다 죽었냐?"

-네놈이 정녕….

라스가 다시 불꽃을 확대했지만, 크기만 클 뿐이다. 냉기의 화력은 이전에 비해 크게 줄어들었다.

'방금 깨어났다고 했었지.'

잠에서 막 깨어났거나, 봉인이 풀린 지 얼마 지나지 않아서 전력을 발휘하지 못

하는 것 같았다.

화아아악!

라온이 거칠게 손을 뿌리치자, 라스의 불길이 종이처럼 팔랑이며 떨어져 나갔다.

빠드득!

푸른 불꽃 속에서 이를 가는 듯한 소리가 들려왔다.

-이, 있을 수 없는 일이다. 감정을 어떻게 통제하는 것이냐!

"그걸 말해 줄 필요는 없지. 그만 사라져라."

-네놈이 본왕의 권능을 가져가 놓고, 어딜 가라는 거냐!

라스가 분노 가득한 시선으로 자신을 노려보았다.

-거기다 본왕은 이미 선택을 마쳤다. 네가 죽기 전까지는 떨어지고 싶어도 떨어질 수 없다! 헉!

라온은 주절거리는 라스를 향해 주먹을 내질렀다. 불길이 흩어졌지만 타격감은 없었다. 아무것도 없는 허공을 친 느낌이다.

"그러면…."

마나를 끌어와 손끝에 모았다. 정제된 오러보다 질이 많이 떨어지지만 없는 것보다는 나았다.

후우웅!

마나가 담긴 손날로 라스를 갈랐지만, 놈은 바람을 견딘 촛불처럼 되살아났.

-이, 이게 무슨 짓이냐!

"쯧, 이것도 안 되나."

라스는 영혼처럼 물질적인 부분이 없었다. 저런 상태면 오러를 사용해도 사라지지 않을 것 같았다.

'그러고 보니…'

라스가 강렬한 기세를 내뿜었음에도 별관 주변을 지키는 검사들이 나타나지 않았다.

아무래도 놈은 자신에게만 보이고, 느껴지는 것 같았다.

"어떻게 해야 사라지는 거지?"

-네 몸을 본왕에게 넘겨라. 그리하면….

"미친 소리로군."

라온이 코웃음을 치고 있을 때 하나의 메시지가 떠올랐다.

띵!

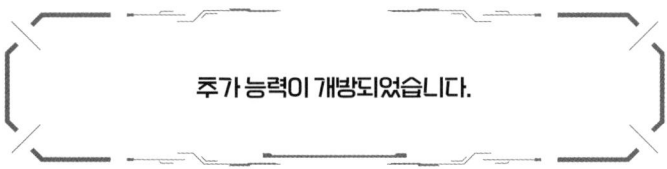

추가 능력이 개방되었습니다.

"추가 능력?"

라온은 바로 상태창을 불러왔다.

<상태창>

이름 : 라온 지그하르트.   칭호 : 없음.
상태 : 혹한의 저주(여덟 가닥), 저질 체력, 운동 능력 저하, 마나 감응력 저하.
특성 : 분노, 불의 고리(3성), 수속성 저항력(3성)

특성의 첫 자리를 차지했던 물음표가 분노로 바뀌었다.

하지만 중요한 건 그게 아니었다. 상태창 아래에 새로운 정보가 올라와 있었다.

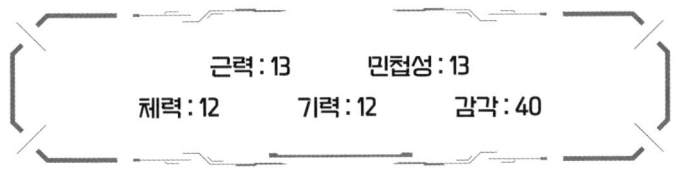

근력이나 민첩성 같은 능력들이 수치화되어 나타나 있었다.

-저, 정말 상태창이 넘어갔다니!

라스의 입에서 차가운 서리가 퍼져 나왔다. 그는 상태창의 내용은 알 수 없는지, 실루엣 같은 형태만 보인다고 중얼거렸다.

"이 상태창과 메시지는 뭐지?"

-……본왕이 만든 시스템이다.

"시스템? 무얼 위한?"

-말해 줄 이유는 없다.

"성장의 가속인가?"

-그, 그걸 어떻게….

"역시."

자동 반사도 아니고, 떠본 걸로 바로 반응이 온다. 라스는 분노라는 이름 그대로 감정을 숨기지 못했다.

'예상대로야.'

라온이 고개를 끄덕였다. 전생보다 불의 고리 효과가 뛰어나서 이상하다고 생각했는데, 역시 이 시스템 덕분이었다.

-내놓아라. 네 몸이든, 본왕의 권능이든 내놓으란 말이다!

라스는 이제 떼를 쓰기 시작했다. 거대한 왕좌 위에 앉아 있는 어린아이를 보는 듯한 기분이었다.

"주는 방법도 모르지만, 넘길 생각도 없어."

빠르게 그리고 더 높이 갈 수 있는 능력을 얻었는데, 그걸 몸을 뺏으려던 미친놈에게 돌려줄 필요는 없었다.

-네 것도 아니지 않나!

"너도 네 것이 아닌 내 몸을 가져가려고 하지 않았던가?"

-보, 본왕은 네 소원을 듣고….

"복수를 원한 건 맞지만 그건 내 손으로 해야 할 일이다. 무언지도 모를 네게 몸을 넘겨서 이뤄 봐야 의미가 없어."

-끄으윽….

할 말이 없었던지 라스는 이를 갈기만 할 뿐 더 이상 입을 열지 못했다.

"그만 가라."

라온은 대화를 끝내고서 몸을 돌렸다.

-못 간다. 본왕의 권능을 돌려주기 전에는 떨어지지 않는다!

라스가 악을 내지르고서 자신에게 달려들었다. 얼마든지 견뎌 준다고 생각하며 주먹을 쥐었을 때 놈의 몸이 푸르게 빛났다.

화아아아.

푸른 불꽃이 물처럼 흘러 손목을 휘감았다. 고통을 대비했지만, 아무런 통증도 없었다.

우우웅.

손목을 감은 푸른 불꽃이 사그라들며 팔찌가 생겨났다. 얼음으로 조각한 듯한 꽃팔찌였다.

-네놈의 숨구멍이 막히는 그날까지 붙어 있어 주마!

라스가 이죽거리며 팔찌에 매달린 꽃을 흔들었다.

-지금은 봉인이 풀린 지 얼마 되지 않았지만, 조만간 본왕의 힘은 돌아온다. 그때는 네놈이 무슨 짓을 해도 막을 수 없으리라.

"퍽이나."

라온은 팔찌를 떼려고 했지만 아까 불꽃을 만질 때처럼 손에 잡히질 않고, 흩어졌다.

-음….

다만 아예 충격이 없는 건 아닌지 건드릴 때마다 팔찌가 부르르 떨리고, 라스의 말이 끊겼다.

-크읍, 소용없다. 본왕은 절대 떨어지지 않는다!

"어디 한번 해 보자고."

팔찌를 긁고, 잡아 뽑고, 벽에 비비고, 짓밟았지만, 라스는 사라지지 않았다. 이놈도 지독한 독종이었다.

"쯧."

혀를 찼다. 놈의 말대로 꽃팔찌는 무슨 짓을 해도 없어지지 않았다.

'떼어 내고 싶긴 한데.'

놔두는 게 나을 것 같기도 하고.

억지로 떼어 냈다가 시스템이 사라질 수도 있고, 이 라스라는 악마 놈이 실비아나 헬렌에게 옮아 붙을 가능성도 있다.

'친구는 가까이에 그리고 적은 더 가까이에라는 말처럼 보이지 않는 곳에서 술수를 부리게 하느니 옆에 두는 게 낫겠어.'

끝없이 성장할 불의 고리와 수속성 저항력을 믿고, 라스를 직접 통제하기로 마음먹었다.

"떨어지지 않겠다면 다른 모습으로라도 변해라. 꽃이 달린 팔찌라니 어울리지 않아."

라온이 인상을 찌푸렸다. 차라리 해골이라면 이해라도 하지, 이런 꽃팔찌를 차고 다니긴 싫었다.

-취향이다. 존중해라.

"허…"

멧돼지처럼 폭급한 놈의 취향이 꽃팔찌라니, 어이가 없었다.

-본왕은 한 번 노린 먹잇감을 놓친 적이 없다. 네놈의 영육은 결국 본왕의 것이다.

"신경 끄는 게 좋겠군."

-끅! 애송이 놈이!

라온은 청각을 차단하면서 침대에 누웠다. 라스가 칭얼거렸지만, 무시했다.

'그런데 시스템의 주인인 라스도 내가 환생한 걸 모르면, 날 환생시킨 건 누구지?'

라온은 새롭게 생겨난 의문을 중얼거리며 눈을 감았다.

뿌드득.

라스는 눈을 감은 라온을 노려보며 이를 갈았다.

'어떻게 이런 인간이 존재할 수가 있지?'

아무리 본래의 힘을 쓸 수 없다고 해도 자신의 빙의를 막아내는 인간이 존재할 줄은 몰랐다. 그것도 이제 10살이나 되었을 법한 어린놈이.

'말이 안 돼…'

지금과 다른 시대였지만, 수많은 인간을 봐 왔다. 검으로 나라를 세운 영웅도, 대륙을 공포에 질리게 만든 악인도 있었다.

하지만 저런 인간은 처음이다. 꼭 '그놈'을 보는 듯한 짜증이 일었다.

-기다려라. 본왕의 힘이 돌아오는 날. 네놈의 영혼을 씹어 삼켜 버릴 것이다.

라스는 끓어오르는 울분을 참지 못하고 거친 목소리를 내뱉었다.

"그럴 일은 없으니, 꿈 깨."

어린 인간은 파리를 쫓듯이 손을 휘휘 저었다.

-본왕은 절대 포기하지 않는….

"안 된다니까."

제9화

날이 밝았다.

라온은 미리 준비해 두었던 짐을 챙겨서 별관을 나왔다. 실비아와 시녀들은 정원 앞에 일렬로 서서 그를 기다리고 있었다.

"다녀올게."

라온은 걱정스러운 눈으로 바라보는 사람들을 향해 손을 흔들었다. 실비아의 눈가가 촉촉해졌다.

'혼자 가서 다행이야.'

연무장에 들어갈 수 있는 사람은 수련생뿐이라 다행이었다. 만약 실비아와 함께 갔다면 오늘 연무장에 도착 못 했을 거다.

"실비아 님. 그런 표정으로 도련님을 보내실 건가요?"

"으음…."

헬렌의 가벼운 꾸중에 실비아의 굳은 얼굴이 슬며시 녹아내렸다.

"라온."

실비아가 모은 손을 꼼지락거리며 라온의 앞에 섰다. 여전히 걱정되었지만, 이젠 포기란 단어를 입 밖으로 꺼낼 수가 없었다.

'이 아이가 어떤 아이인지 보았으니까.'

라온은 지난 한 달 동안 마나 회로에서 퍼지는 냉기를 견디면서 단 하루도 단련을 쉬지 않았다.

고통스러운 입김을 내뿜으며 매일같이 달리고 또 달렸다. 그렇게 인내하며 노력한 아이를 시무룩한 얼굴로 보낼 수는 없었다.

"라온. 잘하고 와."

실비아는 걱정으로 울렁이는 감정을 다잡고 미소 지었다.

"응."

라온이 고개를 크게 끄덕이고, 등을 돌렸다. 그는 그대로 5 연무장이 있는 방향으로 걸어갔다.

"괜찮겠지?"

"많이 나아지셨잖아요. 잘되면 훈련을 통과해서 돌아오실지도 몰라요."

"그런 건 바라지도 않아. 다치지만 않았으면 좋겠어."

"그게 가장 좋긴 하죠."

실비아와 헬렌은 멀어지는 라온의 등을 끝까지 지켜보았다. 훈련 통과 따윈 필요 없으니, 무사히만 돌아와 달라고 기도했다.

❈❈❈❈❈

5 연무장은 외부에서 보이지 않을 정도로 높은 벽이 직사각형 형태로 설치되어 있어서 꼭 길쭉한 상자 같았다.

입구에서 오른쪽에는 곱게 간 흙이 깔린 야외 훈련장이 있었고, 좌측에는 지붕이 있는 실내 단련장이 있었다.

라온은 연무장을 쭉 둘러본 뒤 중앙에 선 아이들을 훑었다.

'듣던 대로 숫자가 많군.'

아직 시간이 되지 않았음에도 100명이 넘는 아이들이 연무장 곳곳에서 몸을 풀고 있었다.

지그하르트의 직계나 방계만이 아니라, 봉신 가문이나 외부에서 데리고 온 추천생들도 있어서 매번 이 정도 인원이 모인다고 들었다.

'이번엔 더 많다고 했었지.'

헬렌이 올해는 사람이 많아서 6 연무장도 가동한다고 말해 줬었다.

바삭.

뭔가 부서지는 소리에 고개를 돌렸다. 녹색 머리칼에 얼굴이 동그란 아이가 복부에 달린 주머니에서 과자를 꺼내 먹고 있었다.

"드실래요?"

라온이 멍하니 보고 있자, 주머니에서 다른 과자를 꺼내 내밀었다.

"아니, 괜찮아."

"넵."

그는 고개를 끄덕이고 다시 주머니에 손을 넣었다. 이번에는 네모난 빵이 튀어나왔다.

신기하게 생각하면서 몸을 풀려고 할 때 뒤에서 차가운 음성이 들려왔다.

"쟤 맞지? 팔다리 비실비실한 거 봐. 툭 치면 부러지겠네. 훈련할 수는 있나?"

"환자면 대충 하는 척하다가 도망가지. 왜 나서서 귀찮게 하는지 모르겠다니까."

"난 가주님에게 직접 따지는 모습을 보고 눈 감았다. 주제를 몰라. 지가 직계인 줄 아는 거지."

방계의 아이들이 다 들리도록 비난을 해댔다. 이미 소문이 쫙 퍼졌는지, 라온을 노려보는 아이들이 많았다.

"팔찌는 또 저게 뭐야?"

"꽃무늬 팔찌?"

"나잇값도 못 하네."

방계들은 팔목에 걸린 라스를 보고 킥킥 비웃었다. 이 팔찌는 다른 사람에게도 보이는 모양이다.

-저거 설마 본왕을 말하는 것이냐.

잠이 든 것처럼 조용했던 라스가 몸을 부르르 떨었다.

'그러니까 팔찌 모양 바꾸라고 했잖아.'

-고귀함이 무엇인지도 모르는 버러지들이로다. 무엇을 하는 게냐. 당장 저놈들의 대가리를 깨부숴라.

라스의 목소리가 끓는 물처럼 지글거렸다.

'뭐 하러?'

-본왕만 건드린 게 아니라, 네놈에게도 시비를 걸었는데 참는다는 거냐?

'넌 무슨 일인지도 모르잖아.'

-그딴 건 상관없다! 본왕을 똑바로 보기만 해도 눈알을 뽑아 버려야….

'난 너처럼 미치지 않았어.'

이 미친놈에게 몸을 넘기지 않아서 정말 다행이었다.

"흐음."

라온이 고개를 돌려 방금 주둥이를 놀린 방계 아이들을 보았다. 그들은 잠시 찔끔했지만, 뭐 어쩔 거냐는 듯 턱을 쭉 내밀었다.

'전생이라면 무시했겠지.'

전생의 자신이라면 못 들은 척하고 몸을 돌렸을 거다. 암살자가 시선을 끌 필요는 없으니까.

하지만 이번 생은 암살자가 아니라, 라온 지그하르트로서 살기로 마음먹었다. 무시할 이유가 없었다.

"방금 뭐라고 했지?"

라온은 서늘한 눈빛을 발하며 입을 놀린 아이들에게 다가갔다. 직접 올 줄은 몰랐던지 얼굴에 당황이 비친다.

"어?"

"무, 무슨 말을…."

"모기처럼 앵앵거리지 말고, 똑바로 말해."

"으음."

"그, 그게…."

방계의 아이들은 어쩔 줄을 모르고 서로 눈치를 보았다.

'역시.'

이 아이들은 그저 부모가 하던 걸 그대로 따라 했을 뿐이다. 이런 상황에 대한 대처법 따윈 없었다.

"앞에서 못 할 말은 뒤에서도 하지 말라는 말 안 배웠어?"

"다, 닥쳐!"

"몰락해서 별관에 박혀 사는 주제에 감히!"

"네놈은 직계가 아니라, 방계다!"

"너희도 방계다. 감히라는 말은 상대가 너보다 낮은 위치에 있을 때 하는 말이지. 너희는 내게 그 단어를 뱉을 자격이 없어."

라온의 목소리는 고조되지도, 가라앉지도 않았다. 사실을 말하는 단순한 어조였다.

"크으으!"

방계 세 놈이 금방이라도 덤빌 것처럼 다리를 벌리고 주먹을 말아 쥐었다.

뚜둑.

라온이 손가락을 풀었다. 훈련을 시작하기 전에 몸을 풀고, 시선을 끄는 것도 나쁘지 않았다.

"네놈을…."

"그만!"

방계 놈들이 달려들려고 할 때 우측에서 서릿발 같은 목소리가 들려왔다. 십 대 초반으로 보이는 청발의 미소년이었다.

-저놈은 뭔데 방해냐. 머리를 부숴라.

'버렌이었던가.'

판별식에서 최고의 재능을 보여 주었던 직계였다.

"곧 훈련이 시작될 텐데 뭐 하는 짓이지? 외부의 인원들 앞에서 지그하르트의 이름에 먹칠을 할 셈이냐?"

그는 예상과 달리 세 놈을 옹호하는 게 아니라, 모두를 질책했다.

"버, 버렌 님!"

"죄송합니다!"

라온에게 달려들려던 방계들은 버렌의 한마디에 고양이 앞의 쥐처럼 고개를 숙였다.

"네놈은 여전히 주제 파악을 못 하는군."

방계들의 사과를 받은 버렌이 라온에게 다가왔다.

"너 따위는 언제라도 걷어 낼 수 있는 먼지에 불과해. 별관에서도 쫓겨나기 싫으면 쥐 죽은 것처럼 조용히 살아라."

버렌은 노골적인 혐오를 드러내며 인상을 구겼다.

'쥐새끼 같은 놈!'

눈앞의 덜떨어진 놈은 한 달 전 가주님의 시선을 독차지했다. 그것도 제 능력이 아니라, 상황을 이용해서.

자신이 가장 싫어하는 건 능력이 없는 놈이고, 두 번째로 싫어하는 건 주제를 모르고 건방진 놈이다.

라온 지그하르트는 그 둘 모두 포함되었다.

훈련도 제대로 못 하고 떨어져 나갈 낙오자 따위가 가주님의 관심을 끌었다는 것만으로 짜증이 일었다.

"훈련에 참여할 생각이 없으면 당장 꺼져라. 아니, 그냥 나가. 네놈이 훈련을 통과할 가능성은 없으니까."

버렌의 비난에 방계의 아이들이 비웃음을 흘렸다. 그들이 속 시원한 얼굴로 돌아가려 할 때 라온이 한 발 앞으로 나갔다.

"개소리를 해도 참 맛대가리 없게 하네."

라온이 턱을 모로 들었다. 삐딱한 표정으로 버렌과 눈을 마주쳤다.

"네가 뭐라도 되나?"

"뭐?"

"넌 직계일 뿐 어떠한 지위도 없다. 별관에서 쫓아내? 수련생 신분조차 안 된 네가 할 수 있다고 생각하나? 아, 네 아버지에게 가서 이르면 그나마 가능성 있겠네."

"방계 놈이 감히…."

버렌의 주먹에 녹색의 바람이 깃들었다. 그가 살벌한 눈으로 다가올 때 연무장의 문이 부서질 듯 열렸다.

쾅!

바르르 떨리는 문을 넘어 적발의 남자가 들어왔다. 뾰족한 귀에 이 세상의 것이 아닌 듯한 외모를 가졌다. 신비로운 분위기가 경쾌한 기세와 함께했다.

"벌써 싸우냐? 젊다 못해 어려서 그런지 당돌하네."

그는 히죽거리며 연무장의 중심으로 들어왔다.

'저자가 여기에 있었나?'

라온이 눈매를 좁혔다. 모를 수가 없을 정도로 유명한 남자. 지그하르트의 광검이라 불렸던 엘프 검사 리메르였다.

'은퇴했다고 들었는데….'

단전에 부상을 입어 물러났다는 소식을 들었는데, 이곳에서 만나게 될 줄은 몰랐다.

"호흥!"

리메르는 자신과 버렌을 한 번씩 쳐다본 후 연무장 전체가 내려다보이는 단상 위로 올라갔다.

"크음…."

버렌은 살짝 입술을 깨물고서 몸을 돌렸다. 어쩔 수 없이 봐주지만, 앞으로 조심하라는 표정 같았다.

"반갑다."

단상의 중심에 선 리메르가 씩 웃었다.

"너희들의 수련을 총괄할 수석 교관 리메르라고 한다."

목소리가 가볍다. 경박하기보다 바람처럼 경쾌한 느낌. 리메르는 여유로운 미소를 유지하며 말을 이었다.

"훈련 참여자는 160명. 교관은 8명. 너희 모두를 가르치기엔 숫자가 좀 많지? 그래서 줄이는 게 좋겠어. 딱 4분의 1로."

리메르의 여유로웠던 미소에 농축된 장난기가 어렸다.

"주, 줄인다고요?"

"그것도 4분의 1?"

"그게 무슨 소리…."

아이들의 얼굴이 새파랗게 질렸다. 기초 수련에 참여하는 인원을 거른다는 건 처음 있는 일이었다.

"말 그대로 옥석을 가리자는 거지. 난 소수라도 제대로 된 검사를 키워 보고 싶거든."

리메르는 상품을 고르듯 아이들을 보며 손가락을 휘저었다.

"에엑, 저, 저는 오라고 해서 온 건데…."

아까 과자를 내밀었던 녹색 머리 아이가 들고 있던 빵을 떨어뜨렸다.

"전 지그하르트의 방계입니다! 수련생이 되기 전부터 거른다니, 말도 안 되는 소리입니다!"

"맞습니다! 저희 모두는 가문에서 참여하라는 말을 듣고 온 겁니다!"

"아아, 난 무식해서 직계고, 방계고. 그런 거 몰라."

리메르는 새끼손가락으로 귀를 파며 인상을 찌푸렸다.

"이 연무장에선 내가 룰이다. 불만 있으면 내게 권한을 넘겨준 가주님에게 따져."

수석 교관이 아니라, 흡사 뒷골목 양아치를 보는 듯한 느낌이지만, 외모가 좋으니 멋스러워 보였다.

'거른다라….'

라온이 턱을 긁적였다. 리메르는 상대의 기질과 잠재력을 느끼는 데 탁월한 재능을 가지고 있다고 들었다. 그 능력을 이용하여 아이들을 고르려는 것 같았다.

-저 건방진 놈은 무엇이냐.

'뭐?'

-감히 본왕을 내려다보다니, 마음에 들지 않도다. 저 엘프 놈의 귀를 뽑아 버려라.

'네 눈에 마음에 들 사람이 있을까?'

라스는 그 이름대로 모든 것에 분노했다. 좋아하는 건 아무것도 없어 보였다.

-본왕이 마계에 있을 때는 그 누구도 눈을 마주할 수 없었다. 마족들이 경배하는 진정한 군주의… 이, 이놈!

'시끄러.'

라스의 혓바닥이 길어지기 시작해서 팔찌를 툭 쳤다.

"그럼 바로 시험을 시작하지."

리메르는 새끼손가락에 붙은 귀지를 훅 불었다.

"너희는 무학을 익히는 데 가장 중요한 게 무엇이라고 생각하지?"

"재능입니다!"

"튼튼하고 유연한 육체입니다!"

"굳건한 단전!"

"검술과 오러 연공법이 가장 중요합니다!"

아이들은 이미 시험이 시작되었다고 생각했는지 손을 들고 각자가 생각한 중요한 요소를 외쳤다.

"재능, 육체, 단전, 검술 다 옳은 말이야. 하지만 그것들은 벽과 지붕이다. 그 아래에 잘 다져 놓아야 할 토대가 있지. 바로 체력과 정신력이다."

"아⋯."

"음⋯."

아이들은 그의 말이 옳다고 생각했는지 손을 내리고 고개를 끄덕였다.

"너희들 중 무학을 배운 녀석도, 배우지 않은 녀석도 있을 테니, 가장 간단하고 확실한 방법으로 시험을 치르겠다."

아이들을 가리키던 리메르의 손가락이 스르륵 움직여 야외 연무장을 가리켰다.

"내가 그만이라고 할 때까지 연무장을 뛰어라. 전력으로!"

그 말이 끝나기 무섭게 두 명이 움직였다. 라온과 함께 판별식을 치렀던 직계 버렌과 봉신 가문 슬리온의 루난이었다.

"이익!"

"가, 가자!"

"달려!"

그 둘을 따라 다른 아이들도 연무장을 뛰기 시작했다.

-움직이지 말아라. 본왕에게 명령을 할 수 있는 건 아무것도 없으….

라온은 라스의 말을 무시하고 신선한 공기로 폐를 채웠다. 앞에서 뛰고 있는 아이들을 따라 땅을 박찼다.

'확실히 다르군.'

루난과 버렌은 이미 한참 앞을 달리고 있었다. 가볍게 달리는 것 같음에도 다른 사람들이 쫓아오지 못할 속도를 냈다.

오러의 질이 뛰어나고, 특별한 속성을 가져서가 아니라, 어린 나이부터 육체와 정신을 단련했기 때문이다.

-크흠, 이미 달렸으면 가장 앞으로 가라. 왜 맨 뒤에 있는 거냐.

'네가 뭘 하고 싶은 건지 모르겠어.'

-지고 싶지 않을 뿐이니라.

'이건 경쟁이 아니야.'

라온이 단상 위에 걸터앉아 휘파람을 부는 리메르를 보았다. 저자는 다른 사람의 잠재력과 기질을 본다. 단순히 눈에 보이는 것만을 살피진 않을 거다.

"후욱….'

라온은 차오른 숨을 뱉어 내며 두 눈을 빛냈다.

'이건 버티는 자가 이기는 시험이야.'

그건 대륙 그 누구보다도 자신 있는 일이었다.

※※※※※

"확실히 버렌 님과 루난 님이 독보적이군."

"속도만 빠른 게 아니야. 안정성도 있어. 지금 속도도 전력이 아니니, 저대로 몇 시간이고 달릴 수 있을 거다. 열두 살에 저 수준이라니, 장래가 무섭다. 무서워."

단상 아래에 선 두 명의 교관이 달리는 아이들을 살피며 잡담을 나누었다.

"올해는 방계 수준도 높네. 제대로 교육해서 보낸 모양이야."

"추천생들도 마찬가지야. 잘 골라 왔는지 뛰어난 아이들이 많아."

그들은 버렌과 루난만이 아니라, 뒤에서 달리는 아이들도 하나하나 평가했다.

"음…."

아이들 모두를 살피던 교관들은 후위 집단에서 달리는 라온을 보며 인상을 찌푸렸다.

"역시 따라가지 못하는군."

"환자잖아. 저 정도로 뛰는 것도 대단한 거야."

"음, 벌써 지쳐 보이는데. 금방 떨어지겠어."

교관들은 예상했다는 듯 덤덤한 표정으로 다른 아이를 향해 눈길을 돌렸다.

다만 그들의 뒤에서 콧노래를 부르던 리메르의 시선은 라온에게서 떨어지지 않았다.

'신기하군.'

리메르의 녹색 눈동자가 찬란한 빛을 발했다.

'저런 녀석은 처음 봐.'

자신은 다른 일족보다 더 호화로운 자연의 축복을 받아 다른 사람의 상태와 잠재력을 파악하는 능력이 탁월했다.

그 재능으로 파악할 수 없는 인간은 대륙의 최강자들뿐이라고 생각했다.

'하지만…'

오늘 그 생각이 처음으로 변했다.

가장 앞에서 뛰는 루난과 버렌도, 그 뒤에서 이를 악물고 뛰는 방계와 추천생들도 자신의 눈을 벗어나지 못했다.

어떻게 클지, 어떻게 강해질지 모두 보였다.

딱 한 명. 라온 지그하르트만 제외하고.

'왜 보이지 않는 거지?'

먹구름이 낀 듯 그의 미래가, 그의 잠재력이 보이지 않았다.

재능이 없어서? 그런 경우가 아니다. 자신보다 강한 자를 보는 듯 인지를 벗어났다는 뜻이었다.

"재미있군."

리메르가 빙긋 웃었다. 지루해진 시대. 정말 오랜만에 흥미로운 인간이 나타났다.

"저거 봐라."

"건방 떨더니, 꼴찌?"

"꼴찌라는 말도 과해. 금세 떨어져 나갈 테니까."

방계의 아이들은 하위 그룹에서 달리는 라온을 보며 입꼬리를 말아 올렸다.

"별관에서 곱게 자란 놈이 제대로 달릴 리가 없지."

"저 당황한 표정 좀 봐라."

"10분도 못 버티겠네."

세 사람 외에 다른 아이들도 낄낄 웃음을 터트렸다.

다만 라온의 심각한 표정은 힘들거나 지쳤기 때문이 아니었다.

'수련인데 그냥 달리기만 한다고?'

전생에서 체력 단련을 할 땐 뒤에 굶주린 짐승을 풀어놓았다.

체력이 다할 때까지 달리기만 하라니, 그 시절에 비하면 누워서 떡 먹기나 다름없었다.

너무 쉬운데?

제10화

아이들이 연무장을 뛰기 시작한 지 한 시간이 지났다.

버렌과 루난은 여전히 가장 앞에서 달렸고, 그 뒤로는 방계와 봉신 가문 그리고 추천생들이 엎치락뒤치락 끼어 있었다.

물론 160명 모두가 달리고 있지는 않았다.

체력이 떨어지는 아이들은 이미 한참 전에 포기해서 연무장 구석에 주저앉았고, 지금도 포기자가 속출하고 있었다.

"흐아암."

리메르는 단상 위에 드러누워 하품을 했지만, 눈동자는 좌우로 빠르게 움직였다.

'61번째 녀석은 가진 체력보다 빨리 포기했군. 62번째는 체력보다 더 버텼고.'

그는 졸린 눈으로 160명의 아이들을 한눈에 파악하고 있었다.

다만 리메르가 보는 건 아이들이 가진 체력이 아니었다.

'체력만 보는 건 의미가 없지.'

아이들은 성장 환경에 따라 체력이 다르다. 솔직히 말해서 직계 둘과 상위 그룹의 20여 명을 제외한다면 다 거기서 거기다.

비슷한 체력을 가졌으면서도 어떤 아이는 숨이 차오른 즉시 포기하고, 어떤 아이는 가슴을 꼬집으면서 혹은 울면서도 끝까지 달렸다.

'그 차이가 무엇보다 중요해.'

누군가는 쉽게 포기하고, 누군가는 끝까지 포기하지 않는다. 지금은 작아 보이는 저 정신력의 격차가 미래엔 어마어마하게 벌어질 거다.

체력은 얼마든지 키울 수 있다. 재능도 성장시킬 수 있다.

하지만 저런 끈기를 키우는 건 굉장히 어려운 일이다.

어려서부터 포기하지 않는 아이는 미래에도 포기하지 않고, 포기가 익숙한 아이는 성인이 되어서도 쉽게 포기하는 법.

물론 크게 깨닫고 변하는 아이도 있지만, 그건 모래사장에서 바늘을 찾듯 쉽지 않은 일이다.

처음부터 정신력과 끈기가 뛰어난 아이를 고르는 게 훨씬 편했다.

'어느 정도 결정이 났네.'

리메르가 히죽 웃었다. 이미 반수 이상의 아이들이 포기했고, 나머지도 지쳐서 점점 속도가 느려지고 있었다.

시험의 끝을 준비하고 있던 리메르의 눈에 하위 그룹에서 달리는 금발의 아이가 들어왔다.

'라온 지그하르트.'

오늘 자신의 예상을 벗어난 유일한 아이였다. 리메르의 눈동자가 별빛처럼 반짝였다.

'이해할 수 없군.'

라온의 체력은 한참 전에 바닥난 상태였다. 육체를 짓누르는 냉기와 가빠 오는 호흡에 서 있지도 못해야 하건만, 녀석은 자세를 흐트리지 않고 끊임없이 발을 움직였다.

'끈기 정도가 아니야. 독기인가?'

수많은 전장을 돌며 찬란한 재능들을 봐 왔다.

그중에선 검으로 대륙에 우뚝 설 검사도, 마법으로 세상의 격을 바꿀 마법사도 있었다. 하지만 그중 누구도 라온처럼 버티진 못할 거다.

아예 바닥난 체력으로 계속해서 달린다? 그것도 지독한 체질을 안고 태어난 12살짜리가?

그건 생사가 걸린 전투를 수십 번 넘고서야 가질 수 있는 정신력이다. 곱게 자란 저 아이에게 어떻게 저런 독기가 생겨났는지 모르겠다.

'음….'

리메르의 눈동자에 연무장 전체가 드리웠다.

힘을 아끼고 있음에도 가장 앞서 나가는 루난과 버렌도 대단했지만, 바닥난 체력으로 지금까지 달리는 라온과는 비교할 수 없었다.

라온을 무시하던 방계와 봉신 가문의 아이들도 그에겐 지기 싫은지 침을 질질 흘리며 달리고 있었다.

"후후."

리메르의 입꼬리가 부드러운 호를 그렸다.

"가르칠 맛 나네."

"으음…."

버렌 지그하르트는 달리기에 집중하지 못하고 한 번씩 뒤를 돌아보았고, 그때마다 인상을 찌그러뜨렸다.

'왜지? 저놈이 어떻게 남아 있는 거냐고!'

라온 지그하르트. 가주님에게 말대꾸했던 저 건방진 놈은 예상과 달리 떨어져 나가지 않았다. 느리지만, 일정한 속도를 유지한 채 끝까지 달리고 있었다.

'달릴 수 있는 상태가 아닐 텐데….'

라온이 어떤 상태인지는 알고 있었다. 태어났을 때부터 몸에 냉기를 지녀서 제대로 움직이지도 못하고, 성장도 느리다고 들었다.

실제로 본 놈은 듣던 것보다도 한심했다. 키도 작고, 단련한 흔적은 조금도 보이지 않았다.

'그런데….'

놈은 포기하지 않았다.

방계도, 봉신 가문의 아이들도, 재능을 인정받은 추천생들도 포기해서 떨어져 나가는데, 곧 죽을 것처럼 헐떡이면서도 발을 멈추지 않았다.

'옆에 놈도 그렇고 짜증 나는군.'

유일하게 자신을 따라오는 루난도, 당연히 떨어져 나가야 할 라온도 거슬렸다.

'좋다. 확실한 차이를 보여 주지.'

버렌은 루난과 라온 모두의 마음을 무너뜨리기로 마음먹고 거칠게 발을 굴렀다.

"후우웅!"

오러를 운용하여 허벅지와 종아리의 근육을 증폭시켰다. 시야가 좁게 느껴질 정도의 속도로 달리며 뒤를 돌아보았다.

'저놈들이?'

라이벌이라 생각한 루난도, 라온도 반응하지 않았다.

둘은 각자의 속도를 유지한 채 달렸고, 오히려 방계와 봉신 가문의 녀석들만 조급하게 자신을 뒤쫓았다.

"쫏!"

버렌은 혀를 차고서 조금 더 속도를 올렸다. 비슷하게 달리던 루난과 큰 차이가 날 정도로 앞서 나갔고, 라온은 한참 전에 추월했다.

그래도 루난과 라온의 속도는 그대로다. 자신에게 관심도 없다는 듯 각자의 전력을 유지했다.

'끄윽!'

자신보다 뒤떨어지는 녀석들에게 무시당했다고 생각하자 속이 부글부글 끓어올랐다.

'어디 끝까지 그렇게 나올 수 있나 보자.'

"후욱!"

라온이 거칠게 숨을 뱉어 내며 미소를 지었다.

'계속 힘이 들어와.'

체력은 한참 전에 바닥을 드러낸 것으로 모자라, 말라붙은 우물처럼 텅 비었다.

기절할 것처럼 머리가 어지러웠지만, 3성에 오른 불의 고리가 전해 주는 단비 같은 활력 덕분에 간신히 버틸 수 있었다.

'그 시절에 비하면 천국이지.'

전생에서 암살자로 사육될 땐 지금보다 어린 나이에 들개에게 쫓겼다. 터지려는 심장을 움켜쥔 채 산을 내달렸었다.

결국 따라잡혀서 들개와 목숨을 건 혈투를 벌인 적도 있었다. 그 지옥 같은 삶에 비하면 지금은 놀아나 다를 게 없었다.

"후욱…."

라온이 가쁜 숨을 흘리며 앞을 보았다. 아직도 전력을 유지하는 방계나, 추천받은 아이들도 어디에서 보기 힘든 재능이지만, 루난과 버렌은 특별했다. 둘은 일정한 속도를 유지한 채 처음부터 끝까지 안정적으로 달렸다.

괜히 천재라고 불리는 게 아니라고 생각할 때 갑자기 버렌이 속도를 올렸다. 그는 루난을 추월하여 선두로 올라섰다.

"어?"

"버, 버렌 님이?"

"달려! 뒤처지면 안 돼!"

그를 본 다른 방계나 추천생들이 무리해서 속도를 올렸다.

"흥!"

버렌은 따라잡아 보라는 듯 루난과 자신을 보며 눈을 흘겼다.

-무엇을 하는 게냐. 도발하는데 그대로 있을 거냐? 따라잡아서 저 눈알을 뭉개 놓아라.

라스가 버렌을 노려보며 바득바득 이를 갈았지만, 라온은 반응하지 않았다.

'아까도 말했지만, 이건 경쟁이 아니야.'

오늘의 달리기는 경쟁이 아니라, 스스로가 가진 체력, 정신력을 보여 주는 시험이다. 그리고 그걸 아는 사람은 자신 말고 한 명이 더 있었다.

'루난 슬리온.'

두 번째로 달리는 은발의 소녀는 버렌의 독주에 관심도 없다는 듯 본인만의 속도를 유지했다.

'이쪽이 오히려 한발 앞서 있군.'

비슷하다고 생각했지만, 루난이 버렌보다 정신적으로 조금 더 위에 있는 것 같았다.

버렌은 어른스러운 척하고 있지만, 그 나이 그대로 애였다. 저대로 전장에 나갔다간 금방 죽게 될 거다.

'내가 신경 쓸 일은 아니지.'

라온은 버렌이 아니라, 루난의 뒷모습을 쫓으며 연무장을 달렸다.

"라, 라온?"

"어떻게…."

"지, 지금까지 달리고 있었다고?"

무리해서 버렌을 쫓던 방계들이 뒤처지기 시작했다. 시험이 시작되기 전에 비꼬는 말을 하던 녀석들이다.

"허억, 허억! 무, 무슨 짓을 한 거지?"

"끄으, 말도 안 돼…."

숨을 헐떡이는 방계들은 라온에게 추월당하자 걸음을 멈추고 땅에 주저앉았다. 라온은 그들의 경악한 눈동자를 추진력 삼아 앞으로 달렸다.

'한심하군.'

어딜 가나 입만 떠드는 놈들은 실속이 없는 법이다. 처음부터 관심이 없었기 때문에 잊어버리고 계속 달렸다.

"후우…."

라온은 느린 호흡을 통해 불의 고리를 끝없이 회전시켰다.

'고리의 성장이 빨라.'

그리 긴 시간을 달리지 않았음에도 고리의 연성이 빠르게 이루어졌다. 역시 불의 고리는 전력으로 활동해야 제 능력을 발휘하는 연공법이었다.

'그래도 더럽게 힘들지만.'

불의 고리가 회전한다고 해도 고통은 사라지지 않는다. 심장과 폐가 찌그러진 듯 조여 오고, 옆구리는 단도가 박힌 듯이 아렸다.

-한심하기 짝이 없도다.

죽을힘을 다해 달리고 있을 때 라스가 혀를 찼다.

-본왕의 빙의체가 될 놈이 패하는 건 받아들일 수 없다. 몸을 넘겨라. 당장 쫓아가서 저 파란 머리 꼬마를 통째로 얼려 주마.

'시끄러워.'

이건 따라잡기 위해서 하는 시험이 아니다. 자신과의 싸움이었다.

-본왕이 눈을 뜨고 있는 한 지는 꼴은 못 본다.

'그럼 눈 감아. 이렇게 달리는 것도 기적이니까.'

거짓이 아니다.

라스의 시스템이 있다고 해도 아직 마나 회로 내부의 냉기를 제거할 수는 없다. 불의 고리라는 기적 덕분에 지금까지 달릴 수 있었다.

-그럼 본왕에게 몸을 넘겨라.

라스가 어제 보았던 푸른 불꽃의 형태로 변했다. 놈의 분노가 감정을 자극하여 속이 울렁거렸다.

'하필 이럴 때…'

라온이 입술을 깨물었다. 지친 상태에서 라스의 자극이 전해지니, 어제보다 2배에 가까운 고통이 찾아왔다.

'그래도 약한 모습을 보일 수는 없어.'

여기서 지친 모습을 보였다간 라스에게 약점이 잡힐 수도 있다. 최대한 침착한 얼굴로 달렸다.

'헛짓하지 말고 다시 들어가서 잠이나 자라.'

불의 고리를 전력으로 운용하며 덤덤한 표정을 유지했다. 아무렇지도 않은 척하며 다리를 굴렸다.

-크으, 대체 왜 네놈에겐 본왕의 힘이 통하질 않는 거냐!

라스는 포기하지 않고, 계속해서 분노의 감정을 자극했다.

"후욱…."

라온은 바닥 친 체력을 억지로 끌어 올려 라스의 정신 공격을 버텼다.

'죽겠군….'

등 뒤로 식은땀이 줄줄 흘러내렸다. 솔직히 말해서 당장 뒤로 넘어갈 것 같았.

수많은 사선을 넘었던 전생의 경험과 불의 고리가 균형을 맞춘 덕분에 정말 간신히 버틸 수 있었다.

-이 지독한 놈!

'포기하고 꺼져.'

"으합!"

라온이 라스의 기운을 밀어낼 때 단상에 드러누워 있던 리메르가 벌떡 일어섰다.

"자, 그만!"

그의 시원한 외침에 연무장에서 달리던 아이들이 발을 멈췄다.

"허억! 허억!"

"끄으윽!"

"아우욱!"

아이들은 눈이 풀린 채로 주저앉거나, 무릎을 잡고 숨을 헐떡였다.

"후욱…."

라온 역시 곧 죽을 것처럼 숨을 몰아쉬었다.

-괴물 같은 놈.

라스가 이를 갈며 다시 팔찌 속으로 들어갔다.

'말했잖아. 안 된다고.'

이마 위로 흐르는 식은땀을 닦았다. 시험도 힘들었지만, 라스의 공격을 버티는 게 더 버거웠다. 조금 더 달렸다간 정말 죽을 뻔했다.

'이번 삶도 평범하진…음?'

마른 입술을 축이고 있을 때 새로운 메시지가 올라왔다.

띵!

체력을 넘어선 극한의 움직임을 보였습니다.
능력치가 상승합니다.

제11화

근력이 2포인트 상승합니다.
민첩성이 1포인트 상승합니다.
체력이 1포인트 상승합니다.

"허…."

라온의 입에서 헛바람이 흘러나왔다.

'이 내용은 진짜야.'

전완근부터 시작된 근육의 떨림이 전신으로 퍼져 나간다. 주먹을 움켜쥐자, 이전보다 조금 강해진 악력이 느껴졌다.

탁.

제자리에서 가볍게 뛰어 보았다. 작은 쇳덩이가 빠져나간 것처럼 몸이 가벼웠다.

'능력치가 오르면 실제 육체도 변하는 거였나?'

-그럼 본왕이 만든 시스템이 가짜인 줄 알았나?

'미쳤군.'

라온이 혀를 내둘렀다. 한계를 넘어선 단련을 했다고 육체 능력을 올려 주다니, 어처구니가 없는 보상이었다.

너무 사기 능력이라고 말을 하려고 할 때 두 번째 메시지들이 나타났다.

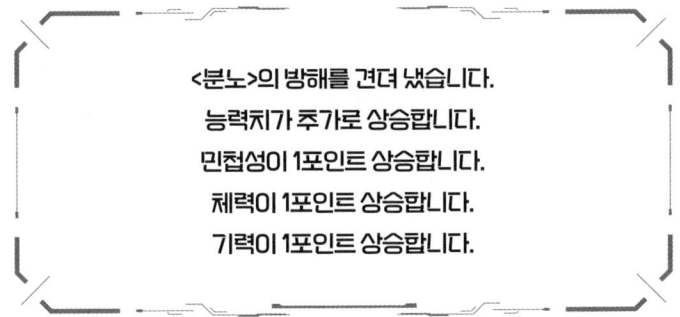

<분노>의 방해를 견뎌 냈습니다.
능력치가 추가로 상승합니다.
민첩성이 1포인트 상승합니다.
체력이 1포인트 상승합니다.
기력이 1포인트 상승합니다.

라스의 견제를 버텨 냈다면서 능력치를 추가로 올려 준다는 메시지였다.

-저거 뭐냐?

'……'

라온은 육체에 전해지는 희열에 대답 없이 두 눈을 빛냈다.

-이, 이게 무엇이냐. 본왕의 견제를 이겨 내서 추가 능력치를 준다니!

'너도 모르는 건가?'

-당연히! 이 시스템이 남에게 넘어간 적도, 본왕이 인간의 몸을 뺏지 못한 적도 없었으니까!

라스가 푸른 불꽃으로 변해서 눈앞을 붕붕 날아다녔다. 벌과 같은 움직임. 그도 당황스러운 것 같았다.

'확실히 그렇겠네.'

라온이 고개를 끄덕일 때 단상 위에서 쿵 소리가 들려왔다.

"모두 수고했다."

발을 구른 리메르가 씩 웃으며 손뼉을 쳤다.

"끄으…."

"으음…."

"망할!"

그의 흥겨운 미소에 포기해서 떨어져 나간 아이들이 인상을 구기며 고개를 숙였다.

"후우…."

"간신히 버텼네."

"진짜 죽는 줄 알았어."

반면 끝까지 버틴 아이들의 얼굴에는 지쳤지만, 뿌듯한 웃음이 걸려 있었다.

"걱정하지 마라. 당장 떨어뜨릴 생각은 없으니까."

"엑?"

"예?"

리메르의 경쾌한 목소리에 아이들이 눈을 부릅떴다.

"난 시험을 치른다고 했을 뿐. 오늘 결정한다고는 말하지 않았어."

"오…."

"저, 정말이십니까?"

"그래. 다만 오늘처럼 훈련하면 너희 중 대부분이 떨어질 거다."

"네?"

"그, 그게 무슨 말…."

아이들이 당혹스러운 표정으로 리메르를 바라보았다. 오늘 끝까지 달린 아이가 50명이 넘었기 때문에 대부분이 떨어진다는 건 받아들이기 힘든 말이었다.

"난 분명 전력으로 뛰라고 말했지만, 너희들은 힘을 비축하면서 뛰었지. 160명 중에서 처음부터 끝까지 전력으로 달린 녀석은 딱 한 명뿐이다."

리메르의 시선이 아주 잠시 라온에게 머물렀다.

"그 녀석을 제외한 나머지는 전부 체력의 안배를 두고 달렸다. 그래 놓고 포기한 한심한 녀석들도 있고."

"으…."

"그, 그게…."

그 사실을 들킨 아이들은 창피함을 참지 못하고 얼굴을 뻘겋게 물들였다.

"추가로 뒤처지지 않으려고 체력 단련에 오러를 사용한 얌생이들은 부끄러운 줄 알도록."

"으음."

리메르의 말이 끝나기 무섭게 버렌과 몇몇 수련생이 입술을 깨물었다.

"사실 너희들이 무엇을 하든 상관은 없어. 시험을 치르는 건 내가 아니라, 너희니까."

리메르가 히죽 웃었다. 능글맞음과 진지함이 뒤섞인 기묘한 미소다.

"지금부터 너희들은 '임시 수련생' 신분이다. 6개월 뒤에 치를 시험에서 합격한다면 앞에 붙은 '임시'를 떼어 주지."

"그, 그 시험이 뭔데요?"

아까 과자를 주려고 했던 녹색 머리칼의 아이가 흐려진 눈으로 손을 들어 올렸다.

"그걸 알려 주면 재미없지. 순위는 정하지 않겠지만, 수석 수련생은 뽑을 테니, 열심히 하도록."

"어떻게 열심히 해야 합니까?"

"아주 간단하고도 직접적인 힌트를 주마."

리메르는 뚝뚝 소리가 나도록 목을 풀면서 아이들을 내려다보았다. 금방 포기한 아이도, 끝까지 달린 아이들도 눈을 빛냈다.

"6개월 동안 내가 지시하는 훈련을 그대로 완수해라. 너희의 생각을 넣지 말고, 내 말만 따른다면 시험은 무조건 합격할 수 있다."

"오!"

"저, 정말입니까?"

"너무 간단한데요?"

따라만 하면 된다고 하니, 아이들의 표정이 햇볕을 마주한 듯 환해졌다.

"난 거짓말은 안 해. 내 지시만 따라가면 합격할 수 있을 거다. 다만…"

리메르의 입꼬리가 꼬여서 올라갔다.

"그게 쉽진 않을 거야. 난 지시만 내리고 너희가 마음대로 하도록 둘 테니까. 오늘처럼 니들 마음대로 움직였다간 한 명 빼고 전부 탈락이야."

"으음…"

"그런…"

이제 12살에서 13살인 아이들의 얼굴에 그냥 돌아가서는 안 된다는 다급함이 깃들었다.

반면 자신과는 상관이 없다는 듯 덤덤한 사람도 있었다. 라온과 루난이었다.

두 사람은 리메르의 말을 듣고서도 아무런 반응을 하지 않았다.

"젠장…."

반면 오늘 1등으로 훈련을 끝낸 버렌의 표정은 좋지 않았다.

직접 이름을 말하진 않았지만, 리메르는 자신을 질책했고, 라온을 칭찬했다. 누구보다 빠르게 달렸음에도 저 떨거지 방계에게 진 기분이었다.

'건방진 놈!'

버렌은 시험에 관한 이야기를 하는 리메르가 아니라, 라온의 뒤통수만 노려보았다.

"너희는 앞으로 5 연무장에 붙어 있는 숙소에서 지내게 될 거다. 시설도, 대우도 최고 수준이니, 6개월 동안 잘 즐기도록."

리메르는 연무장 뒤로 보이는 숙소를 가리켰다.

"으음…."

"저기가 숙소…."

최고 수준의 대우라는 말에도 아이들의 얼굴은 밝아지지 않았다. 본인들에게 주어진 혜택이 시한부라는 걸 알고 있기 때문이다.

"오늘은 첫날이니, 여기까지만 하겠다. 가서 쉬어도 되고, 이곳에서 각자 하고 싶은 수련을 해도 된다. 좌측에 실내 훈련장도 있으니, 마음대로 쓰도록."

리메르는 그 말을 끝으로 단상에서 내려갔다. 다만 계단의 중간쯤에서 히죽 웃으며 고개를 돌렸다.

"아, 한 가지만 더. 이곳에 신분은 없어. 왕도, 평민도, 노예도 모두 평등하다. 동기들끼리 친하게 지내라."

그는 이제 정말 할 말이 없다는 듯 손을 흔들고서 연무장을 나갔다. 교관의 절반은 그를 따라 떠났고, 나머지는 연무장 벽에 등을 기댄 채 아이들을 지켜보았다.

-저 건방진 뾰족귀 놈이….

'대체 뭐가 마음에 안 드는 거야?'

라온이 이해가 가지 않는 얼굴로 라스를 내려다보았다.

-전부 자신의 손아귀에 있다는 얼굴이 짜증 난다. 감히 본왕을 내려다보다니. 만 년 동안 얼음에 가둬도 부족하리라.

'……'

이유를 들어도 이해가 되질 않는다. 라스는 생각대로 성격 파탄자인 것 같았다.

'무시하는 게 좋겠군.'

살짝 고개를 젓고서 불의 고리를 운용하여 지친 육체와 정신을 풀었다.

'훈련장이나 가 봐야겠네.'

라온은 라스의 주절거림을 무시하고 리메르가 알려 준 실내 수련장으로 들어갔다.

"으음…."

"라온 지그하르트."

"대체 어떻게 달린 거지?"

방계들과 봉신 가문의 아이들은 실내 훈련장으로 들어가는 라온의 등에서 눈을 떼지 못했다.

그들이 알고 있던 정보와 오늘 보았던 라온과는 너무도 큰 차이가 있었기 때문이다.

꾸준한 수련으로 체력을 단련해 온 자신들보다 더 오래 버텼다는 게 지금도 믿기지 않았다.

"영약 때문이겠지."

처음 라온에게 시비를 걸었던 방계 크레인 지그하르트가 콧등을 찡그렸다.

"여, 영약?"

"별관에 있는 것들은 직계에서 버림받았잖아."

"맞아. 방계 중에서도 최하위라고. 어떻게 영약을 먹겠어."

"먹었다고 해도 그리 좋은 영약이 아니겠지."

"가문에서 내어 준 게 아니라, 넝마의 성자께서 주고 가셨다더군."

크레인은 의문을 가진 방계들에게 그 사정까지 말해 주었다.

"아!"

"성자께서!"

"결국 저놈은 본인의 능력 때문이 아니라, 영약의 힘으로 달린 거네."

"그래 놓고 잘난 척은!"

넝마의 성자가 준 영약을 먹었다는 말에 아이들의 표정이 싸늘하게 굳었다.

"쯧!"

"운 좋은 놈!"

"방계 주제에 운빨로 영약을 먹고 마음에 드는 구석이 없어."

크레인은 방계의 아이들이 피워 내는 질시의 눈빛을 보며 빙긋 웃었다.

"그래서 말인데."

"응?"

"저 건방진 놈 교육 좀 해야 하지 않겠어?"

"하긴 저놈 버렌 님한테도 따져 댔잖아."

"적당히 분위기를 잡을 필요는 있겠지."

"그럼 오늘 저 녀석이 숙소로 갈 때…."

"그만둬라."

방계 아이들이 라온을 습격할 계획을 짜려 할 때 옆에서 낮은 음성이 들려왔다.

"버, 버렌 님?"

"고귀한 지그하르트의 이름에 먹칠하는 짓거리다."

버렌은 차가운 눈빛으로 방계들을 훑었다.

'한심한 것들.'

라온 지그하르트가 마음에 들지 않는 건 마찬가지지만, 다수의 폭력으로 압박하는 건 추하디추한 짓이다.

지그하르트의 이름을 받은 자로서 그딴 계획을 짜는 걸 두고 볼 수는 없었다.

"어차피 금방 떨어져 나갈 버러지일 뿐이다. 무시하고 수련이나 하도록."

그는 한심하다는 듯 눈매를 좁히고 연무장을 나갔다.

"아, 음…."

"하, 하지 말라고 하시네."

"음."

"너희 정말 바보냐?"

크레인이 어깨를 내린 방계들을 보며 쯧 혀를 찼다.

"뭐?"

"저건 하지 말라는 게 아니라, 하라는 뜻이잖냐."

"어?"

"내 이름에 먹칠하기 싫으니까. 우리보고 처리하라는 말씀이시잖아. 그것도 못 알아들어?"

"아?"

"그, 그거야?"

"당연하지. 빨리 준비해. 라온 놈을 확실하게 교육시켜 놓으면 버렌 님도 흡족해하실 테니까."

네 명의 수련생들이 둥글게 모여서 오늘 어떻게 라온의 기강을 잡을지 작전을 짜기 시작했다.

그리고 그 뒤.

그 누구에게도 시선을 주지 않았던 루난 슬리온의 눈동자가 한 곳을 향했다.

그건 일등으로 달렸던 버렌도, 방계나 봉신 가문의 아이들도, 지그하르트의 광검이라 불렸던 리메르도 아니다.

라온 지그하르트.

그녀의 시선은 마지막까지 중하위권에서 달렸던 라온의 등을 향해 있었다. 그리고서 한 마디를 중얼거렸다.

"이상해."

리메르는 연무장을 떠나 본관 뒤편에 있는 북망산을 올라갔다. 산 중턱에 놓인 호랑이 형태의 바위에 도착해서 고개를 들어 올렸다.

"내 낮잠 바위에 선객이 있네."

바위에 말을 걸자, 그 위에 서 있던 금발의 노인. 글렌 지그하르트가 고개를 내렸다.

"어떻게 된 거지?"

"그걸 제게 물어보시면 어떻게 합니까."

리메르가 바위에 등을 기대며 헛웃음을 흘렸다.

"가주님도 아시겠지만, 제가 보는 눈 하나는 좋잖습니까. 근데 라온은 보이지 않았습니다. 상태가 제대로 파악되질 않아요."

"……."

"분명 바닥이었습니다. 마른걸레를 수없이 짜서 물 한 방울 나오기 힘든 상황이었는데, 어떻게 끝까지 달렸던 건지 이유를 모르겠네요."

웃고 있는 리메르의 눈동자에 궁금증과 놀라움이 깃들어 있었다.

"버렌과 루난은 최고의 재능을 지녔고, 다른 아이들도 나쁘지 않아요. 훗날 가문의 기둥이 되어 줄 수 있는 녀석들입니다. 다만…."

"라온은 판단이 안 선다는 거겠지?"

글렌의 시선이 리메르를 너머 5 연무장으로 향했다.

"맞습니다. 재능도, 잠재력도, 미래도, 성향도 보이지 않습니다. 이 정도로 깜깜한 건 가주님을 봤을 때 이후에 처음입니다."

리메르가 킥킥 웃었다.

"단전이 걸레가 된 이후 하루하루가 지루했었는데, 오랜만에 재밌는 냄새가 납니다."

"네 역할은 냄새를 맡는 게 아니라, 아이들을 지그하르트의 이름에 걸맞은 무인으로 키워 내는 거다."

"그야 당연히 알고 있죠. 지그하르트 최고 충신이 바로 저 아닙니까!"

리메르가 양아치처럼 건들건들 고개를 끄덕였다.

"네가 환자가 아니고, 전우가 아니었다면 지금 목이 날아갔을 거다."

"이야. 단전을 다친 게 도움이 되는 날도 있군요."

"……."

글렌은 리메르의 단전과 심장 부근을 보다가 고개를 돌렸다.

"수련생 교관은 네가 원한 일이다. 이상한 데 시선 끌리지 말고, 제 역할에 충실하도록."

"물론입니다. 이번 기수에는 제 미래를 맡길 녀석이 나올 것 같은 기분이 드니까요."

리메르가 글렌을 따라 연무장 쪽으로 시선을 돌렸다.

"버렌이나, 루난을 말함이냐?"

"그럴 수도 있고. 추천생 중에 있을 수도 있고, 악만 가진 평민일 수도 있고, 가문에서 버림받은 아이일 수도 있죠."

"우연일 뿐이다. 그 아이는 무인이 되기 힘들다."

글렌은 그렇게 말하고서 북망산을 내려갔다. 리메르는 그가 가장 존경하는 무인의 등을 바라보다가 씩 웃었다.

"아니란 걸 잘 아시면서."

라온은 실내 훈련장에서 여러 기구와 장비들을 확인한 후 밖으로 나왔다.

'나쁘지 않군.'

훈련 기구나 장비는 리메르의 말대로 최고이자, 최신 기종들이었다. 따라온다면 확실하게 키워 주겠다는 의지가 보이는 단련장이었다.

훈련 자체를 오후에 시작했기 때문에 하늘은 이미 어두워져 있었다. 기숙사로 가기 위해서 연무장을 나와 길을 돌아가려 할 때였다.

"어이."

우측 골목에서 울린 낮은 목소리에 라온이 고개를 돌렸다. 오전에 시비를 걸었던 방계 네 명이 살벌한 표정으로 그를 노려보고 있었다.

"돌이 지나기도 전에 영약을 먹었다면서?"

"그래 놓고 잘난 척한 거냐."

"내가 그 정도로 영약을 먹었으면 너 정도는 한참 전에 추월하고 버렌 님의 바로 뒤까지 쫓아갔을 거다."

네 명은 있지도 않은 무게를 잡으면서 다가왔다.

-저런 꼬맹이들에게도 우습게 보이는 건가. 혀 깨물고 죽고 싶도다.

'걱정 마.'

라온의 눈동자가 화로의 불길처럼 타올랐다.

'이번엔 네가 보고 싶은 장면이 나올 테니까.'

제12화

"음…."

라온은 잔잔한 마음과 달리 턱을 바르르 떨었다.

"그리 긴장할 필요 없어. 가볍게 대화나 하자는 거니까."

가장 앞에 있던 장발의 방계가 다가왔다. 저 녀석의 이름은 알고 있다. 크레인 지그하르트. 오전에 시비를 걸었고, 판별식에서 꽤 뛰어난 재능을 보였던 녀석이다.

"어이."

크레인의 턱짓에 그의 옆에 있던 세 명의 아이가 자신의 왼쪽과 오른쪽 그리고 뒤에 붙었다.

"대화? 무슨 대화를 한다는 거지?"

뒤로 물러서려 했지만, 세 명이 동시에 길을 막아 빠질 수가 없었다.

"따라오면 알게 될 거야."

"조용히 와."

크레인이 히죽 웃으며 손짓하자, 옆에 붙은 놈들이 어깨로 밀기 시작했다.

나이보다 몸집이 작은 라온과 또래보다 덩치가 큰 방계들이 함께 움직이니, 성인이 아이를 데려가는 모습 같았다.

"자, 잠깐만. 여기서 말하는 게…."

"이젠 늦었어."

"그러게 적당히 까불었어야지."

라온이 눈을 내리깔고 어깨를 움츠리자, 방계의 아이들은 낄낄 웃으며 겨드랑이 사이에 팔을 끼웠다.

-보고 싶은 장면을 보여 준다고 해 놓고, 지금 무엇을 하는 거냐.

'밥도 뜸을 들여야 맛있는 법이야. 좀 기다려.'

라온은 겉으로 당황한 표정을 지었지만, 속으로는 그 어느 때보다 평온했다.

"윽!"

라온은 무기력하게 연무장 외곽으로 끌려가서 벽에 던져졌다. 구석지고 어두운 곳이라 지나다니는 사람도 보이지 않았다.

"대, 대체 왜 이러는 거야?"

"영약빨 새끼."

"뭐?"

"직계에서 버림받은 주제에 운 좋게 먹은 영약으로 건방을 떨어?"

"성자께 받은 영약이 아니었다면 오늘 넌 뛰지도 못했겠지!"

"비겁한 놈!"

방계들의 표정이 먹잇감을 보는 맹수처럼 사나워졌다.

'뭔 저따위 이유로….'

어린애임을 증명하듯 덤비는 이유가 참으로 유치하고 초라했다.

'거기다 진다는 생각은 조금도 안 하는 모양이네.'

라온이 피식 웃었다.

'당연한 일인가.'

12살인 자신과 달리 방계의 나이는 13살이고, 덩치도 훨씬 컸다. 한참 전부터 수련을 해 왔기 때문에 진다는 생각 자체를 안 하는 것 같았다.

"걱정하지 마. 티 나지 않게 해 줄 테니까."

"우리가 이런 일이 한두 번이 아니거든."

"교관님 말 들었잖아. 동기끼리 대화 좀 하자는 거지."

방계들이 주먹을 돌리며 다가왔다.

"맞는 말이네."

라온이 숙인 고개를 들어 올리며 빙긋 웃었다.

"처맞는 말."

조금 전까지 그의 눈빛에 어려 있던 공포와 당황은 조금도 보이지 않았다.

"이 새끼가!"

오른쪽에 있던 바가지 머리가 주먹을 내질렀다.

어깨를 틀어 주먹을 피한 뒤 오른쪽 팔꿈치로 놈의 오른쪽 가슴을 후려쳤다.

"꺼어억!"

바가지 머리는 땅에 머리를 박은 채 꺽꺽댔다. 숨을 제대로 쉬지 못하고, 손톱으로 바닥을 긁었다.

"뭐, 뭐야!"

좌측에 있던 실눈이 앞으로 발을 차올렸다.

퍼어억!

왼손으로 올라오는 발을 쳐 냈다. 앞으로 다가가 주먹으로 명치를 찍었다.

"끄으윽…."

실눈의 아이가 명치를 부여잡은 채 자빠져 눈을 까뒤집었다.

빠악!

뒤에 있던 녀석이 주먹을 뭉쳐서 내리쳤다. 손바닥으로 흘려 낸 뒤 발로 복부를 걷어찼다.

"허어업!"

가장 덩치가 큰 녀석이 주저앉아 숨을 헐떡였다.

"너, 너희 뭐 하는 거야! 왜 저딴 놈에게 당하는 거냐고!"

홀로 남은 크레인이 뒷걸음질 쳤다. 말을 더듬으며 눈동자를 바르르 떨었다.

"대화잖아. 네가 말한 동기간의 오붓한 몸의 대화."

라온은 크레인이 물러난 만큼 다가갔다.

"오지 마!"

크레인이 악을 내지르고서 왼 주먹을 뻗어 왔다. 바로 오른 주먹이 따라간다. 제대로 단련한 연계 공격이었다.

다만 그걸 받는 사람은 평범한 12살짜리 아이가 아니었다.

뿌득!

라온의 손이 독사처럼 꼬여 올라갔다. 크레인의 왼팔을 휘감아서 오른쪽으로 비틀었다.

"끄아악!"

팔이 꺾인 고통에 크레인이 오른팔을 다 내지르지 못하고 비명을 질렀다.

"아직이야."

왼손으로 수도를 세워 크레인의 우측 허리를 내리쳤다.

"컥! 커어억!"

크레인이 숨이 끊어지는 듯한 비명을 지르며 바닥을 뒹굴었다.

-훌륭한 비명이다. 다만 아직 대가리를 깨지 않았다. 당장 부수거라.

'그놈의 대가리….'

고개를 절레절레 젓고서 바닥에서 버둥거리는 네 명의 방계를 바라보았다.

"어떻게 할까?"

라온이 목을 돌리며 방계들에게 다가갔다. 눈동자에 서늘한 살기가 어렸다.

"흐흑!"

"으으으!"

"뭐, 무슨…."

방계들은 오한이 걸린 듯 몸을 떨었다. 그들의 표정엔 당황을 넘어선 공포가 어려 있었다.

"으으…."

크레인은 추위를 타는 것처럼 이빨을 딱딱 부딪쳤다.

'이놈은 대체.'

직계인 버렌이나, 그보다 더 나이가 많은 다른 직계들에게도 느껴 보지 못한 기세였다. 라온에게는 오러 따위가 아닌, 어둑한 무언가가 어려 있었다.

'어, 어른들을 보는 것 같아….'

그것도 보통 어른이 아니라, 가문의 기둥이 된 어른들의 눈동자를 마주한 듯한 서늘한 감각이었다.

"대화는 깊게 나눌수록 좋은 법이지."

"으어억!"

"제, 제발!"

라온이 웃으며 다가가자, 방계들은 사신을 만난 듯 이빨을 딱딱 부딪쳤다.

퍽! 퍼어억!

그의 주먹질에 방계들이 비명도 뱉지 못하고 굼벵이처럼 몸을 구겼다.

-시원하게 잘 패는군. 처음으로 네놈이 마음에 든다.

'그거 고맙네.'

라온은 라스가 감탄할 정도로 방계들을 두들겨 팼다. 그것도 보이지는 않지만, 고통이 가장 심할 곳만 골라서.

"끄흡!"

"으어어억…"

방계들은 이제 라온의 눈도 쳐다보지 못했다. 뭍에 나온 새우처럼 몸을 움츠릴 뿐이다.

"제, 제발 그만…"

"잘못했습니다!"

"으으윽!"

라온은 방계들이 자신의 발끝도 쳐다보지 못할 정도로 확실하게 교육한 뒤 일어섰다.

"오늘 우리가 한 건 동기간의 대화다. 맞지?"

"에, 예!"

"그, 그렇습니다!"

"동기간의 대화를 어디 가서 털어놓진 않겠지?"

"다, 당연히!"

"물론입니다!"

그만 맞고 싶었던 크레인과 방계들은 냉큼 고개를 끄덕였다.

"그럼 대화를 끝내기 전에 마무리를 지어야겠지."

"마, 마무리?"

"그게 무슨 소리인지…."

"너희를 자극해서 내게 보낸 놈은 누구지? 버렌인가?"

"어…."

"예? 그, 그건 아니고요."

방계들이 고개를 저었다.

"그럼 뭔데."

"버, 버렌 님은 지시를 내린 적이 어, 없으십니다."

"예. 오히려 하지 말라고 하셨죠. 저희가 그냥…."

"그래?"

라온이 픽 웃었다. 다급한 표정을 보니, 거짓이 아니다. 정말 버렌과는 관계가 없는 것 같았다.

'아예 썩진 않았군.'

버렌이 자신에게 좋지 않은 감정을 가졌고, 입이 험한 건 분명하지만, 구제 불능 쓰레기까지는 아닌 것 같았다.

"내일도 나랑 대화하기 싫으면 알아서 피하는 게 좋을 거야."

"예!"

"물론입니다!"

"그, 그림자도 밟지 않겠습니다!"

라온은 방계들의 대답을 들으며 몸을 돌렸다. 골목을 나가려고 할 때 알림음이 울렸다.

띵!

턱.

라온과 방계들이 떠난 골목 구석으로 리메르가 내려섰다.

"흐음!"

그는 빌빌대며 떠나가는 방계들을 보고서 입맛을 다셨다.

'재밌는 걸 보게 되었군.'

평소처럼 시간을 죽이고 있었는데, 아주 좋은 구경을 했다.

'보면 볼수록 신기한 녀석이야.'

오늘 본 라온은 글렌과 실비아에게 들었던 불쌍한 환자의 모습과는 달랐다.

'천재인가?'

라온은 무학을 배운 적이 없다. 누구를 때리거나 맞은 적도 없다고 들었다. 하지만 지금 녀석이 보여 준 움직임은 그와 달랐다.

첫 번째 주먹을 최소한의 거리로 회피한 뒤 바로 상대에게 주먹을 내질렀다.

두 번째와 세 번째도 적이 제대로 판단하기도 전에 급소를 쳐서 단숨에 끝내 버렸다. 투박한 면은 있지만, 처음 싸운다고 할 수 없는 수준의 주먹질이었다.

정신력만 대단할 줄 알았는데, 무학에 대한 재능도 있는 것 같았다.

'피는 어디 가지 않는군.'

리메르는 방계들을 후려 팬 뒤 역으로 협박까지 하는 라온의 모습을 생각하며 피식 웃었다.

한때 세상이 좁다고 생각하며 자신을 최강이라 생각할 때 만난 글렌도 저랬다. 평범해 보였지만 나서기만 하면 그 누구보다 뛰어난 모습을 보였다.

인간을 무시하던 자신이 감명받아 따를 정도였으니, 그가 어떤 남자였는지는 말할 필요가 없었다.

'거기다….'

방계들의 말을 역이용해서 협박하는 라온의 모습은 더더욱 글렌과 닮아 있었다.

"최고의 재능들 사이에 껴 있는 알 수 없는 재능이라…."

리메르가 피아노를 치듯이 바닥을 가볍게 굴렀다.

"심장이 뛰는군."

그의 입매가 부드럽게 꼬여 올라갔다.

라온은 기숙사 앞에서 대기하던 교관이 내어 준 열쇠 번호대로 405호실로 들어갔다.

별관에 있던 자신의 방과 큰 차이가 나지 않는 큼지막한 개인실이었다. 침대는 푹신해 보였고, 연공을 할 수 있는 공간도 있었다.

'그럼.'

방 구경은 간단하게 끝내고 침대에 걸터앉아 조금 전에 보았던 메시지를 불러왔다.

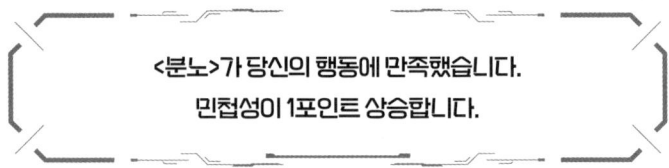

라스가 만족했다는 내용과 함께 능력치가 올랐다는 메시지가 나타났다.

'이런 방식으로도 능력치를 올릴 수 있는 건가?'

라스의 견제를 버틴 것만이 아니라, 만족시켜도 능력치가 생겨나는 것 같았다.

다만.

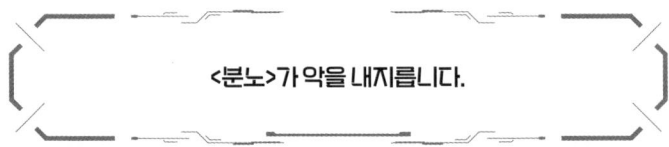

-착각이다! 본왕은 만족하지 않았다! 아직 모자라! 놈들의 목이라도 따야 만족한단 말이다!

라스가 난리를 부리는 걸 보니, 본인과 상관없이 전해진 것 같았다.

-아까부터 전해지는 저 능력치는 대체 어디서 오는 거냐!

추가로 오르는 능력치가 어디서 왔는지는 라스도 모르는 것 같았다.

"너도 모르는 건가? 네 능력이라면서 아는 게 없네."

-네놈이 본왕의 것을 가져가서 이런 일이 발생했다는 걸 모르는 거냐!

"어쨌든 모르는 건 맞잖아."

-끄으윽….

라스는 아까 기분 좋았던 것이 모두 사라진 듯 목소리가 부르르 떨렸다.

-좋다. 알아보고 돌아오마. 기다리고 있어라.

라스는 그 말과 함께 존재감을 감췄다. 팔찌는 그대로 남아 있지만, 혼이 어디론가로 날아간 것 같았다. 손을 붕붕 휘둘렀지만, 반응이 없었다.

"오랜만에 조용하네."

라온이 손을 내렸다. 라스가 잠잠해진 틈을 타서 씻을 준비를 하고, 4층에 있는 욕실로 향했다.

간단하게 목욕하고 방으로 돌아왔다. 머리도 말리지 않은 채로 바닥에 주저앉았다.

'지금 보니 황금알을 낳는 거위였네.'

손목에 걸린 꽃팔찌를 보며 픽 웃었다. 인정을 받거나, 방해를 건디는 걸로 능력치를 주다니, 공짜나 마찬가지였다.

자신에겐 불의 고리와 수속성 저항력이 있어서 라스에게 질 일도 없다. 여러모로 이득뿐이었다.

'돌아오기 전에 연공이나 할까.'

라온은 기분 좋은 감정을 유지한 채 불의 고리를 운용하기 위해 눈을 감았다.

고오오오!

집중력을 끌어 올린 뒤 연공을 시작하려고 할 때였다.

-크으윽!

"벌써 왔나?"

혀를 차며 눈을 뜨자, 손목에 걸린 라스가 바들바들 떨고 있었다.

-이 도둑놈!

"도둑?"

-네놈은 본왕이 본체에 남겨 둔 힘을 훔치고 있었다!

'본체?'

그러고 보니, 라스는 어딘가의 왕이라고 말하며, 스스로를 본왕(本王)이라 칭했다. 별로 중요하지 않아서 기억하지 않았지만.

-마계다! 본왕은 마계의 군주였다!

'그러냐.'

관심이 없었기 때문에 작게 고개만 끄덕였다.

뿌드득!

라스에게서 이빨을 가는 소리가 들려왔다.

-그 대답은 무엇이냐. 본왕에게서 힘을 얻어 가는 똥파리 주제에. 무릎을 꿇고 경배하란 말이다.

"어차피 네가 원해서 주는 것도 아닌데 내가 고마워할 필요가 있나?"

-끄으윽….

라스는 할 말이 없는지 신음만 흘렸다.

-건방짐 하나는 정말이지 하늘을 찌르는구나.

"딱히."

라온이 고개를 저었다. 그런 생각은 해 본 적 없었다. 라스는 평생을 떠받들어 살아왔기 때문에 조금의 단호함도 견디지 못하는 것뿐이다.

-현재 본왕의 육체는 네놈과 연결되어 있다. 그래서 상태창의 능력이 네놈에게 전해진 것이지.

'흐음….'

-그래서 한 가지 제안이 있다.

"제안?"

-본왕과 내기를 하자. 네가 이긴다면 능력치를 넘겨주마. 다만 진다면 본왕의 분노를 가져가라.

라스의 목소리에는 처음 만났을 때처럼 울분과 분기가 가득 담겨 있었다.

<분노>가 당신에게 내기를 제안했습니다.

제13화

"내기?"

라온의 눈매가 가늘게 내려갔다.

"무슨 내기를 하자는 거지?"

갑작스럽게 내기를 하자고 하니, 라스의 의도가 무엇인지 파악할 수가 없었다.

-긴장할 필요 없다. 본왕은 거짓말을 하지도, 널 속이지도 않는다. 직접 보여 주마.

그 말이 끝나기 무섭게 새로운 메시지가 떠올랐다.

<분노>가 첫 번째 내기를 제안합니다.

조건 : 정식 수련생 시험을 수석으로 통과.
성공 시 : 모든 능력치 +2, 임의 선택 특성.
실패 시 : <분노>의 감정 10포인트 생성.

읽어 보니, 어떤 의미인지는 바로 파악할 수 있었다. 말 그대로 내기를 해서 이긴 다면 라스의 능력을 넘겨준다는 것 같았다.

"리메르가 말했던 정규 수련생 시험을 수석으로 통과하라는 건가?"

-그렇다. 놈이 수석은 반드시 뽑는다고 했으니, 결과는 확실하게 나오겠지.

"음…."

다만 몇 가지 알 수 없는 부분이 있었다.

"임의 선택 특성은 뭐지?"

-본왕이 가지고 있는 특성 중 하나가 네게 주어질 거다. 물론 네 하등함에 맞춰 단계가 격하하겠지만.

"특성이라…."

라온은 기름을 부은 듯 푸른 불길로 타오르는 라스를 바라보았다. 그는 매번 스스로를 마계의 왕이라 칭했다.

그 말을 믿을 수는 없지만, 특별한 존재임은 분명했다. 임의로 주더라도 쓸모 있는 능력이 나올 가능성은 컸다.

"하나 더. 이게 가장 중요한데 실패 시에 분노의 감정 10포인트가 생긴다는 건 뭐지?"

-말 그대로다. 본왕이 가진 분노의 감정이 네게 생성된다.

"그 말은 네가 내 감정을 조절할 수 있다는 건가?"

-그 정도는 아니다. 본왕이 네게 넘기는 분노의 감정은 티끌에 가깝다. 가랑비 수준이지. 다만….

라스의 목소리에 노골적인 기대감이 녹아내렸다.

-가랑비에 옷이 젖듯. 본왕의 분노를 받아들이다 보면 네 정신력이 아무리 강하

다고 해도 언젠가 그 감정을 통제할 수 없게 될 거다.

"그걸 노리는 거였나?"

라온이 차가운 눈으로 라스를 내려다보았다. 놈은 자신의 육체를 한 번에 빼앗는 것을 포기하고, 차근차근 강탈하려는 것 같았다.

-너도 상태창의 능력치에 따라, 네 육체가 변한다는 건 깨달았겠지. 이 내기를 받아들인다면 네 복수에 한 발 더 가까워질 수 있을 거다.

라스는 분노의 왕답지 않게 침착한 목소리로 내기를 받아들이라 말했다. 처음으로 이놈에게 짜증이 일어났다.

'그런데 왜 이런 내기를 하지?'

본체의 존재를 확인했으니, 그 힘을 끌어와서 자신의 정신을 불복시키면 그만일 텐데, 왜 이런 귀찮은 수를 쓰는 건지 이해할 수 없었다.

-말했듯이 본왕의 본체 능력은 네게 연결되어 있다. 그 힘을 끌어올 수만 있다면 당장에 네 몸을 가져갔겠지.

라스는 생각을 읽기라도 한 것처럼 대꾸했다.

"거짓말한 건 없나?"

-본왕은 마계의 군주다. 다른 건 몰라도 거짓말 따윈 하지 않는다.

"후…."

라온이 가는 한숨을 뱉어 냈다. 그의 말이 맞았다. 라스는 분명 미친놈이었지만, 질문에 대해서는 항상 솔직하게 답을 말했다.

"먹을 수밖에 없는 독 사과인가."

모든 능력치가 2나 올라가고 특별한 능력 하나가 생긴다고 하니, 거절할 수가 없었다.

반면 실패했을 때의 리스크는 상대적으로 적었다. 물론 쌓이면 위험하겠지만.

"흐음…."

5 연무장엔 뛰어난 아이들이 많았다. 루난과 버렌은 말할 것도 없고, 방계와 추천생들도 독특한 재능을 가지고 있었다.

평범한 아이라면 수석은 감히 쳐다보지도 못할 거다.

하지만 자신은 환생자다.

시험이 무엇이든, 아이들의 재능이 얼마나 뛰어나든 전생의 삶을 이용한다면 절대 지지 않는다.

"좋다. 받아들이지."

-좋은 선택이다.

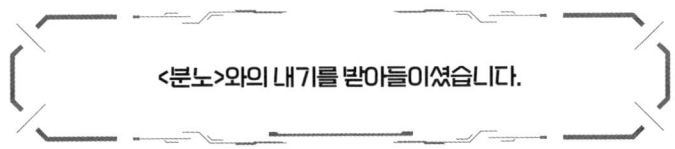

<분노>와의 내기를 받아들이셨습니다.

라온은 떠오르는 메시지 사이로 라스와 눈을 마주쳤다. 놈은 웃고 있었다. 본인이 이길 거라는 확신이 담긴 미소였다.

그래서 똑같이 웃어 주었다.

네 생각대로는 안 될 거야.

다음 날 새벽.

버렌이 연무장 문을 열고 안으로 들어왔다.

해가 뜨지 않은 시간임에도 그의 머리는 곱게 빗어 올라갔고, 훈련복은 빳빳하게 다려져 있었다. 그야말로 귀족스러운 모습이었다.

"음?"

볼 때마다 과하게 인사를 하던 크레인과 몇 명의 방계가 어색하게 고개를 숙이고 몸을 돌렸다.

'왜 저러는 거지?'

왜 저러나 생각할 때 어제 있었던 일이 떠올랐다.

'설마 건드린 건가?'

버렌이 인상을 찌푸렸다. 아무리 라온이 마음에 들지 않아도 개인적으로 건드리는 건 위대한 지그하르트의 이름에 먹칠을 하는 짓거리다.

'한심한 것들.'

멍청이들에게 한마디 해 주려고 다가가려 할 때 문이 열리고, 라온이 들어왔다.

"음?"

그런데 너무 멀쩡했다. 한 대도 얻어맞지 않은 것처럼 멍이나, 상처가 보이지 않았다. 어제보다 오히려 더 당당해 보였다.

"흡!"

"힉!"

반대로 크레인을 비롯한 방계들은 라온을 보자마자, 꼬리를 만 개처럼 몸을 돌려 구석에 처박혔다.

'뭐지? 대체 무슨 일이 일어난 거야?'

버렌이 마른침을 삼켰다. 상황이 어떻게 돌아가는 건지 전혀 모르겠다.

"이봐."

참지 못하고 덜덜 떠는 방계들에게 다가갔다.

"버, 버렌 님!"

크레인을 비롯한 방계들은 입을 동그랗게 벌리며 고개를 숙였다.

"왜 그렇게 떠는 거냐."

"그, 그게….'

"으음!"

방계들은 자신이 아닌 그 뒤에 서 있는 라온을 보고서 입을 다물었다. 그들의 눈동자에 드리운 건 확연한 두려움이었다.

'내가 아니라, 라온을 두려워한다고?'

라온이 무엇을 했기에 이들이 이렇게 겁에 질렸단 말인가.

"아, 아무 일도 없었습니다."

"그렇습니다. 정말 별일 아닙니다."

"헤헤!"

방계들은 어색한 표정으로 웃으며 뒤통수를 긁적였다.

'역으로 얻어맞은 건가?'

그것 말고는 없다.

방계 녀석들은 라온을 교육하겠다고 찾아가 역으로 맞고 온 게 분명했다.

버렌은 등을 돌려 라온을 보았다. 그는 어제와 똑같이 별 관심이 없다는 듯 조용히 서 있었다.

'나름 능력을 숨기고 있었다는 건가?'

코웃음이 나왔다. 재능도 없는 환자 놈이 힘을 숨겨 봐야 티끌일 뿐이니까.

'발악해 봐라.'

어차피 밑바닥인 건 변함이 없으니까.

라온은 목을 풀다가 어제 '대화'를 나눈 방계들과 눈을 마주쳤다.

"윽!"

"끕!"

방계들은 악마라도 마주한 듯 기괴한 신음을 흘리고서 뒷걸음질을 쳤다.

"어?"

"뭐지?"

어제만 해도 대놓고 욕하던 방계들이 주춤하는 모습에 다른 임시 수련생들의 눈동자에 의문이 비쳤다.

라온은 코웃음 소리에 고개를 돌렸다. 버렌이다. 조롱 혹은 비웃음이 어린 시선이 노골적이었다.

'뭘 해도 상관없다고 생각하고 있겠지.'

버렌이 어떤 생각을 하고 있을지가 훤히 보였다. 재능 없는 놈이 발악해 봐야 의미 없다고 여기고 있을 것이다.

'아주 큰 착각이지.'

불의 고리가 있는 자신에게 재능 따위는 의미가 없다. 임시 수련 기간이 끝날 때쯤에는 버렌 정도는 한참 추월해 있을 거다.

-저 뱀 눈깔이 짜증 나는구나. 뽑아 버려라.

'또 시작이네.'

-본왕이 마계에 있을 때 함부로 눈깔을 돌리는 놈들은 모조리….

'좀 조용히 해.'

라온이 팔찌를 툭 쳤다. 지지직거리는 소리와 함께 라스의 말이 끊겼다.

-이, 이놈이 진짜!

'말 진짜 많네.'

라스의 말을 무시하며 불의 고리를 운용하려 할 때 연무장의 문이 열렸다.

쿠웅!

삐걱거리는 문을 넘어 리메르와 교관들이 들어왔다.

교관들은 정확하게 오와 열을 맞췄지만, 리메르는 잔걸음을 걸어 단상 위로 올라갔다.

"잘 잤나?"

리메르는 아래를 내려다보며 씩 웃었다.

"예!"

임시 수련생들은 해가 뜨지 않은 이른 새벽임에도 불구하고 우렁차게 대답했다.

"너희가 평소 체력을 단련했다고 해도 나름 전력으로 달렸으니, 꽤 힘들었을 거다. 그러니까…."

리메르가 크게 고개를 끄덕이며 미소를 지었다.

"오늘도 뛰어라. 전력으로!"

"네?"

"오, 오늘도요?"

"인간의 체력은 끝까지 사용하면 할수록 그 한계가 늘어난다. 전력으로 달려라. 내가 그만이라고 말할 때까지."

아이들이 찡그리고 있을 때 어제처럼 두 사람이 먼저 땅을 박찼다. 루난과 버렌이었다.

파아앙!

두 사람은 어제와 달리 체력을 비축하지 않고, 가진 전력을 다해 뛰었다.

"으으!"

"또 달리기라니!"

오늘은 무언가를 배울 거라고 생각했던 아이들은 짜증을 내면서 달리기 시작했다.

-또 뜀박질인가? 지루하다. 이따위 수련 없이도 강해질 수 있다. 너와 적의 피를 보면….

'난 좋은데.'

라온이 라스의 말을 끊었다. 폐에 새벽 공기를 담아내고서 땅을 박찼다.

-좋다고? 모래를 마시며 끝없이 달리는 게?

'달릴수록 강해질 수 있으니까.'

-멍청한! 네가 본왕에게 몸을 넘긴다면 1년 안에 최강자가 될 수도….

'그게 내가 아니면 아무 소용도 없지.'

라스의 헛소리를 한마디로 끊어 내고 발을 놀렸다.

'어제보다 더 빨라졌어.'

민첩성과 체력이 올랐기 때문인지 더 빠르게 달릴 수 있었다.

어제 훈련이 끝나갈 때가 되어서야 따라잡을 수 있었던 방계와 몇몇 추천생들의 속도를 처음부터 따라갈 수 있었다.

"어?"

"으음…."

"라, 라온?"

중하위 그룹의 아이들이 자신을 보고 눈을 부릅떴다. 네가 왜 여기에 붙어 있냐는 표정이었다.

'확실히 성장이 빨라.'

라온은 작게 미소를 지으며 그들과 나란히 달렸다. 불의 고리만이 아니라, 능력치가 있으니, 성장 속도가 가히 마법과도 같았다.

다만 전력으로 뛰고 있음에도 버렌과 루난은 점점 멀어져 갔다. 확실히 저 둘의 재능과 수련 양은 지금 따라잡을 수 있는 수준이 아니었다.

'환경이 나쁘지 않아.'

전력을 사용하도록 만들어 주고, 앞에는 따라잡아야 할 아이들이 많았다. 수련하기엔 최고의 환경이었다.

라온은 단상에서 졸고 있는 리메르를 보았다. 한없이 가벼운 듯한 남자지만, 수련 방법은 확실했다.

'당신의 수련. 잘 이용해 주지.'

"그만!"

새벽부터 시작된 달리기는 태양이 뜨고 나서야 멈추었다.

"끄어억!"

"허어억!"

"하악!"

아이들은 누구 하나 할 거 없이 연무장에 드러누워 숨을 몰아쉬었다.

대부분의 아이들이 전력으로 달렸기 때문에 어제와 달리 제대로 서 있는 사람은 거의 없었다.

"새벽 수련은 이걸로 끝이다."

"새, 새벽…."

"오전도 아니고, 새벽…."

새벽 수련이 끝났다는 말에 아이들은 고개를 절레절레 저었다.

"새벽은 공기도 맑고, 마나를 더 쉽게 느낄 수 있는 환경이 조성되어 있다. 너희가 정식 수련생이 된 이후에도 계속 달릴 테니, 빨리 익숙해지는 게 좋을 거야."

리메르는 손가락을 빙빙 돌렸다. 끝없이 달리는 아이들을 표현하는 제스처였다.

"그럼 아침 식사를 해라."

"이렇게 달렸는데, 무슨 식사…."

"바, 밥 못 먹어!"

"들어가겠냐고!"

아이들은 드러누운 채로 앓는 소리를 읊었다.

"힘들어도 먹는 게 좋다. 이후에도 수련이 계속되니까. 속이 비면 버티지 못해. 다만 이번에도 선택은 너희의 몫이다."

리메르는 마지막 말만 남기고 알아서 하라는 듯 사라졌다.

"이렇게 뛰고 바로 밥을 먹이다니…."

"머, 먹긴 먹어야겠어. 나중에 토하더라도."

아이들은 비틀거리면서 식당으로 들어갔다. 새벽부터 훈련이 거셌기 때문인지 식사는 기름지지 않고, 가벼웠다.

따뜻한 스프와 부드러운 빵, 담백한 고기와 몇 가지 채소가 전부였다.

"음식 한번 처참하군."

"그래도 이거면 먹을 수는 있겠어."

방계의 아이들은 식판에 든 음식을 가만히 보고 있는 라온을 보았다.

"저기 봐라."

"안 먹고 있네."

"별관에서 귀하게 크셨는데, 저런 게 들어가겠냐."

"하긴 서열은 최하위면서 환자라 대우만 받았을 테니까."

아이들은 낄낄대며 라온을 비꼬았지만, 라온은 이번에도 그들의 예측과 전혀 다른 생각을 하고 있었다.

'밥을 줘?'

훈련이 끝났다면 모를까. 훈련 중에 식사를 받은 적은 전생에서 단 한 번도 없었다.

지금보다 어린 나이에 잡초를 뜯어 먹든, 짐승을 사냥하든 직접 해결했기 때문에 밥을 주는 건 생각도 못 한 일이었다.

'여기 정말 최곤데?'

제14화

라온은 아침 식사를 마치고 다시 연무장으로 들어갔다.

-더럽게 맛없도다. 본왕이 마계에 있을 때 이런 쓰레기 음식이 나왔다면 셰프의 머리통을 뭉개 버렸을 것이다.

'어? 맛을 느꼈어?'

-간접적이지만, 본왕은 네 감각을 공유할 수 있다. 특히 미각에 치중되어 있지. 본왕은 마계에 있을 때부터 미식가로 이름이 높아서….

'말 더럽게 많네. 미각이 공유되어서 맛을 느낄 수 있었다. 한마디면 되는 걸 가지고.'

-입 다물어라! 본왕은 과묵하기로 이름 높은… 윽!

'소화 안 되니까. 좀 조용히 해.'

라온은 팔찌를 툭 쳐서 라스의 입을 막고, 단상 위를 보았다.

리메르가 낮잠을 자듯 단상 위에 드러누워 있었다. 동상이라도 된 듯 미동도 없었다.

-참으로 꼴 보기 싫은 놈이로다. 저 뾰족한 귀를 뽑아 버리고 싶다.

라스는 리메르만 보면 화가 솟구치는지 입에서 냉기를 내뿜었다.

'지그하르트의 광검이라…'

리메르는 지그하르트의 광검이라 불릴 정도로 강한 무력을 지녔지만, 성격이 가볍다 못해 경박하다는 소문이 있었다.

헛소문이라고 생각했는데, 지금 리메르의 모습을 보니, 그 정보는 무섭도록 정확했다.

'다만 빈틈은 없어.'

저렇게 퍼질러 자고 있어도 그에게 약점은 보이지 않았다.

심각한 부상을 입어서 은퇴했다고 해도 한때 마스터였던 무력이 완전히 사라지진 않은 모양이다.

-본왕이 네 몸을 먹어 치우는 순간 저 귀부터 뽑겠다.

'그러든가.'

그럴 일은 없겠지만.

"으하함!"

리메르는 임시 수련생들이 전부 모이고 한참이 지난 후에야 일어나서 느릿하게 기지개를 폈다.

"밥은 잘 먹었나?"

"예."

아직 체력이 회복되지 않았기 때문에 아이들의 대답은 새벽보다 축 늘어졌다.

"그럼 바로 다음 훈련을 시작한다."

리메르는 씩 웃었다. 그의 시선이 연무장 한편에 놓인 목검을 향하자, 아이들의 표정이 밝아졌다.

"검은 됐고, 내가 하는 자세를 따라 해라."

하지만 그는 아이들을 놀리듯이 목검이 아니라, 발을 어깨너비로 벌리고 무릎을 굽혔다.

"거, 검을 배우는 게 아닙니까?"

방계 중 한 명이 손을 들고 외쳤다.

"아닌데?"

"저희는 검을 배울 줄 알고…."

"맞습니다. 광검께선 검으로 이름 높으신데 왜…."

"검? 검 좋지. 근데 너희는 걸음마를 배우기도 전에 뛸 수 있나?"

리메르의 입꼬리가 꼬여서 올라갔다. 시원하게 웃고 있지만, 오싹한 바람이 불어오는 것 같았다.

"체력도, 정신력도, 자세도 갖춰지지 않은 너희가 제대로 된 검술을 익힐 수 있을까?"

"아…."

"매번 말하지만, 내 지시를 따르지 않아도 된다. 책임도 본인이 지면 되고."

장난스러운 목소리였지만, 연무장에 침묵이 가라앉았다.

"따라올 사람은 따라오고 다른 수련을 하고 싶은 사람은 우측으로 빠지도록."

물론 빠지는 사람은 한 명도 없었다. 모두 그 자리에 서서 리메르를 바라보았다.

"그럼 다시 시작하지. 발을 어깨너비로 벌린 후 허벅지가 지면과 수평이 되도록 무릎을 굽혀라."

"예!"

아이들은 어렵지 않게 그 자세를 따라 했다.

"이 자세를 마보라고 한다. 말에 타는 자세라는 뜻이고, 검, 도, 창, 권. 모든 무학의 기본이 되는 자세지. 지금부터 내가 그만이라고 할 때까지 마보를 유지해라."

"예!"

아이들은 우렁차게 외치고서 팔을 올렸다. 기본자세 중 하나였기 때문에 못 따라 하는 아이는 한 명도 없었다.

-저런 품위 없는 자세로 육체를 단련하다니, 인간이란 참으로 하찮군.

'넌 그런 인간의 몸조차 뺏지 못했고.'

-끄윽, 그건 다른 경우….

'나 집중해야 하니까 조용.'

라온은 꽃팔찌를 치고, 눈을 감았다.

'중요한 시간이야.'

불의 고리를 이용하면 이런 기본 수련에서도 많은 것을 얻을 수 있다. 같은 시간을 수련해도 다른 아이들과 얻는 게 달랐다.

"그럼 난 좀 잘게."

리메르는 다시 드러누워서 졸기 시작했고, 마보는 끊임없이 계속되었다.

"끄으응…."

"으윽!"

"이, 이거 언제까지 하는 건데!"

아이들은 지진이 난 것처럼 사지를 벌벌 떨었다. 마보가 기본자세라곤 해도 이렇게 오래 한 적은 처음이었기 때문이다.

다만 루난과 버렌을 비롯한 상위 그룹의 아이들 그리고 라온은 정자세를 유지했다.

"저, 저놈 대체 뭐야."

"어떻게 이걸 버틸 수 있냐고!"

"체, 체질이 최악이라며!"

"분명 환자라고 들었는데…."

라온은 식은땀을 줄줄 흘리면서도 자세를 흩뜨리지 않았다. 정확한 자세만큼은 연무장에 있는 그 누구보다도 위였다.

"끄아아아!"

"지, 질 수 없어."

"저놈이 저러고 버티는데 어떻게 멈추냐고!"

마보를 풀고 포기하려던 아이들은 하위 그룹의 라온이 버티고 있는 것을 보고 이를 악물고 자세를 유지했다.

다만 이번에도 그들의 생각과 달리 라온은 여유로운 상태였다.

'이 정도는 가뿐하지.'

전생에선 지금보다 어린 나이에 허벅지와 등에 돌을 매고 마보를 섰었다. 그 시절에 비하면 지금 훈련 정도야 가뿐했다.

물론 지친 육체 위로 퍼지는 냉기의 고통은 지독했다. 살이 갈라지고, 뼈가 얼어붙는 것 같았지만, 이건 더 강해질 기회였다.

우우웅.

라온은 마보를 유지한 채 불의 고리를 회전시켜서 퍼져 나가는 냉기를 육체로 받아들였다.

많은 고통을 준 만큼 상당한 양의 냉기가 흡수되었고, 불의 고리의 성취가 또 한 번 높아졌다.

이대로라면 라스와의 내기도 어렵지 않게 승리할 수 있을 거다. 물론 놈은 모르겠지만.

고오오오.

라온이 마보의 수련이라는 것을 잊고, 자신만의 세계에 빠져 있을 때 단상 위에서 박수 소리가 들려왔다.

"그만!"

정신을 차려 보니, 리메르가 일어서서 고개를 끄덕였고, 아이들은 주저앉아서 허벅지를 밀가루 반죽처럼 주무르고 있었다.

-본왕의 말을 언제까지 무시하는 거냐!

'미안. 못 들었어.

-이, 이 하찮은 놈이 정말….

라스는 계속 중얼거리고 있었던지 이제야 반응하는 자신을 보고 욕을 내뱉었다.

"후욱…."

라온은 라스가 뭘 하든 말든 상쾌한 호흡을 하며 허벅지와 허리에 뭉친 근육을 풀었다.

띵!

> **자신의 체력을 넘어서는 극한의 수련을 완료하셨습니다.
> 체력이 상승합니다.**

이번에도 체력이 상승했다는 메시지가 떠올랐다. 부들거리는 허벅지에 활력이 돌아오는 걸 느끼며 허리를 폈다.

"어제와 마찬가지로 끝까지 최선을 다해서 버틴 녀석도, 포기한 녀석도 있다."

리메르는 끝까지 서 있는 아이들을 보며 손가락을 까딱거렸다.

"다시 말하지만, 난 지시를 내릴 뿐 너희의 훈련에 직접 관여하진 않는다. 스스로 한계를 넘어라. 할 만큼 했다고 말하는 정신을 후려쳐서라도 버텨야 6개월 후 시험에서 합격할 수 있을 거다."

그는 능글거리는 미소를 유지한 채 말을 이었다.

"이 말도 이게 마지막이다. 앞으로는 포기하든, 끝까지 하든 신경 쓰지 않을 테니까."

리메르는 내일 훈련을 위해 허벅지를 풀어 주라고 한 뒤 사라졌다.

-자연의 신을 믿는 뾰족귀 주제에 정신론을 외치다니, 어처구니가 없도다. 정신력 따위는 압도적인 힘 앞에 무너지거늘.

'아닌데.'

-뭐가 아니라는 게냐.

'정신력은 중요하다고.'

라온은 다리를 풀어 주면서 고개를 저었다.

-넌 진정한 힘을 느껴 본 적이 없는 하룻강아지라 그렇다. 본왕의 힘을 느낀다면 당장 경배하게 될….

'난 정신력으로 네 공격을 버텼는데?'

-보, 본왕은 아직 본래의 힘을 되찾지 못했다!

'난 어린아이일 뿐인데?'

-그, 그건….

라스의 목소리가 젖은 수건처럼 축 가라앉았다.

'정신력이 의미 없을 리가 없지.'

정신력과 체력은 근육과도 같다. 한계가 있지만, 쓰면 쓸수록 강해진다.

전생에서도 수많은 위기 상황을 겪었지만, 극한의 체력과 정신력을 발휘하여 살아난 경우가 한두 번이 아니었다.

'그럼 가 볼까.'

라온은 허벅지와 엉덩이의 근육을 풀어 준 뒤 실내 단련장으로 들어갔다.

단련장 안에는 근력과 민첩성을 올릴 수 있는 단련 기구들이 즐비하게 놓여 있었다.

-또 수련이냐?

'그래.'

고개를 끄덕였다. 마른오징어를 쥐어짜듯 육체와 정신력을 한계까지 몰아내야 능력치가 오른다.

자신에게 추가 훈련은 지루하거나, 힘든 일이 아니라, 기대감 가득한 순간이었다.

라온은 맨몸 운동인 팔굽혀펴기와 플랭크를 비롯한 기본적인 단련부터 시작했다.

-정말이지 답답하도다. 나무에 매달린 애벌레를 보는 듯해.

'나뭇가지를 기는 애벌레도 언젠가 나비가 되어 날아가는 법이지.'

-네가 나비가 되는 유일한 방법은 본왕에게 몸을 넘기는 방법뿐이니라.

'그건 나비가 아니라, 독을 가진 나방이지. 꿈 깨.'

손을 휘휘 젓고서 다시 팔을 굽혔다. 단순히 많은 횟수가 아니라, 근육에 자극이 되도록 팔을 느리게 굽혔다가 폈다.

가슴 근육이 끊어질 듯 아렸지만, 그 고통이 오히려 반가웠다. 지금의 통증이 훗날의 능력치와 체력이 되어 줄 테니까.

팔굽혀펴기 이후에 복부 단련을 하고 있을 때 단련장으로 아이들이 들어오기 시작했다.

그들은 자신을 힐끔 쳐다보고서 각자 떨어져 단련을 시작했다.

루난과 버렌도 들어와서 기구들을 둘러보았다.

루난은 홀로 떨어져서 기구를 잡았고, 버렌은 자신을 지그시 노려보다가 다시 밖으로 나갔다.

그는 목검이 놓인 곳으로 가서 목검을 잡고, 휘두르기 시작했다.

후우웅!

평소 버렌을 따르는 방계들은 그를 따라 목검을 잡고 각자 배웠던 검술을 펼쳐 내기 시작했다.

-저놈은 검을 잡았다.

'그러네.'

-년 잡지 않는 건가?

'지금은 필요 없어.'

지금 자신에게 필요한 건 검이 아니라, 기본적인 체력과 근력, 민첩성이다.

거기다 버렌을 포함한 아이들의 검술 실력은 걸음마 수준도 되지 않았다. 어설픈 실력으로 지도자 없이 검술을 수련하는 건 시간 낭비일 뿐이다.

라온은 다른 사람들이 무엇을 하든 신경 쓰지 않고, 지루하면서도, 힘든 단련을 계속했다. 내일은 더 많은 발전을 이루길 바라면서.

루난 슬리온은 타인에게 관심이 없다.

본인의 재능이 뛰어나다고 다른 사람을 무시해서가 아니다.

믿었던 사람에게 너무도 큰 실망을 하게 된 날 마음의 문을 걸어 잠갔기 때문이다.

하지만 최근 들어 시선을 끄는 사람이 나타났다.

그건 지그하르트의 광검이라 불렸던 엘프 리메르도, 남들이 라이벌이라고 부르는 버렌 지그하르트도 아니다.

라온 지그하르트.

직계에서 쫓겨나, 방계가 된 실비아의 아들인 그에게 자꾸만 눈길이 갔다.

'왜 눈이 가는 거지?'

처음이다. 누군가에게 관심이 가는 것도, 그가 친근하게 느껴지는 것도.

'냉기 때문인가.'

라온의 마나 회로에는 지독한 냉기가 맴돌고 있다고 했다. 자신의 능력인 서리가 그의 냉기에 친숙함을 느끼는 걸지도 모른다.

'그렇네.'

이유를 안 루난은 이제 그에게 관심을 끄려고 했다.

하지만 그럴수록 라온에게서 눈을 뗄 수가 없었다.

'성장이 빨라.'

라온의 성장 속도는 일반적인 범주를 벗어났다.

한 달 전 알현실에서 봤을 땐 근육 하나 없이 바짝 말랐지만, 지금은 약간이나마 근육이 붙은 상태였다.

'거기다.'

어제 최하위권이었던 그는 오늘 중하위권 그룹의 속도를 따라잡았다.

하늘의 재능을 타고났다는 자신도 저렇게 빠르게 성장하는 건 무리다. 상식적으로 말이 되질 않았다.

"흡!"

루난은 60kg짜리 기구를 가뿐하게 들어 올리면서 힐끔힐끔 라온을 살폈다.

"정말 이상해."

제15화

 라온은 정규 훈련을 끝낸 뒤 바로 실내 수련장으로 향했다.
 다른 아이들은 숨을 헐떡이며 쓰러져 있었지만, 그는 가볍게 숨을 뱉어 내고 바로 가슴 근육을 단련하는 기구에 앉았다.
 '괜히 전설로 내려오는 연공법이 아니야.'
 몸은 지친 상태였지만, 불의 고리가 심장을 휘돌며 체력과 정신력을 회복시켜 주었다.
 체력을 끝까지 쥐어짜서 훈련한 지 얼마 지나지도 않았는데, 다시 전력으로 움직이게 만들다니, 대륙 최고의 보물 중 하나라 불리는 이유가 있었다.
 "후욱…."
 라온은 어제보다 무게를 5kg 높게 맞추고 기구를 들어 올렸다. 대흉근이 제대로 자극받을 수 있도록 천천히 움직이고, 가동 범위는 최대한으로 늘렸다.

탁.

여섯 세트를 끝내고 일어났을 때 옆 기구에 누군가가 앉는 소리가 들려왔다.

'누구지?'

평소 주변에 오는 사람은 배에 주머니를 붙이고 다니는 요상한 녹색 머리뿐이다. 이상하다고 생각하며 고개를 돌렸다.

'루난?'

옆 기구에 앉은 사람은 긴 은발을 쓸어내리는 루난 슬리온이었다.

루난은 라온보다 훨씬 무거운 무게를 설정하고서 기구를 사용하기 시작했다.

후우웅!

그녀가 기구를 들어 올리는 자세는 라온과 거의 흡사했다. 횟수나, 무게가 아니라, 근육의 자극에 신경을 썼다.

-저건 무엇이냐.

'나도 몰라.'

라온은 루난을 잠시 바라보다가 자리를 떠났다. 근육에 세밀한 자극을 주기 위해서 다른 운동 기구에 앉았다.

"흐읍!"

무게를 조절한 뒤 기구를 들어 올렸다. 최대한의 무게 이상을 치면서 불의 고리를 돌렸다.

"후욱!"

원래라면 현재 무게에서 10kg을 빼야 하지만, 불의 고리 덕분에 지금의 무게를 들어 올리면서 더 많은 횟수를 시행할 수 있었다.

팔과 가슴이 떨릴 정도로 운동한 후 기구를 내려놓았을 때 또 옆에 누군가가 앉는 소리가 들려왔다.

'설마?'

누운 채로 고개를 돌렸다. 예상대로 루난이었다. 그녀는 이번에도 자신보다 더 무거운 무게를 설정한 뒤 기구를 들어 올리기 시작했다.

'얘가 왜 이래?'

라온이 눈매를 좁혔다. 수련생은커녕 리메르에게도 별 관심을 가지지 않던 루난이 왜 자신을 따라 같은 자세로 기구를 움직이는지 모르겠다.

'착각인가?'

생각해 보면 큰 근육 다음에 작은 근육을 단련하는 건 당연한 일이다. 그저 우연이 겹쳤다고 생각하면서 일어났다.

혹시나 모른다는 생각에 이번에는 어깨 단련용 기구로 향했다.

끼이익!

무게를 맞추고 어깨의 자극을 느끼며 기구를 들어 올렸다. 가볍게 한 세트를 끝냈을 때 앞으로 루난이 걸어왔다.

그녀는 자신을 지그시 내려다보다가 옆자리에 앉아서 무게를 조절했다. 이번에도 더 무거운 무게였다.

"흐읍!"

그리고선 앞만 보면서 아무렇지도 않게 기구를 들어 올리기 시작했다.

-저런 도발을 받고서도 가만히 있다니! 언제까지 쥐새끼처럼 꼬리를 말 셈이냐.

'도발이라…'

라온이 고개를 돌려 루난을 보았다. 그녀는 자신에게 관심 없다는 듯 앞만 보면서 기구를 사용했다.

'무슨 생각이지?'

처음과 두 번째는 그저 우연이라고 생각했지만, 어깨 운동까지 쫓아오는 걸 보면 따라오는 게 분명했다.

다만 그녀의 생각을 읽을 수는 없었다. 눈동자는 얼음처럼 차가운데, 그 빛은 맹해서 의도를 모르겠다.

-모른다고? 너보다 내가 낫다고 시비를 걸고 있지 않느냐. 당장 면상에 주먹을 날려라!

라스에겐 애고, 어른이고, 여자고 아무 상관이 없었다. 그 이름답게 모든 것에 분노했다.

'좀 가만히 좀 있어.'

라온은 라스의 분노를 무시하고 일어서서 스쿼트를 시작했다. 역시나 루난은 옆에 따라와서 더 무거운 무게로 허벅지를 굽혔다.

"뭐, 뭐지?"

"왜 저 둘이 붙어 있는 거야?"

"루난 님이 왜 저 떨거지를 신경 쓰는 거냐?"

단련장에서 훈련하던 아이들은 라온의 옆에 붙어서 훈련하는 루난을 보고 입을 떡 벌렸다.

뿌득.

검술 수련을 끝낸 뒤 방계들과 함께 단련장으로 들어온 버렌은 그 모습을 보고 이를 갈았다.

"으음!"

"루난이 왜 저기에…."

방계들은 라온의 옆에서 단련하는 루난을 보고 눈을 부릅떴다.

"흐음."

라온은 옆에서 모두의 관심을 받는 루난을 보았다.

달빛처럼 반짝이는 은발과 새하얀 피부. 이목구비는 얇으면서도 뚜렷하다. 그림에서나 볼 수 있을 아름다운 얼굴이지만, 눈빛은 나사가 빠진 듯 맹하게 보인다.

"혹시 나한테 할 말 있어?"

루난이 한 세트를 끝냈을 때 다가가서 물었다.

"……."

그 말을 들은 루난은 신기한 생물을 보는 듯이 한참 동안 자신을 바라보았다.

"아니."

그녀는 그렇게 말하고서 다시 기구를 들어 올리기 시작했다. 이번에는 무게를 더 늘려서.

'나도 모르겠다.'

라온은 어깨를 으쓱이고서 기구에서 일어섰다. 곧 질릴 테니, 그냥 놔두고 할 일을 하기로 마음먹었다.

갑자기 루틴이 변해서 무얼 할까 고민하고 있을 때 뒤에서 작은 걸음 소리가 들려왔다.

돌아보니, 루난이 보라색 눈동자로 자신의 이곳저곳을 훑고 있었다.

"할 말 있으면 그냥 해."

"……."

루난은 대답하지 않고 자신과 눈만 마주쳤다. 낮잠 한숨 때린 고양이 같은 눈이었다.

"하."

라온은 낮게 숨을 뱉고서 다른 운동 기구를 향해 다가갔다. 루난은 기다렸다는 듯 그 뒤를 따라가서 똑같은 기구를 사용했다.

❈❈❈❈❈

루난 슬리온이 라온 지그하르트를 관찰하기 시작한 지 일주일이 지났다.

"음."

그녀는 실내 단련장에 들어오자마자 라온을 찾았다. 그는 언제나처럼 가장 빠르게 단련실에 들어가서 기구를 들어 올리고 있었다.

'어제보다 무게가 더 올라갔어.'

라온이 들어 올리는 기구의 무게는 어제보다 5kg이 늘어났다. 사실 그 정도는 이상한 일이 아니다.

운동을 열심히 한다면 무게를 늘리는 건 이상한 일이 아니니까.

그런데 그 무게가 하루마다 늘어난다면? 그건 정상적인 성장이 아니다.

'어떻게 저럴 수가 있지?'

대부분은 모르겠지만, 라온 지그하르트는 지난 일주일 동안 10kg이 넘는 무게를 올렸다. 아이의 성장이 빠르다고 해도 이건 말이 되지 않는 수치다.

'환자라고 했는데…'

그의 얼굴은 창백했고, 팔다리는 나뭇가지처럼 약했다. 하지만 버티고 견디는 건 이 연무장의 그 누구보다 끈질겼다.

'자세 때문일까?'

라온이 기구를 들어 올리는 자세는 다른 사람과 조금 달랐다. 특이한 자세 때문에 저런 성장이 가능할지도 모른다는 생각이 들었다.

마음을 정한 루난은 가슴 운동을 하는 라온의 옆 기구에 앉았다. 그리고서 라온이 보여 주었던 자세대로 기구를 들어 올렸다.

'음.'

딱히 별다른 건 느껴지지 않았다. 근육이 조금 더 자극되는 정도일까.

'별거 없네.'

딱히 큰 의미 없다는 생각에 원래 자세대로 무게를 들어 올리려고 할 때였다.

'어?'

라온에게서 풍겨 오는 뭔지 모를 시원한 향기를 들이마시자, 들고 있던 기구가 깃털처럼 가벼워졌다.

'뭐지?'

근력과 민첩성이 단숨에 늘어난 듯한 기분. 원래라면 힘겹게 들어야 할 무게가 가뿐해졌다.

다만 잠시간 자신을 바라보던 라온이 떠나가자 그 특이한 감각이 바로 사라졌다.

"아….”

루난은 아쉬운 얼굴로 다음 기구로 향한 라온의 등을 바라보았다.

'혹시.'

루난은 라온을 따라 바로 그의 옆자리로 이동했다. 평소보다 더 무거운 무게를 설정한 뒤 들어 올렸다.

"으윽…."

무리였던지 기구를 들어 올리기 너무 힘들었다. 하지만 라온이 운동을 시작하면서 흘러나오는 시원한 기운에 다시 무게가 가벼워지기 시작했다.

'진짜였어.'

평소에 들 수 있는 무게보다 10kg은 무거운 기구를 들다니, 기분만이 아니다. 정말 능력이 강화된 것 같았다.

"흐읍!"

능력 이상의 무게를 치고 있지만, 어깨와 팔에 조금의 부담도 없었다.

기분 좋게 운동을 끝내고 나니 앞에 라온이 서 있었다.

"할 말 있어?"

금발적안. 지그하르트의 증거를 그대로 담은 소년이 물었다.

"아니."

루난은 고개를 저었다. 라온은 잠깐 자신을 쳐다보다가 다음 기구로 향했다.

'계속 붙어 다녀 봐야겠어.'

루난은 고양이처럼 긴 눈을 빛내며 라온의 뒤를 쫓았다.

더 무거운 기구로 단련을 할 수 있다는 것도 좋았지만, 그에게서 풍기는 시원한 향기가 더 끌렸다.

리메르는 지그하르트의 본관 뒤에 솟구친 산을 올랐다.

"쯧."

산 중턱에 놓인 평평한 바위로 올라가려던 그가 고개를 저으며 혀를 찼다.

"제 낮잠 바위에 매일같이 오시다니, 손주가 어지간히 걱정되시는 모양이네요."

그의 말에 바위 위에서 한 자루 검처럼 날카로운 인상의 노인, 글렌 지그하르트가 내려왔다.

"……."

글렌은 아무 말도 하지 않고, 희미하게 보이는 산등성이를 바라보았다.

"흥."

리메르는 콧방귀를 끼고서 바위에 등을 기댔다. 두 사람은 한참 동안 말없이 떨어지는 태양을 바라보았다.

"에휴. 그냥 물어보면 되지. 꼭 그렇게 무게를 잡으셔야 합니까?"

리메르가 한숨을 내쉬고 글렌이 앉아 있는 바위로 뛰어올랐다.

"아이들은 잘하고 있습니다. 솔직히 말해서 의외라고 생각할 정도로 빡세게 단련하고 있죠."

"의외?"

"훈련을 아이들의 자율에 맡겼습니다."

"그건 알고 있다."

"사실 12살에서 13살인 아이들의 의지력이 얼마나 되겠습니까. 일주일만 지나도 대부분 설렁설렁 수련할 거라고 생각했습니다. 그런데!"

그냥 하는 소리가 아니다. 처음 이 훈련을 결정했을 때 160명 중 20명만 뽑을 생각이었으니까.

"생각보다 훨씬 많이 남을 것 같습니다. 가주님의 손자 덕분에요."

"손자? 버렌 말이냐?"

"다 알고 있으면서 모른 척 좀 하지 마세요. 라온 말입니다."

"난 연무장에서 무슨 일이 일어나는지 모른다. 네가 알아서 할 테니, 신경 쓰지 말아 달라고 하지 않았느냐."

"하, 진짜."

리메르가 붉은 머리를 벅벅 긁었다. 손주가 걱정되어서 기다리던 노인네가 아무것도 모른 척하는 게 답답했다.

"그 녀석. 가주님이나, 실비아의 생각과는 다릅니다."

"그게 무슨 말이지?"

글렌의 눈빛은 그대로였지만, 목소리는 확연하게 변했다.

"육체도, 정신도 약하니, 다치지 않도록 빠르게 떨어지기를 바라셨지 않습니까."

"그런 적 없다. 차별하지 말라고 했을 뿐이지."

"어쨌든 저도 라온을 최대한 빨리 떨어뜨리려고 했습니다."

리메르의 푸른 눈동자에 삭풍이 몰아쳤다.

"하지만 그 아이 괴물이었어요. 정신력이 일반적인 인간이 아닙니다. 수십 혹은 수백 번의 전장을 다녀온 무인보다 뛰어난 수준입니다."

라온은 지금까지 살아오며 봐 온 수많은 재능 중에서도 특별했다. 매일 아침 눈을 비비고 다시 쳐다봐야 할 정도로.

"수련이 시작되었을 때 라온은 160명 중 최하위권이었지만, 3주가 지난 지금 중위권에 안착했습니다. 이게 가능한 일이라고 생각하십니까?"

"……."

"제가 무슨 생각까지 했냐면. 라온이 사실 환자 아니라, 힘을 숨기고 있었다고 상상할 정도였습니다. 하지만 그럴 리가 없죠. 그 아이의 몸엔 지금도 지독한 냉기가 흐르고 있으니까."

요즘은 훈련 중에 라온에게만 시선이 간다. 그 아이는 정말 수련의 한순간, 한순간에 전력을 쏟아부었다.

"요즘엔 라온만 따로 불러서 개인 훈련을 시켜 볼까 고민이 될 정도입니다."

열심히 준비한 수련에 누구보다 최선을 다해서 임해 주니, 라온에게 조금 더 정이 가는 건 어쩔 수 없었다.

"그 정도인가?"

"녀석은 겨울나무처럼 몸에 서리가 올라와도 멈추질 않아요. 다른 녀석들도 그 모습에 자극받아서 더 열정적으로 수련하고 있죠. 5 연무장의 자극제랄까요."

"흐음…."

글렌이 무표정으로 턱을 긁적였지만, 입꼬리가 옅게 올라서는 건 숨길 수가 없었다.

"제 예상과 다르게도 합격할 아이들의 숫자가 상당할 것 같습니다."

그는 귀찮게 되었다고 중얼거렸지만, 눈매는 웃고 있었다.

"라온의 몸에 무리가 가지는 않은 건가?"

글렌은 침묵하다가 한마디를 내뱉었다.

"음…."

리메르는 들리지 않게 침을 삼켰다.

'예상 이상이군.'

글렌이 라온을 특별하게 생각하는 건 알았지만, 이렇게 따로 물어볼 줄은 몰랐다.

아무래도 막내딸에게 주지 못한 애정이 라온에게 옮겨 간 것 같았다.

"그게 좀 이상합니다. 무리하고 있는 건 확실한데, 신기할 정도로 금방 회복되더군요."

"너도 제대로 파악할 수 없는 건가?"

"그렇다니까요. 제 눈을 피하는 건 대륙십천 빼고, 처음입니다."

리메르가 대답을 하며 턱을 갸웃거렸다. 다른 사람의 잠재력이나, 상태를 누구보다 잘 봐 왔지만, 라온은 예외다.

솔직히 말해서 대륙 최강의 반열에 오른 글렌보다 라온이 더 신기했다.

"리메르."

"예?"

"넌 라온의 담당 교관이 아니라, 5 연무장의 수석 교관이다. 라온만 생각하지 말고, 가문에 힘이 되어 줄 아이들 모두에게 관심을 가져라."

글렌은 위엄 가득한 말을 내뱉고서 산 아래로 내려갔다.

"하."

리메르는 어처구니가 없다는 듯 헛바람을 흘렸다.

"라온 이야기만 듣고 가면서 무슨 소리를 하시는 거래?"

제16화

거대한 검을 갈아 세운 듯한 예기를 뿜어내는 지그하르트의 가주전.

그 웅장한 저택의 주인 글렌 지그하르트는 옥좌에 앉아 눈매를 좁혔다.

'그러고 보니….'

넝마의 성자라는 이름을 얻은 돌팔이가 떠나기 전에 한 말이 있었다.

'특별한 재능을 지닌 경우가 있다고 했었지.'

페드릭은 혹한의 저주라는 체질을 가진 아이 중 특별한 재능을 타고난 경우가 있다고 했었다.

'그 재능이 발현된 건가.'

그게 아니고선 바로 탈락하리라 생각했던 라온이 지금까지 버티고 있을 리가 없었다.

"흐음…."

글렌이 탁한 숨을 뱉어 냈다. 북방의 무신으로 떠받들어지는 그가 남 앞에서는 보여 줄 수 없는 모습이었다.

'실수였다. 너무도 큰.'

과거 인간의 경지를 넘어섰을 때 사막의 모래처럼 감정이 메마른 적이 있었다.

그 시기에 태어난 실비아에겐 다른 아이들과 달리 혈육의 정을 주지 않았다. 아비가 아니라, 사육사처럼 할 일만 정해 줬을 뿐이다.

아비의 정도, 어미의 사랑도, 형제간의 우애도 얻지 못한 막내는 실 달린 인형처럼 삐걱이며 살아가다가 외부에서 만난 남자와 함께 가문을 떠났다.

'그땐 정말 아무렇지도 않았지.'

실비아가 떠난 이유에 형제간의 이간질과 부하들의 하극상이 있었다는 것도 알고 있었지만, 신경 쓰지 않았다.

당시에는 실비아가 어찌 되든 아무런 관심이 없었으니까. 더 강해져야겠다고, 가문을 더 크게 키워야겠다는 생각뿐이었다.

그로부터 5년 뒤.

마의 벽을 넘어 다시 인간의 감정을 되찾고 나서야 깨달았다. 되돌릴 수 없는 어마어마한 실수를 저질렀다는 것을.

뒤늦게나마 호위들을 보내 실비아와 배 속의 라온을 구할 수 있었지만, 사위와 손녀딸은 얼굴조차 보지 못한 채 핏물이 되었다.

'한심하다.'

스스로가 한심해서 입술을 깨물었다. 지그하르트의 가주, 북패왕, 검의 제왕. 그 어떤 이름으로도 과거를 돌릴 수는 없었다.

실비아와의 감정의 골은 깊고도 깊었고, 그걸 회복하는 건 무리였다.

'라온.'

그렇기에 막내 손자만큼은 어떻게 해서든 지키기로 마음먹었다. 설사 실비아와 라온에게 미움을 받는다고 하여도.

똑똑.

또 한 번 다짐할 때 문에서 노크 소리가 들려왔다.

"후우…."

글렌은 지쳐 보였던 안색을 지우고, 차가운 위압을 흘리며 입을 열었다.

"들어오라."

라온은 들뜬 숨을 가라앉히며 실내 단련장으로 들어왔다.

'이제야 몸이 풀린 기분이네.'

2주 동안 꾸준히 단련한 덕분에 대부분의 훈련에서 중간 그룹과 같은 수준으로 올라섰다.

지금 속도로 성장한다면 시험 전에 버렌이나 루난과 같은 수준에 오를 수 있을 것 같았다.

'오늘도 시작해 볼까.'

어깨 단련용 기구를 들자마자, 왼쪽 자리로 루난이 다가왔다.

"읍!"

그녀는 침이라도 질질 흘릴 것 같은 멍한 표정으로 자신보다 훨씬 무거운 기구를 들어 올리기 시작했다.

-어벙한 얼굴의 계집이 또 왔군.

'놔둬.'

피해를 주는 것도 아니니, 무시하고 단련을 계속하고 있는데 이번엔 오른쪽에 누군가가 앉는 소리가 들렸다.

"죄, 죄송합니다. 제가 방해를 했나요?"

배에 주머니를 붙이고 다니는 동그란 얼굴의 수련생이 머리를 긁적였다. 유일하게 말을 거는 녀석이다.

'도리안이라고 했었지.'

매번 리메르의 지시에 빌빌대면서 겁을 집어먹지만, 끈기가 뛰어나고 발이 빠른 녀석이다.

"드실래요?"

도리안은 이번에도 배 주머니에서 동그란 과자를 꺼내 내밀었다.

"어…."

얼떨결에 과자를 받았다. 다시 돌려주려고 할 때 옆에서 강렬한 시선이 느껴졌다. 루난의 보라색 눈동자가 설원처럼 반짝이고 있었다.

-저 맹한 계집이 저런 눈을 하는 건 처음 보는군.

'과자를 좋아했던가.'

그녀의 시선은 과자에 고정되어 있었다.

"먹을래?"

"……."

라온은 손에 든 과자를 루난에게 내밀었다. 그녀는 야생 고양이처럼 손을 까딱이며 고민하다가 과자를 홀쩍 받아 갔다.

"…고마워."

그녀는 라온과 도리안에게 차례로 고맙다고 한 뒤 토끼가 풀잎을 뜯듯이 과자를 베어 물었다.

과자가 맛난지 굳은 입매가 부드럽게 풀렸다.

가져갈 땐 고양이, 먹을 때는 토끼, 평소에는 맹한 강아지 같다. 여러모로 특이한 녀석이다.

"저기 라온 님?"

도리안이 나머지 과자를 주머니에 넣고, 고개를 돌렸다.

"저도 옆에서 수련해도 되나요?"

그는 자세를 좀 배우고 싶다고 말했다.

"상관없어."

라온이 고개를 끄덕였다. 자신의 빠른 성장은 불의 고리와 전생의 경험 덕분이다. 옆에서 자세를 따라 하는 정도는 상관없었다.

"감사합니다!"

"감사할 것도 없고."

도리안의 인사에 손을 저어 주고, 다시 단련에 집중했다.

끼익!

최대로 집중하여 근육을 자극하고 있을 때 도리안에게서 같은 속도와 범위로 기구가 움직이는 소리가 들려왔다.

루난이 있는 왼쪽도 마찬가지였다.

'별난 놈들이군.'

-본왕은 저 녹색 너구리 같은 놈이 마음에 든다.

'왜?'

-본왕에게 머리를 굽히지 않더냐. 깨어난 이후 처음 받아 보는 경배이니라.

'……'

라온은 그거 너한테 한 거 아니라고 하려다가 귀찮아질 것 같아서 말을 아꼈다.

'애가 셋이야.'

5주 차.

라온은 새벽 달리기에서 중위 그룹을 추월하여 중상위 그룹에 합류했다.

그날 저녁 자율 훈련을 할 때 그의 옆에는 루난과 도리안 말고도 한 명이 더 늘어났다.

10주 차.

라온은 중상위 그룹의 가장 앞에서 달렸고, 그날 저녁 또 한 명의 수련생이 그 옆에 붙었다.

15주 차.

라온이 최상위 그룹에 들어갔다. 그의 옆에 붙은 6명의 성적도 수직으로 상승했다.

제5 연무장의 임시 훈련이 시작된 지 4달이 지났다.

리메르가 지시하는 훈련은 점차 다양해졌고, 그 난이도 역시 끝을 모르고 올라갔다.

새벽부터 시작된 훈련은 저녁까지 이어져서 체력이 출중했던 상위 그룹 아이들의 얼굴에도 지친 기색이 드러났다.

물론 기본 틀은 변하지 않았다.

리메르가 지시를 내리는 새벽부터 오후까지의 훈련도, 저녁부터 행해지는 개인 단련도 전부 자율이었다.

훈련 중에 힘들다고 포기해도, 자율 훈련을 하지 않아도 리메르와 교관들은 어떠한 반응도 하지 않았다.

자세나, 지도를 부탁하면 정확하게 알려 주지만 그뿐이다. 더 열심히 하라든가, 꾸준히 하라는 말도 없었다. 교관이 아니라, 관찰자처럼 보일 정도였다.

열두 살에서 열세 살인 아이들에게 모든 것을 자율로 맡기는 훈련 방식이라니, 혁신적이라면 혁신적이었다.

실제로 실력에 자신 있는 방계들이나, 추천생들은 훈련에 전력을 다하지 않았고, 자율 훈련은 아예 참여하지 않았다.

그들은 저런 수준 낮은 훈련 따위 하지 않아도 얼마든지 정식 수련생이 될 자신이 있다고 생각했다.

다만.

그 아이들의 행동이 바뀌는 계기가 하나 있었다.

라온 지그하르트.

좋지 않은 의미로 유명한 그가 5연무장에 좋은 변화를 일으키기 시작했다.

처음 훈련이 시작되었을 때 라온의 체력은 하위권이었다.

첫 번째 달리기에서 끝까지 달렸을 뿐 중위권에는 닿지 못했고, 곧 죽을 것처럼 얼굴이 하얗게 질렸었다.

하지만 그는 버텼다.

체력 좋은 아이들도 떨어져 나가는 훈련을 끝까지 이겨 냈고, 자율 훈련 역시 가장 먼저 시작해서, 가장 늦게까지 해냈다.

라온은 헐떡거리는 걸로 모자라, 하얀 김을 뿜어내면서도 끝까지 육체를 단련했고, 다음 날 바로 단련의 결과를 보여 주었다.

체력도, 근력도, 민첩성도 눈에 띄게 성장해서 하위권이었던 그의 순위는 이제 160명 중 10위에 이르렀다.

그 모습을 눈앞에서 직접 봐 온 아이들은 경악했다.

방계와 봉신 가문의 아이들, 추천생들은 더 이상 여유를 부리지 않았다. 최선을 다해 훈련했고, 자율 훈련도 무조건 참여했다.

그저 놀림감으로만 생각했던 라온을 라이벌로 생각하게 된 것이다.

물론 그렇지 않은 아이들도 있었다.

직계 버렌과 그를 따르는 방계의 아이들은 극한의 체력 단련 따위 필요 없다고 무시하면서, 가문에서 배워 온 검과 권을 수련했다.

그렇게 각자가 최선을 다한 시간이 유수처럼 흘러갔다.

"후욱!"

라온은 새벽 뜀박질을 하며 거친 숨을 내뱉었다.

시간이 지나며 체력과 민첩성이 많이 늘어났지만, 항상 전력으로 뛰고 있으니 지치는 건 변하지 않았다.

'그래도 달라진 건 있지.'

첫 달리기에서 앞을 막고 있던 수많은 아이의 등은 더 이상 보이지 않았다.

상승한 능력치와 불의 고리 덕분에 자신의 앞에 있는 수련생은 이제 10명도 남지 않았다.

-한심하구나. 한 달이 지났는데도, 네 앞에 저리 많은 버러지들이 있다니.

'이렇게 빨리 발전한 게 대단한 거다.'

라스는 여전했다. 여전히 불평불만만 많아서 매일같이 몸을 넘기라고 아우성이다.

'금방 잡을 수 있다고 생각했는데, 확실히 저 둘은 다르군.'

라온의 시선이 가장 먼 곳에서 달리는 루난과 버렌에게 향했다. 이전부터 느꼈지만 두 사람은 다른 아이들과 수준이 달랐다.

최고의 재능을 가지고 태어났고, 정신력도 단단했으며, 가문의 교육도 철저하게 받아 노력도 게을리하지 않았다.

삐뚤어진 구석이 있지만, 이제 12살인 아이들이니, 딱히 이상한 일은 아니다.

'오늘은 조금 더 뛰어 볼까.'

라온이 불의 고리를 최대한으로 운용하며 땅을 박찼다.

폐가 종잇장처럼 찢어져서 흩어질 것 같았지만, 불의 고리를 버팀목 삼아 계속 달렸다.

"뭐, 뭐야!"

"라온 지그하르트!"

"이런!"

순식간에 추월당한 최상위 그룹의 아이들이 눈을 부릅떴다.

후우웅!

뒤에서 들려온 바람 소리에 버렌과 루난도 뒤를 돌아보았다.

"으음….."

"……."

버렌은 나무껍질처럼 인상을 찡그렸고, 루난은 보석을 발견한 고양이처럼 눈동자를 반짝였다.

두 사람은 얼마든지 따라오라는 듯 다시 고개를 돌려 앞으로 달리기 시작했다.

'확실히 달라. 다르지만.'

라온이 두 사람의 등을 보며 가늘게 입매를 올렸다.

'남은 시간이면 충분하겠어.'

지금 성장 속도로 볼 때 시험을 볼 시기가 되면 저 둘의 체력과 근력, 민첩성 모두 뛰어넘을 수 있을 것 같았다.

물론 저쪽에서 오러를 사용한다면 그건 또 다른 일이지만.

'오러라….'

루난과 버렌을 비롯한 직계와 방계, 봉신 가문의 아이들은 이미 오러 연공법을 익히고 있었다.

반면 자신은 불의 고리라는 천고의 단련법을 익히고 있지만, 오러는 한 톨도 없었다.

'익히긴 해야 하는데….'

오러를 익혀야 할 때가 되어 가니, 조금 고민이 되었다.

'이전 것도 나쁘진 않아.'

전생에서 익혔던 그림자 오러 연공법도 꽤 좋은 연공법이다.

속성으로 익힐 수 있고, 은밀하며, 날카로워 암살과 대인 전투에 뛰어난 능력을 발휘한다.

'하지만.'

그림자 오러 연공법으로는 최고가 될 수 없다. 암살자가 아닌 무인으로 살기로 정한 이상 그 이상의 오러 연공법을 익혀야 한다.

'그러려면 공을 세워야겠지.'

지금까지 봐 온 글렌, 그리고 정보로 들었던 글렌은 똑같았다. 가문만을 생각하는 냉혈한. 그렇기에 상과 벌은 확실한 사람이다.

기초 훈련을 수석으로 졸업한다면 분명 그에 합당한 보상을 줄 것이다.

'다시 목표가 확실해졌군.'

실비아를 원래의 자리에 돌려놓기 위해서, 좋은 연공법을 익히기 위해서 더욱 열심히 수련해야 한다.

-무엇을 하는 게냐. 버러지들을 넘어선 것에 만족하지 말고, 저 둘을 잡아라. 본 왕보다 앞에서 달리다니, 참을 수가 없도다.

라스의 분노가 요동치면서 가슴이 울컥거린다. 꾹 참고 달리니, 한참 뒤에 메시지가 떠올랐다.

> **〈분노〉의 자극을 견뎌 냈습니다.**
> **체력 능력치가 상승합니다.**

-으음, 또!

라온은 짜증을 터트리는 라스를 보며 고개를 끄덕였다.

'이 녀석도 잘 이용하면서 말이야.'

※※※※※

"오늘 수련은 여기까지. 자율 훈련할 녀석은 하고, 말 녀석은 말도록."

리메르는 오후 단련을 끝낸 뒤 거침없이 연무장을 떠났다. 그는 콧노래를 부르며 술을 마시러 간다고 중얼거렸다.

"후욱…."

버렌은 그런 그의 뒷모습을 보며 짜증 어린 숨을 뱉어 냈다.

'정말이지 마음에 안 들어.'

리메르가 광검이라 불렸던 건 알고 있지만, 최근 그의 모습은 한량이나 다름없었다.

정규 수련 시간에도 드러누워서 대충 구경이나 했고, 자율 훈련에도 관심이 없었다.

그런 주제에 정규 수련생이 되는 시험을 치르겠다니, 엘프가 아니라, 날뛰기만 하는 메뚜기를 보는 것 같았다.

"버렌 님. 오늘 자율 수련은 안 하십니까?"

리메르의 뒤통수를 보며 인상을 찌푸리고 있을 때 크레인과 방계 아이들이 조심스럽게 다가왔다. 상당히 친해진 녀석들이었다.

"해야지."

버렌은 고개를 끄덕이고서 목검을 잡았다. 손잡이에서 느껴지는 기분 좋은 딱딱함에 미소가 지어졌다.

"시작하자."

"예!"

버렌과 방계의 아이들은 각자 떨어져서 이곳에 오기 전에 배웠던 검술을 수련했다.

버렌은 검술 수련에 빠져 해가 완전히 진 뒤에야 검을 내려놓았다.

'역시 검술 수련할 때가 가장 마음이 편해.'

아버지가 직접 가르쳐 주신 검술로 단련을 하자, 짜증 났던 기분이 가라앉았다.

"오늘은 여기까지."

"예!"

"수고하셨습니다."

버렌의 지시에 아이들이 예를 갖춰 고개를 숙였다. 그는 이 중 가장 어렸지만, 직계라는 위치와 절대적인 재능 덕분에 자연스럽게 리더의 위치에 올랐다.

"추가 수련을 할 사람은 따라오도록."

버렌은 목검을 내려놓고, 실내 단련장으로 들어갔다. 그리고서 인상을 찡그렸다.

'저놈.'

라온은 기구로 근력 단련을 하고 있었고, 그 옆에는 루난과 몇몇 수련생이 딱 달라붙어 있었다.

"후우…."

버렌이 열기가 담긴 한숨을 내뱉었다. 사실 그를 정말 화나게 만드는 건 리메르나, 교관들이 아니다.

'라온 지그하르트.'

신경조차 쓰지 않았던 가문 서열 최하위 놈이 점점 더 거슬리기 시작했다.

'왜 저놈 옆에 붙는 거지?'

루난. 직계인 자신과 맞먹는 재능에, 봉신 가문 중 최강이라 불리는 슬리온의 딸이 라온에게 붙은 이유를 모르겠다.

'젠장.'

라이벌이라고 생각했던 루난이 자신에게 관심이 없고, 라온만 따라다니는 모습에 속이 끓어 올랐다.

요즘에 나름 괜찮게 본 추천생들도 라온의 옆에 모여 있어 더 짜증이 일었다.

"신경 쓰지 마십시오. 모자란 것들끼리 붙어 있을 뿐이니까요."

"최고라고 해도 봉신 가문은 어쩔 수가 없나 봅니다."

"저렇게 모여서 뭘 하겠다고."

방계들이 라온과 루난을 보며 코웃음을 쳤지만, 버렌은 웃지 않았다.

솔직히 말해서 뒤에 있는 방계들보다 루난이 훨씬 뛰어난 재능을 가진 건 확실하니까.

"쯧."

버렌은 혀를 차고서 수련장으로 들어갔다.

하체를 단련하는 라온과 루난의 옆자리로 가서 두 사람보다 더 무거운 무게를 들어 올렸다.

"오오!"

"역시 버렌 님!"

"어떻게 저런 무게를…."

방계만이 아니라, 수련장에 있는 모두가 탄성을 터트리고, 박수를 보냈다.

감탄과 경악이 어린 시선을 받았지만, 버렌의 표정은 나무껍질처럼 굳어졌다.

'저놈들이!'

라온과 루난이 이쪽을 쳐다보지도 않고, 단련만 계속했기 때문이다.

쿠우웅!

버렌이 기구를 거칠게 내려놓고 일어섰지만, 두 사람은 고개조차 돌리지 않았다. 서로를 라이벌로 삼았는지 기구를 들어 올리는 데 온 정신을 집중했다.

"크으…."

버렌의 얼굴이 사과처럼 뻘겋게 물들었다. 그는 쾅 소리가 나도록 문을 열고, 연무장을 나갔다.

'내가 압도적으로 수석을 차지해도 그딴 얼굴을 할 수 있는지 보자!'

제17화

라온은 세면을 마치고, 물기에 젖은 눈으로 햇살이 내려서는 창가를 바라보았다.

"오늘인가."

6개월이 지나 5 연무장의 수련생을 선발하는 날의 아침이 밝았다.

원래라면 연무장에서 먼지를 마시며 달리고 있을 시간이지만, 오늘은 시험 당일인 덕분에 여유로운 시간을 보낼 수 있었다.

-라온 지그하르트.

수건으로 젖은 얼굴을 닦고 옷을 갈아입고 있을 때 라스가 말을 걸어왔다.

"왜?"

-본왕과의 내기를 기억하고 있느냐.

"물론."

라온이 훈련복을 입고서 고개를 끄덕였다. 알아서 호구가 되어 주겠다는데 그걸 잊을 리가 있겠는가.

-네 성장이 인간치고 빠름은 인정하지만, 그 둘을 따라잡지는 못했지. 본왕의 감정을 받아들일 준비는 되었느냐.

라스의 말은 틀리지 않았다. 3달 동안 뛰었음에도 루난과 버렌을 추월하진 못했으니까.

하지만 시험은 다르다. 그들과 대련을 하든, 지금까지 단련한 체력을 보여 주든 상관없다.

자신에게 전생의 경험과 불의 고리가 있다면 시험이 무엇이든 이길 자신이 있었다.

"길고 짧은 건 대봐야 아는 법이지."

-그렇게 허세를 부려도 소용없다. 본왕이 네놈의 영육을 차지할 날이 얼마 남지 않았도다.

'그니까 그렇게 되면 말하라고.'

-그 자신감이 언제 꺼질지 기대하고 있으마.

'그럴 일은 없어.'

라온은 손을 휘휘 저었다.

'적과의 동거도 쉽진 않네.'

요즘엔 라스가 훈련 중에 분노를 일으키는 것보다, 말이 많은 게 더 귀찮았다.

마계의 군주라는 놈이 왜 저렇게 말이 많은 건지 모르겠다.

'물론 장점도 있지만.'

라스의 방해를 이겨 낸 덕분에 꽤 많은 능력치를 얻었다. 고통이 좀 있긴 하지만, 황금알을 낳아 주는 거위나 다를 바가 없었다.

> <상태창>
>
> 이름 : 라온 지그하르트.   칭호 : 없음.
> 상태 : 혹한의 저주(여덟 가닥), 저질 체력, 운동 능력 저하,
> 마나 감응력 저하.
> 특성 : 분노, 불의 고리(3성), 수속성 저항력(3성)
>
> 근력 : 25   민첩성 : 24
> 체력 : 23   기력 : 15   감각 : 44

상태창의 수치만 오른 게 아니다. 실제 육체 능력도 크게 성장해서 예전과 비교조차 할 수 없는 움직임이 가능해졌다.

-끄음, 본왕의 상태창….

신음을 흘리는 라스와 달리, 라온은 만족스러운 미소를 짓고서 로비로 나갔다.

-곧 죽을 얼굴들이로군.

'그러게.'

라스의 말대로 로비에 있는 아이들은 전장에 끌려가는 병사들처럼 걱정 가득한 얼굴이었다.

'오늘 시험 때문이겠지.'

리메르는 어떤 시험을 낼지, 시험의 난이도가 어떻게 될지, 얼마나 통과할지에 대해 아무것도 설명하지 않았다.

그저 최선을 다하면 통과할 수 있다고만 했으니, 아이들이 저렇게 걱정하는 건 당연한 일이다.

자신도 환생자가 아니었거나, 불의 고리가 없었다면 저들과 같은 표정으로 침울

하게 앉아 있었을 거다.

-전장에 서기 전부터 패배한 닭의 얼굴을 하다니, 한심하도다.

'쟤들은 어리잖아.'

라온은 음울한 분위기의 아이들을 둘러보다가 밖으로 나갔다.

-네놈도 어리지 않느냐.

'나는 달라.'

-흥. 인간들은 항상 본인만이 특별하다고 생각하는 법이지.

'……'

라스의 도발에 답하지 않았다. 환생자라는 비밀을 말해 줄 필요는 없으니까.

스르륵.

숙소 옆에 붙어 있는 5 연무장으로 걸어갈 때 뒤에서 가벼운 발걸음 소리가 들려왔다.

-질리지도 않고 오는군.

"흠…."

라온이 눈을 가늘게 뜨며 뒤를 돌았다. 은발이 어깨 위로 흘러내리는 보랏빛 눈동자의 여자아이가 따라오고 있었다.

"루난."

루난 슬리온이었다. 그녀는 자율 훈련에 따라붙는 것으로 모자라 이젠 숙소에서도 쫓아오고 있었다.

"할 말 있어?"

"없어."

루난이 맹한 표정으로 고개를 저었다. 뒷짐을 진 채로 어색하게 눈동자를 돌렸다.

"후."

라온은 한숨을 내쉬고 몸을 완전히 돌렸다. 루난은 여전했다. 말없이 따라붙은 뒤 멍한 표정으로 자신의 훈련을 똑같이 따라 했다.

'왜 날 따라다니는지 원.'

실제로 보여 주는 능력은 자신보다 버렌이 더 위다. 화려한 검술, 뛰어난 육체 능력에 나름 리더십도 있다.

하지만 루난은 그에겐 조금도 관심이 없었고 자신만 쫓아다녔다. 먹이를 주고 난 뒤 따라붙는 골목의 고양이를 보는 느낌이다.

'근데 난 먹이도 주지 않았잖아.'

과자를 주긴 했지만, 그 주인은 도리안이다. 해 준 건 아무것도 없는데 왜 어미를 쫓는 새끼 오리처럼 따라오는 건지 모르겠다.

'특이한 녀석이야.'

라온은 고개를 절레절레 젓고서 연무장으로 향했다. 연무장 앞에 도착했을 때 녹색 머리 남자가 손을 흔들었다.

"도, 도련님…."

루난 다음으로 자신의 옆에 붙은 도리안이었다. 그는 오한이 든 것처럼 손발을 바들바들 떨었다.

"넌 또 왜 그래. 어디 아파?"

"그, 그게 아닙니다. 오늘이 시험이지 않습니까. 걱정돼서 진짜 한숨도 못 잤습니다. 으으."

도리안의 눈 밑은 숯덩이를 바른 것처럼 새까맣게 물들었다. 피곤이라는 단어 자체가 눈 아래에 박혀 있었다.

"너 정도면 충분할 텐데?"

라온이 도리안을 위아래로 훑었다. 그는 항상 덜덜 떨면서 겁을 먹지만, 재능과 끈기는 열 손가락 안에 들어간다. 제 능력을 발휘하면 떨어질 수가 없었다.

"그렇지만 시험이 뭔지도 모르겠고, 전 무지하게 약해요! 아무것도 할 수 있는 게 없어요! 우엑!"

도리안은 손톱을 씹으며 눈동자를 파르르 떨었다. 헛구역질까지 한다. 엄살이 아니라, 정말 겁을 먹은 얼굴이었다.

-버리지 중에 상 버러지다. 당장 저놈의 대가리를 부수거라.

'언제는 마음에 든다며.'

-본왕에게 겁쟁이는 필요 없도다.

"괜찮을 거다."

라온은 격려가 아니라, 사실을 말하고서 도리안을 지나갔다. 그는 소심한 성격과 달리 토하면서도 훈련을 완수해 왔다. 무슨 시험이든 헤쳐 나갈 수 있을 거다.

"리, 리메르 님은 한 말을 지키는 사람이에요. 옥석을 고른다고 하셨으니, 저 같은 돌멩이는 바로 떨어질 겁니다."

"그럼 떨어지든가."

"엑! 라온 님!"

라온은 돌아보지 않고 손을 흔들었다. 어차피 타인이다. 필요 이상의 조언을 해줄 필요도 없었고, 녀석과 말을 하다 보니 그 우울함이 옮을 것 같았다.

"음."

연무장의 문을 열고 들어가려고 할 때 옆에서 다가오는 버렌과 눈을 마주쳤다.

그는 자신과 루난, 도리안을 보고 눈에 불꽃을 피워 냈다. 원수를 보는 듯한 눈빛이었다.

"하아."

라온이 탁한 한숨을 내쉬었다.

'주변에 제대로 된 인간이 없어.'

전생에도 미친놈이 많았는데, 이번 생도 별 차이가 없는 것 같았다.

-저놈의 눈깔을 뽑아라.

'이놈까지 포함해서….'

"라온!"

"라온 도련님!"

라온이 연무장에 돌아가서 몸을 풀고 있을 때 우측에서 익숙한 목소리가 들려왔다.

"엄마? 헬렌?"

실비아와 헬렌 그리고 별관의 시녀들이 달려오고 있었다.

"라온!"

실비아는 달려오자마자, 새가 알을 품듯이 자신을 꽉 끌어안았다.

"세상에! 얼마나 힘들었으면 얼굴이 반쪽이 되었잖아! 괜찮니? 아픈 곳은 없어?"

그녀의 가는 눈동자에 둥그런 눈물이 고였다. 다만 그녀의 말과 다르게 근육과

살이 쪘으면 쪘지, 마르진 않았다.

"아니, 엄마 난…."

"힘들었지! 정말 고생 많았어. 흡!"

6개월이 지났음에도 실비아는 여전했다. 자신의 말은 듣지 않고, 몸만을 걱정했다.

-어미 앞에서는 네놈도 애 같기는 하군.

'시끄러.'

라스는 재밌는 장면을 보았다며 클클 웃었다.

"도련님. 고생 많으셨어요."

헬렌은 살포시 미소 지으며 고개를 숙였다. 그녀의 뒤에 있던 시녀들도 대단하다고 말하며 방긋방긋 웃었다.

"시험에 합격한 것도 아닌데 무슨."

라온이 얼굴을 긁적였다. 별것도 아닌 일을 칭찬하니, 민망해서 볼이 간지러웠다.

"6개월이나 버티신 거죠."

"그게 대단한 거예요!"

"맞아요. 대단한 일을 해내셨어요."

헬렌과 시녀들은 멈추지 않고 칭찬을 해 왔다. 바로 탈락해서 돌아올 줄 알았을 테니, 당연한 반응이었다.

"여긴 어떻게 온 거야?"

라온은 얼굴을 비비는 실비아를 밀어내며 헬렌에게 고개를 돌렸다.

"오늘 시험은 보호자도 참관할 수 있도록 허가되었습니다. 저희만이 아니라, 다른 분들도 오셨죠."

헬렌의 손을 따라 주변을 둘러보았다. 그녀의 말대로 연무장 곳곳에서 아이들과 부모들이 회포를 풀고 있었다.

"근데 이 아이는…."

실비아는 라온의 뒤에 서 있는 루난을 보며 눈을 동그랗게 떴다. 루난은 실비아에게 고개를 꾸벅였다.

'애도 참 대단하네.'

루난은 실비아와 헬렌 앞에서도 뒤를 따라다니는 걸 멈추지 않았다. 재능보다 저 성격이 더 놀랍다.

"루난!"

루난과 실비아가 눈을 마주치고 있을 때 좌측에서 두터운 목소리가 들려왔다. 차가워 보이는 은발을 뒤로 넘긴 중년인이었다.

'로칸 슬리온.'

봉신 가문 슬리온의 가주이자, 루난의 아버지인 로칸 슬리온이었다.

-저 맹한 꼬마의 표정은 끝까지 변하질 않는구나.

라스의 말대로 루난의 눈빛은 아버지인 로칸을 6개월 만에 보고도 맹했다.

"아빠?"

"여기서 뭘 하는 게냐. 가자!"

로칸 슬리온은 자신과 실비아를 노려보고서 루난의 손을 잡고 다른 곳으로 데리고 갔다.

…많은 인간을 봐 왔지만, 저건 참 특이하다.

'그러게.'

끌려가면서도 자신을 보고 있는 루난의 모습에 헛웃음이 터졌다.

"루난이면 슬리온가의 막내지? 너랑 판별식 같이한."

"맞아."

"친구가 됐나 보네?"

실비아가 방긋 웃었다. 어떻게 친해졌는지 알려 달라며 다시 얼굴을 들이밀었다.

"친구는 아니야."

라온이 단호하게 고개를 저었다.

"친구가 아니라고? 그럼 무슨 사인데?"

"글쎄…."

솔직히 루난과 무슨 관계인지 모르겠다. 친구가 뭔지도 잘 모르겠고.

"아들. 다가오는 사람들하고는 친하게 지내. 억지로 밀어내려고 하지 말고."

실비아가 입술을 삐죽 내밀었다.

"그런 적 없어."

다가오든, 말든 그저 신경을 쓰지 않았을 뿐이다.

"그러지 말고 나중에 별관에 한번 데리고 와. 엄마가 맛있는 거 해 줄 테니까."

"그런 사이 아니라니까."

"어우, 정말 죽겠… 어? 라온 도련님의 어머니십니까?"

적당히 넘어가려고 할 때 헛구역질을 하던 도리안이 눈을 동그랗게 뜨고 다가왔다.

"맞아. 넌 누구니?"

"도, 도리안이라고 합니다! 도련님께 많은 신세 지고 있습니다! 인사 박겠습니다!"

도리안은 정말 땅에 닿을 정도로 머리를 숙였다.

"어머!"

"오, 도련님!"

실비아와 헬렌이 헤벌쭉 웃는다. 자신에게 도움을 받은 아이가 있다는 게 기쁜 것 같았다.

"라온 도련님이 왜 이렇게 잘생겼나 했더니 어머님을 닮으셨군요. 정말 미인이십니다!"

도리안은 배 주머니에서 꽃을 꺼내 실비아에게 내밀었다. 겁먹었을 때는 한마디도 못 하더니, 이럴 때는 말도, 행동도 청산유수다. 뭐 하는 놈인지 모르겠다.

"호호, 고마워."

실비아가 꽃을 받으며 웃었다. 눈이 반달이 된 걸 보니, 정말 좋아하고 있었다.

"그만 가라."

"왜 그래."

라온이 도리안을 툭툭 쳐서 밀어내려고 했지만, 실비아가 끼어들었다.

"도리안. 라온이 어떻게 지내는지 좀 말해 줄 수 있니?"

"무, 물론입니다. 라온 도련님은 최하위 그룹에서 최상위 그룹으로 올라가 5 연무장의 역사를 새로 쓰신 분입니다. 보는 사람이 감동하게…."

"후우!"

시험의 긴장을 수다로 풀 생각인지 도리안의 말은 끊기질 않았다. 시험은 아직 시작도 안 했는데, 벌써 피곤해졌다.

-말이 더럽게 많은 인간이로다.

너만큼은 아니야.

"…그렇게 저와 하위 그룹의 추천생들은 라온 도련님이 자세를 알려 주신 덕분에 중상위 그룹으로 올라올 수 있었죠. 다, 다른 건 나중에 말씀드리겠습니다! 제가 지금 급해서!"

도리안이 고개를 꾸벅이고서 화장실이 있는 쪽으로 달려갔다.

"세상에나…."

"라온 도련님!"

헬렌과 시녀들은 감격한 얼굴로 두 손을 모았다. 조금만 더 들었으면 눈물을 흘렸을 기세였다.

"다른 아이들을 돕는 것도 좋지만, 넌 괜찮아? 아직 추위를 많이 타잖아. 숙소는 따뜻해? 아픈 곳은 없어?"

하지만 실비아의 눈동자에는 감동보다 걱정이 더 드러났다. 정말 감정에 충실한 사람이다.

"건강해."

라온이 씩 웃으며 가슴을 팡팡 두드렸다. 그래도 실비아의 걱정 어린 눈빛은 사라지지 않았다.

"다시 말하지만, 힘들면 언제라도 그만둬도 돼. 다른 사람은 신경 쓰지 말고, 네 마음을 따라야 해. 알겠지?"

"응."

크게 고개를 끄덕이자, 실비아의 얼굴에 드러나던 걱정이 조금 가셨다. 그녀는 변하지 않았다. 여전히 아들의 몸만 걱정하는 어머니였다.

"근데 헬렌."

살짝 고개를 튼 실비아의 눈매에 작은 장난기가 돌아났다.

"네. 실비아 님."

"라온 말이야. 못 본 사이에 더 귀여워진 것 같지 않아?"

"물론입니다. 누구 아들인데요."

"그렇지! 라온! 엄마가 한 번만 더 안아…."

"윽! 자, 잠깐만!"

라온이 다가오는 실비아에게서 뒷걸음질을 치려고 할 때였다. 연무장 입구 쪽에서 막대한 기파가 일어났다.

'이 기운….'

라온이 이를 악물고 연무장 정문을 바라보았다. 갈색의 문 뒤에서 무시무시한 기운이 느껴졌다.

쿠웅!

연무장의 문이 활짝 열리고 절대 오지 않을 것 같았던 남자가 나타났다.

"가, 가주님을 뵙습니다!"

"가주님을 뵙습니다!"

글렌이었다. 지그하트르의 주인을 마주한 사람들이 모조리 무릎을 꿇었다.

'저 사람이 왜 여길.'

"아버지?"

"으음!"

실비아와 헬렌 역시 무릎을 꿇고 고개를 숙였다.

-멀리서 느껴지던 기운이 저 인간이었나. 이 시대에도 저런 놈이 있었다니….

라스가 깨어난 이후 처음으로 감탄을 터트렸다. 그에게도 글렌이라는 남자의 무력은 놀라운 모양이다.

-이미 격을 달리하는 무력이다. 극과 탈을 넘어섰군. 시간이 그리 많이 남지 않

앉을지도 모르겠어.

'시간? 그게 무슨 말이지'

…….

라스는 대답하지 않고, 글렌을 바라만 보았다.

"음."

라온이 다시 눈동자를 돌려 글렌을 보았다. 그는 아이들과 부모들을 찬찬히 둘러본 후 단상 위로 올라가 리메르가 앉던 의자에 앉았다.

"엑?"

연무장 담벼락을 넘어오던 리메르는 그 모습을 보고 입을 쩍 벌렸다.

"가주님이 여길 왜…"

글렌은 무언가 마음에 들지 않는 것처럼 리메르를 노려보았다.

"가문의 미래를 선발하는 행사다. 내가 오지 못할 곳에 왔나?"

"그건 아니죠. 아주 잘 오셨습니다."

리메르는 어색하게 웃으며 담벼락을 뛰어넘었다. 글렌에게 고개를 꾸벅이고, 종종걸음으로 단상 위에 올라갔다.

"느긋하게 시작하고 싶었는데, 가주님께서 오셨으니 여유를 부릴 시간은 없겠네요. 바로 수련생 선발 시험을 시작하겠습니다."

그는 뒷머리를 긁적이며 아이들의 부모들에게 뒤로 물러나라 말했다. 부모들은 아이들에게 잘하라고 말한 뒤 멀찍이 물러섰다.

"라온."

실비아의 부름에 라온이 뒤를 돌았다.

"다치면 안 돼."

"도련님. 무리하지 마세요."

실비아와 헬렌은 여전히 잘해라가 아니라, 몸을 조심하라는 걱정을 남기고 물러났다.

-나약하기 그지없다. 너랑은 어울리지 않는군.

라온이 고개를 끄덕였다. 저들은 뛰어난 모습을 보이는 걸 원하지 않고, 자신의 건강만을 걱정해 주었다.

'여전히 적응이 안 돼.'

실적만이 중요하던 전생의 사육사들과 너무도 다른 모습에 아직도 적응되지 않았다.

멀어지는 두 사람을 보다가 고개를 돌렸다. 리메르가 자신을 보면서 씩 웃고 있었다.

"그럼 남녀노소, 지그하르트 모두가 궁금해하던 수련생 선발 시험의 내용을 공개하겠습니다."

리메르가 단상 위에 선 채로 손을 털었다. 평소처럼 가벼운 모습이었지만, 그에게서 피어나던 작은 기세가 광활한 날개를 펼쳤다.

쿠구구구!

글렌 지그하르트만큼은 아니지만, 연무장 전체를 휘감은 막강한 기세에 부모들은 인상을 찌푸리고, 아이들은 몸을 움츠렸다.

터억!

리메르는 경쾌하면서도, 웅장한 걸음으로 연무장의 중심으로 걸어갔다.

"내 기세를 뚫어라."

그는 바로 앞에 있는 아이들을 내려다보며 서늘한 안광을 빛냈다.

"그게 나의 시험이다."

제18화

"기세?"

라온이 입매를 찡그렸다.

'체력과 정신력을 시험할 줄 알았는데.'

지금까지 리메르가 지시했던 훈련을 생각해 보면 체력과 정신력을 시험해야 하건만, 그의 선택은 기세였다.

"기세라고?"

"저 아이들에게 기세를 시험한다니…."

"저자는 여전히 정도를 모르는군."

아이들의 부모들도 시험의 내용이 의외였던지 목소리를 높였다.

"교관은 저니까 전부 조용히 해 주시죠."

리메르가 코웃음을 치며 손을 저었다.

"무인들의 삶에서 기세라는 건 떼고 싶어도 뗄 수가 없는 요소. 그 중요한 능력을 시험하겠다는데, 왜들 그렇게 불만이 많은지."

틀린 말은 아니다. 기세란 무인이 가진 기질과 격의 조화. 강력한 기세를 가진 무인이 싸우기도 전에 적들의 전의를 상실하게 만드는 경우도 흔했다.

"아이들은 오러를 익힌 지 얼마 되지 않았소. 기세 시험이라니, 이치에 맞지 않아."

"오러 자체를 익히지 않은 아이도 있지."

"시험이 너무 불공평합니다!"

"역시 잘 모르시네요. 기세라는 건 단순한 오러의 발현이 아닙니다."

리메르가 긴 손가락을 진자처럼 좌우로 흔들었다.

"진정한 기세란 무인이 이뤄 낸 업적(業績)이 쌓여 만들어진 격(格). 오러 없이도 발현할 수 있는 무인의 증명이오."

그의 단호한 목소리와 함께 서늘한 녹풍이 연무장 전체를 휘감았다.

'이건….'

라온이 눈매를 좁혔다. 방금 리메르는 오러를 사용하지 않고, 기세를 펼쳐 냈다. 스스로 뱉은 말을 증명하는 것처럼.

"그래도 불만이면 가주님께 여쭈어보시죠."

리메르가 획 몸을 돌렸다. 언제 진지했냐는 듯 히죽 웃으며 글렌 앞에 고개를 숙였다.

"존경하는 가주님. 무인의 기세라는 건 오러로 만들어지는 겁니까?"

'허.'

라온이 헛바람을 뱉었다. 이런 상황에서 갑작스럽게 가주를 끌어들이다니, 리메르라는 인간. 아니, 엘프는 움직임이 예측되질 않았다.

"틀린 말은 아니다. 오러를 익히지 않은 자도 살아온 방식에 따라 각자만의 기세를 가지게 되는 법이니까."

"이야, 역시 가주님!"

리메르는 뒤를 돌면서 손뼉을 쳤다.

"으음….".

"이런."

"가주님께서 저리 말씀하신다면…."

글렌이 직접 말했기 때문에 직계든, 방계든 더 이상 따지는 사람은 없었다.

-저 뾰족귀가 처음으로 마음에 드는 소리를 하는구나. 마나, 마기, 오러 따위로 만드는 기세는 가짜다. 영혼에 업적을 쌓은 기세만이 진짜이니라.

라스는 옳다는 듯 고개를 까딱거렸다.

-본왕이 마계에 있을 때가 생각나는구나. 제대로 되지 않은 마족들이 설치기 시작했을 때 본왕은 막대한 기세를 끌어 올려 그 가짜들을 굴복… 윽!

또 말이 길어질 것 같아서 팔찌를 쳤다.

"지난 6개월간 아이들은 스스로가 가진 한계를 끝없이 넘나들었습니다. 제 디테일한 훈련 덕분에…."

"거짓말하지 마라."

버렌의 아버지이자, 글렌의 둘째 아들 카룬 지그하르트가 리메르를 노려보며 일어섰다.

"정규 수련 시간에 네가 드러누워 낮잠을 잤다는 걸 본 사람이 한두 명이 아니다. 제대로 훈련을 시키긴 했나?"

"저도 들었습니다. 훈련 시간에 나타나기만 할 뿐 관심이 전혀 없다고."

"매일 잠만 자고, 훈련은 알아서 하게 놔둔다고 했습니다!"

"오, 잘 아시네요."

리메르는 당황하지 않았다. 오히려 정보력이 대단하다며 고개를 주억였다.

"그것 역시 제 훈련의 일환입니다."

"그게 훈련이었다고?"

"자신의 의지에 따라 전력을 다하는 경우와 타인의 지시에 따라 전력을 다하는 경우. 어느 쪽이 더 많은 성취를 이룰 수 있을까요?"

"당연히 전자다."

"맞습니다. 제가 이번에 이 아이들에게 바란 게 바로 그 정신력이었습니다. 체력도, 기술도 키워 줄 수 있지만, 의지를 높이는 건 쉽지 않으니까요. 전 정신력이 뛰어난 아이들을 선발해서 육성하고 싶었습니다."

리메르는 평소와 같은 말투였지만, 그 안에 담긴 말엔 현기가 담겨 있었다.

"스스로 한계를 극복한 아이들은 작게나마 나름의 격을 만들어 냈습니다. 그건 아이들의 미래에 큰 도움이 되겠죠."

그의 자신감 있는 목소리에 다른 사람들은 더 이상 말을 하지 못했다.

사람들은 정말 그의 말대로 자신의 아이들이 얼마나 변했는지에 대한 기대감으로 눈동자를 반짝였다.

"다들 이해하신 듯하니, 시험을 시작할⋯."

"마지막으로 하나만 묻지."

카룬은 물러서지 않았다. 그의 눈매에 내려앉았던 불신은 여전했다.

"수련생들이 전부 같은 수련을 했다고 해도 각자가 가진 격의 수준은 다르다. 그걸 어떻게 시험한다는 거지?"

"초기에 아이들이 가진 기질에서 얼마나 성장했냐를 볼 겁니다. 그중 가장 많은 성장을 이룬 임시 수련생이 수석입니다."

"초기라면 6개월 전 아이들을 말함인가? 160명이 넘는 아이들의 기질을 전부 기억하고 있다고?"

"그것도 못 하면 교관 때려치워야죠."

리메르가 씩 웃었고 카룬의 표정은 더욱 차갑게 가라앉았다.

"자, 방해꾼. 아니, 부모님들도 다 인정하셨으니, 바로 시험을 시작하겠습니다. 루난은 내 앞으로 나오고, 나머지는 뒤로 물러서도록."

루난이 작게 고개를 끄덕이고서 리메르의 앞에 섰고, 다른 아이들은 모두 뒤로 빠졌다.

"루난 슬리온. 내가 내보낼 기세는 네가 최선을 다해 수련을 해 왔다면 이겨 낼 수 있는 수준이다."

리메르는 여전히 가벼운 미소를 입에 건 채 말을 이었다.

"내 기세를 뚫고 내 몸에 닿는다면 합격이다."

"네."

루난이 작게 대답하고서 고개를 끄덕였다.

"그럼 시작하마."

리메르가 눈을 감았다가 떴다. 그의 눈빛에 어린 녹광이 번쩍이며 강대한 기세가 일어났다.

쿠구구구!

갑작스럽게 불어온 위압적인 기파에 루난의 무표정이 무너졌다.

"으윽!"

루난이 입술을 깨물며 새우처럼 몸을 움츠렸다.

"오러를 사용하면 실격이다. 네가 지금까지 수련하며 버텨 온 정신력을 일깨워라."

"흐읍!"

그녀는 운용하려던 오러를 가라앉히고, 발을 내디뎠다. 이마에 식은땀이 흘러내렸지만, 끝까지 참고 잔걸음을 걸어 앞으로 향했다.

타악.

루난은 느리지만 정확하게 손을 내뻗어 리메르의 소매를 움켜쥐었다.

"여유로운 합격이다. 그간 최선을 다해서 수련한 성과가 보인다."

리메르는 씩 웃고서 루난의 머리를 쓰다듬었다.

"하아!"

루난은 거친 숨을 흘리며 옆으로 빠져나왔다.

"다음 도리안."

"아, 저요? 벌써요? 정말 저예요?"

라온의 뒤에 숨어 있던 도리안이 바들거리며 고개를 내밀었다. 불안한지 배에 찬 주머니를 만지작거렸다.

"이, 이거 순서가 어떻게 되는 건….."

"내 맘이다. 빨리 나와."

"으흐윽!"

도리안은 찔끔 눈물을 흘리고서 앞으로 걸어 나갔다. 흡사 도살장에 끌려가는 듯한 모습이었다.

"우엑!"

다시 헛구역질이 시작되었다.

"루난이 하는 걸 봤겠지. 네가 단련을 하며 쌓아 온 정신력으로 내가 펼치는 기세의 벽을 뚫어라."

"그, 그게 될까요? 전 정신력이 없기로 유명한데…."

"안 되면 떨어지는 거지."

리메르가 두 번째 기세를 뿜어냈다. 루난 때보다는 확연히 약해진 기세. 아이들마다 다른 수준의 기세를 보낸다는 게 진짜였다.

"우헤헥!"

도리안은 너구리 같은 소리를 내고서 뒤로 물러섰다.

"그 이상으로 물러나면 바로 실격이다."

"어우욱…."

"마지막 조언을 해 주지. 넌 겁이 많지만, 수련엔 진심으로 임했다. 너를 믿고 들어와라."

"아, 알겠습니다."

리메르의 안정된 목소리에 도리안이 입을 다물었다. 그리고서 천천히 앞으로 다가갔다.

그는 아이가 걸음마를 하듯 비틀거리면서도 쓰러지지 않았다. 느리지만 확실하게 나아가 손을 내뻗었다.

타악.

도리안의 손이 리메르의 허리춤에 닿았다.

"합격이다. 넌 실력에 비해 자신감이 너무 없다. 앞으로는 당당하게…."

"꾸에엑!"

아쉽게도 도리안은 토하느라 바빠서 리메르의 조언을 들을 수 없었다.

"흠. 계속하지."

리메르는 곧바로 다음 사람을 호명했다.

하늘 높은 줄 모르고 떠 있던 태양이 서쪽으로 처지면서 대부분의 아이들이 시험을 치렀다.

시험에 통과한 아이들의 숫자는 꽤 되었지만, 그보다 몇 배나 많은 아이들이 떨어져 울음을 터트렸다.

신기하게도 라온에게 자극을 받아 그의 근처에서 체력 단련을 했던 소수의 아이들은 대부분 합격했다.

하지만 버렌을 따라 체력이 아니라, 검술이나, 권법을 다듬은 아이들은 절반 이상이 떨어졌다.

시험이 진행될수록 버렌의 표정은 차갑게 굳어졌고, 마지막 순서인 라온을 남기고 그의 차례가 되었다.

"버렌 지그하르트. 앞으로 나와라."

"예."

버렌이 묵직한 걸음으로 리메르의 앞에 섰다. 그의 표정은 누가 봐도 알 수 있을 정도로 찌그러져 있었다.

'당연하겠지.'

라온이 픽 웃었다. 버렌의 예상과 달리 그와 함께했던 수련생들이 많이 떨어져 자존심이 상했을 것이다.

"그럼 시작하자."

리메르가 웃음기를 유지한 채 기세를 펼쳐 냈다. 루난과 같은 급의 막강한 기세가 녹색의 바람이 되어 버렌에게 밀어닥쳤다.

쿠구구구!

몰아치는 기세의 폭풍에 버렌은 피나도록 입술을 깨물었다.

'이, 이걸 견디고 앞으로 나아갔다고?'

옆에서 보는 기세와 앞에서 직접 느끼는 기세는 차원이 달랐다.

루난. 자신과의 경쟁을 포기한 겁쟁이가 이 정도 기세를 뚫었다는 게 믿기지 않았다.

"끄으윽!"

입술을 깨물어도 발이 나아가질 않았다. 너무도 힘겨웠다.

'설마 나에게만 더 강하게 하는 건가?'

혹시나 하는 생각에 뒤를 돌아 아버지를 보았다. 하지만 그는 표정을 굳히고 있을 뿐 움직이지 않았다. 시험에 잘못된 부분이 없다는 소리였다.

"너의 재능은 특별해. 160명의 인재 중에서 널 따라갈 사람은 손에 꼽는다. 다만."

리메르는 빙긋 웃으며 말을 이었다.

"너와 널 따르던 아이들은 시간을 낭비했어. 진의를 알지도 못하는 형태뿐인 검술을 수련할 시간에 체력과 정신력을 단련했어야 했다."

"끄으으윽!"

버렌은 피나도록 입술을 깨물며 앞으로 나아갔다. 단전의 오러가 절로 일어나고 있었다.

"넌 어려울 때마다 오러를 사용했지. 이번에도 오러를 사용하면 바로 실격이다."

"사, 사용하지 않습니다."

솟구치는 오러를 억지로 잠재우며 발을 굴렀다. 한 발을 걸을 때마다 용암 위를 걷는 듯한 통증이 일어났다.

'흡!'

등 뒤에서 서늘한 시선이 느껴진다. 아버지의 그것이다.

'이걸 이겨 내지 못하면 버려진다…'

아버지의 마음에 들지 않아 버림받은 두 형의 얼굴이 스쳐 지나갔다. 그런 패배자가 될 수는 없었다.

"으아아아아!"

버렌은 직계로서 보여선 안 될 추한 목소리와 표정을 드러내며 기다시피 걸어갔다. 죽을힘을 다해서 리메르의 옷을 움켜쥐었다.

"합격이다."

리메르가 피식 웃으며 기세를 꺼뜨렸다.

"후억억!"

버렌은 그대로 자빠져서 거친 숨을 마구 내뱉었다. 항상 여유롭던 그에게서 보지 못한 모습이었다.

"넌 아직 12살이다. 어른스러운 척하지 말고, 그 나이에 맞는 단련을 해. 위만 보고 걷다간 나뭇가지에 걸려 넘어지는 법이야."

리메르는 버렌에게도 조언을 해 주고서 고개를 돌렸다. 그의 입가에 걸린 미소가 진해졌다.

"마지막으로 라온 지그하르트."

"네."

그의 부름에 라온이 앞으로 나아갔다.

"준비는 됐나?"

"물론입니다."

"그럼 시작하지."

리메르의 기세가 폭발적으로 늘어났다. 루난, 버렌에게 뿜어낸 그 이상의 기세가 폭풍이 되어 라온을 휩쓸었다.

"라온!"

"라온 도련님!"

뒤에서 실비아와 헬렌의 비명이 들려왔다.

"이거 제 시험 맞습니까?"

라온이 인상을 찡그렸다. 자신이 이곳에 왔을 때의 격은 루난이나 버렌은커녕 중하위권 아이들에게도 미치지 못했다. 그걸 생각하면 이 기세는 너무 강대했다.

"글쎄?"

리메르가 어깨를 으쓱이며 말을 이었다.

"내가 본 네 재능은 루난이나 버렌 이상이거든. 한번 견뎌 봐."

"그렇습니까?"

녹색 바람에 잠긴 라온의 눈동자에서 붉은 불꽃이 타올랐다.

"그럼 그 기대를 배신해선 안 되겠군요."

제19화

저벅.

라온이 한 발을 내디뎠다. 리메르에게 다가갈수록 그에게서 뿜어지는 기세가 급격하게 강대해졌다.

다른 아이들은 물론이고 루난이나, 버렌조차 뚫기 힘든 기세였지만, 웃음이 나왔다.

'알아서 판을 깔아 주는군.'

라온 지그하르트로서 살기로 마음먹은 이후엔 가진 능력을 숨길 필요가 없었다.

재능을, 능력을 보여 줄 판이 열렸으니, 자신은 그 안에 들어가서 놀기만 하면 되었다.

"어때? 버티기 힘들면 말을…."

"괜찮습니다."

라온이 엷게 미소 짓고, 발을 굴렀다.

'지금의 격만으로는 무리야.'

격이란 육체가 아니라, 영혼의 그릇에 담기는 법. 자신에겐 라온 지그하르트로서 쌓아 온 격만이 아니라, 최고의 암살자 라온으로서 살아온 격도 함께하고 있었다.

고오오오!

라온 지그하르트의 작지만 단단한 기세 위로 한 번의 실패도 없었던 암살자 라온의 격이 내려섰다.

저벅.

연무장의 모래를 밟는 발걸음 소리가 달라진다. 어깨 위로 업은 라온의 격이 진중한 의지를 발했다.

찌지지직!

칼날처럼 벼려진 기세가 리메르가 펼쳐 낸 녹풍의 기세를 반으로 찢었다.

"너 무슨…."

리메르가 눈을 부릅떴다. 여유로웠던 그의 눈동자에 당황이라는 두 글자가 담겼다.

우우우웅!

라온은 대답하지 않고 나아갔다. 거친 바람을 갈라내고 다섯 걸음을 걸어 리메르의 앞에 섰다.

툭.

가볍게 손을 뻗어 리메르의 어깨를 쳤다.

"시험은 끝났습니까."

"어? 어…."

당당하면서도 진중한 목소리에 리메르는 고개만 끄덕였다.

"감사합니다."

라온이 손을 내리며 불러온 암살자의 격을 흩뜨렸다. 무리했는지 정신이 멍했다.

"……."

리메르는 그때까지도 당황을 감추지 못하고 입을 쩍 벌리고 있었다.

-네놈! 대체 정체가 무엇이냐!

라스의 목소리에도 놀라움이 깃들었다. 항시 분노만을 간직한 그가 이런 모습을 보이는 건 드물었다.

"흠."

라온은 리메르의 반응을 기다리며 조용한 연무장을 둘러보았다.

야유를 보내던 방계와 봉신 가문의 아이들도, 함께 수련한 정으로 응원해 주던 아이들도, 그들의 부모들까지도 모조리 입을 다물었다.

웅장하기까지 했던 연무장 전체에 침묵이 내려앉아 있었다.

"뭐, 뭐야. 저걸 뚫었다고? 저 녀석이?"

"아니, 이게 어떻게 된…."

"오러조차 익히지 않은 환자가 어찌!"

수련생의 부모들은 넋이 나간 표정으로 헛숨을 내쉬었다.

"라온? 너 몸은!"

"도련님. 무리하신 거 아닌가요?"

실비아와 헬렌이 눈물을 글썽거렸다. 감동한 표정이지만, 입으로는 또 몸을 걱정하고 있었다.

다만 글렌 지그하르트의 표정은 변하지 않았다. 얼음장을 씌워 놓은 듯한 서늘함은 그대로였다.

'저 사람은 진짜로군.'

라온은 글렌을 보며 고개를 저었다.

"너 정체가 대체 뭐야."

리메르는 차분한 라온을 보며 혀를 내둘렀다.

"6개월 동안 지켜보시지 않았습니까. 라온입니다."

"그걸 뛰어넘었으니까 하는 말이다. 난 네 능력을 넘어서는 수준의 기세를 내보냈다. 일부러 장난을 친 건데, 그걸 뚫어 낼 거라곤 생각조차 못 했어."

라온이 숨기고 있는 능력을 보기 위해서 그가 버티기 힘들 정도로 강한 기세를 뿜어냈다.

아무리 많은 힘을 감춰 뒀다고 해도 뚫어 내지 못하리라 확신했는데, 라온은 어렵지 않게 자신의 기세를 갈라 버렸다. 솔직히 말해서 아직도 믿기지 않았다.

"음….'

리메르가 라온의 뒤에 있는 직계와 방계들을 바라보았다.

'그래도 저건 마음에 드는군.'

시끄럽던 그들의 입이 자신처럼 꽉 닫혀 있었다. 연무장 전체가 라온이 보여 준 놀라운 모습에 어쩔 줄을 모르고 있었다.

"크흠, 수석 교관으로서 잠시 한눈을 팔았네요."

리메르가 꺼져 가는 녹색 바람에 몸을 맡겨 다시 단상 위로 올라갔다.

"라온 지그하르트를 마지막으로 정식 수련생을 뽑는 시험은 종료되었습니다. 다만 아직 중요한 행사가 하나 남았습니다."

중요한 행사라는 말에 모두의 시선이 리메르의 입에 꽂혔다.

"수련생 중에서 대표이자, 수석을 정해야겠죠."

수석 수련생은 훗날 가문의 주역으로 나아갈 가능성이 높기 때문에 아이들과 부모의 눈동자에 뜨거운 열망이 어렸다.

'정해진 그대로지만 상황은 많이 변했군.'

사실 수석은 처음부터 라온 지그하르트로 결정되어 있었다. 임시 수련생 기간 중 가장 많은 발전을 이뤄 냈으니, 시험의 취지에도 걸맞았다. 물론 이렇게 압도적으로 합격할 줄은 몰랐지만.

'덕분에 준비해 둔 돌발 이벤트는 사라지게 될지도 모르겠군.'

픽 웃으며 수련생을 훑어 내리던 리메르의 시선이 루난과 버렌을 지나 라온에게서 멈췄다. 그리고.

"라온 지그하르트. 오늘부터 네가 5 연무장의 수석 수련생이다. 앞으로 잘 부탁한다."

"오오! 라온 님!"

"……."

도리안은 박수를 보냈고, 루난은 묘한 표정으로 박수를 딱 세 번 쳤다.

"라, 라온 도련님이 수석이래요!"

"어우…"

"실비아 님!"

헬렌은 머리를 부여잡고 쓰러지는 실비아를 부둥켜안았다.

"어?"

"지, 진짜?"

"저 아이가 정말 수석이라고? 믿을 수가…."

"가장 강한 기세를 넘은 건 라온이었으니까."

"그렇지만 실비아의 자식이라고! 도망자 실비아!"

"그것과 아이의 실력은 상관없지."

"리메르랑 짜고 사기 치는 거 아니야? 그럴 만한 놈이잖아!"

다른 사람들은 있을 수 없는 일이라고 말하며 논쟁을 벌였다.

"거, 거짓말!"

버렌이 입술을 떨며 일어섰다.

"이건 아닙니다!"

"뭐가 거짓말이고, 뭐가 아니라는 거지?"

리메르가 뚱한 얼굴로 버렌을 돌아보았다.

"라온은 저보다 체력도, 근력도, 재능도 떨어집니다. 그런 놈이 수석이라니! 받아들일 수 없습니다!"

"너도 봤지 않나. 라온은 네가 간신히 통과한 것보다 훨씬 강한 기세를 가볍게 돌파했다. 수석의 이름을 받기에 충분해."

"술수를 부렸던 게 분명합니다!"

"버렌 지그하르트. 지금 내 판단을 의심하는 건가?"

리메르의 입에 걸린 미소는 그대로였지만, 분위기가 급변했다. 선선했던 바람에

각이 선 느낌이다.

"그, 그게 아니라, 저 녀석이 사기를 쳤다는 겁니다! 어제 수련에서도 절 따라오지 못한 라온이 저런 강대한 기세를 뚫었다는 게 말이 되질 않습니다!"

"맞습니다!"

"교관님도 제대로 믿지 못하시지 않습니까!"

버렌과 함께 다니는 방계의 아이들이 일어서서 버렌의 옆에 붙었다.

"흐음…."

리메르가 턱을 긁적였다. 확실히 라온이 자신의 기세를 그렇게 쉽게 뚫고 올 줄은 몰랐기 때문에 그들의 투정도 이해는 갔다.

"맞는 말이야."

"혹한의 저주를 앓으면서 어떻게 저런 게 가능하지?"

"오러조차 없잖아."

주변을 둘러보니, 아이들만이 아니라, 어른들까지 웅성거리기 시작했다. 그들은 눈앞에서 보았음에도 시험에 대해 의심하기 시작했다.

"확실히 이상하다고 생각할 수도 있다고 봐. 나도 깜짝 놀라긴 했으니까."

"그렇습니다!"

작은 기대감을 가진 버렌의 눈동자가 동그랗게 커졌다.

"저희는 지그하르트, 무인들의 가문입니다. 이런 시험보다는 제대로 맞붙어 봐야 한다고 생각합니다!"

"그럼 라온이랑 대련이라도 해서 수석 자리를 가져가고 싶다는 말인가?"

"제, 제가 아니라 다른 사람이라도…."

"눈에 욕심이 가득한데 거짓말할 필요 없어."

리메르가 픽 웃으며 손을 저었다. 버렌은 얼굴이 빨개졌지만, 아니라고는 말하지 않았다.

"다만 이미 시험은 끝났거든. 가주님. 이거 어떻게 해야 할 것 같습니까?"

"버렌 지그하르트."

글렌은 라온과 버렌을 번갈아 쳐다보다가 느릿하게 입을 뗐다.

"예!"

"이미 결정 난 사항을 바꾸려면 그에 따른 대가가 필요하다. 넌 그 대가를 치를 자신이 있느냐."

"물론입니다!"

버렌은 생각조차 하지 않고 즉답했다. 무슨 대결을 하든 라온을 이길 거라 확신하고 있었다.

"라온 지그하르트."

이번엔 글렌이 라온의 이름을 불렀다.

"예."

라온이 차렷 자세를 한 채 고개를 숙였다.

"주변에서 결과를 받아들이지 못하고 있다. 넌 버렌과 대결할 생각이 있느냐."

"없습니다."

라온은 단호하게 고개를 저었다.

"헉!"

"어?"

"어어…."

"저, 저놈이 미쳤나!"

바로 거절을 말할 줄은 몰랐기 때문에 사람들이 입을 떡 벌렸다.

"시험은 끝났고, 결과는 나왔습니다. 아무런 대가 없이 대결할 이유가 없습니다."

"음?"

"직계가 어쩌구 저쩌구, 명예가 이렇고 저렇고 하더니, 결과에 승복도 못 할 줄은 몰랐다."

"끄으윽!"

라온의 비아냥에 버렌의 얼굴이 더더욱 빨갛게 물들었다.

"그럼 이렇게 하지."

글렌의 쇳덩이를 얹은 듯한 음성에 모두가 그를 돌아보았다.

"수석의 자리를 걸고 대련을 해라. 네가 이긴다면 동(銅)급의 패를 내어 주마."

'동급의 패!'

지그하르트는 무인이 이룬 실적에 따라 금, 은, 동의 패를 수여한다. 동급이라고 해도 가주가 직접 내어 주는 패이니, 괜찮은 보상을 받을 수 있을 거다.

'복이 절로 굴러들어 왔군.'

수석 수련생이 되어 라스와의 내기도 이겼는데, 동급의 패까지 준다고 하니, 얼을 보상이 2배가 되었다.

글렌은 직계인 버렌이 수석이 되었으면 하는 것 같지만, 아쉽게도 그는 그 기대를 충족하지 못할 거다.

"알겠습니다."

"라, 라온!"

"괜찮아요."

고개를 끄덕이기 무섭게 실비아가 다가왔다. 걱정하는 그녀에게 웃어 주었다.

"믿어 주셔서 감사합니다! 가주님. 실망시켜 드리지 않겠습니다!"

버렌은 감격한 표정으로 글렌에게 고개를 숙였다.

"되었으니, 시작해라."

"예!"

버렌이 벌떡 일어서서 라온의 앞으로 다가왔다.

"나와 직접 맞붙게 되다니, 네놈의 운도 여기서 끝이로군."

그가 히죽 웃으며 말을 이었다.

"처음 봤을 때부터 네가 마음에 들지 않았다. 지금 이 자리에서 직계와 버림받은 버러지의 수준 차이를 보여 주지."

"승패도 받아들이지 못하는 놈이 혓바닥은 왜 이리 길어."

라온이 코웃음을 치며 손목을 돌렸다.

"이 자식…."

"싸움은 대련에서 해라."

리메르가 둘 사이를 막고, 고개를 저었다.

"대련은 단판. 무기와 오러를 사용하면 실격이다. 본인의 육체만을 사용하도록."

"알겠습니다!"

"네."

"좋아. 그럼…."

리메르가 라온과 버렌의 시야를 막고 있던 손을 올리며 뒤로 물러섰다.

"시작!"

"흐아압!"

시작이라는 말이 귀에 들어가기 전에 버렌이 뛰어들었다. 명치를 향해 매서운 주먹을 내질렀다.

"타악!"

라온이 손등을 돌려 버렌의 주먹을 쳐 냈다. 놈의 주먹에 어린 회전력에 손목이 지끈거렸다.

"고작 그 정도로는 내 주먹을 막을 수 없다!"

버렌이 차갑게 웃으며 자신의 복부를 향해 두 번째 주먹을 찔러 넣었다.

"터엉!"

손아귀로 주먹을 막아냈지만, 통증이 팔뚝까지 전해져 왔다.

"아버지께서 직접 전수해 주신 공호권이다. 권법을 사용하면 안 된다는 말은 없었으니, 반칙은 아니지."

"공호권…."

공호권은 주먹에 회전을 넣어 상대를 방어를 뚫어 내는 지그하르트의 권법이었다.

'어떻게 할까….'

위력은 있지만, 어설프다. 어렵지 않게 제압할 수 있었다.

'그냥 이기기엔 좀 아까운데.'

쉽게 끝내기엔 이렇게 만들어진 판이 너무도 아쉽다. 모두에게 능력을 증명하며 이기고 싶었다.

"어딜 보는 거냐!"

버렌이 주먹을 뻗어 왔다. 상체를 젖혀 주먹을 피해 낸 뒤 한 걸음 뒤로 물러섰다.

"재능의 차이를 보여 주마!"

놈은 보법까지 밟으며 주먹을 휘둘렀다. 주먹도, 발걸음도 어설프지만, 가진 신체 능력이 뛰어나니, 나름 위협적이었다.

'재능이라.'

라온이 옆으로 물러나며 두 눈을 빛냈다. 타고난 재능만 따지는 지그하르트의 머저리들의 머리통을 후려칠 방안이 생각났다.

무학.

저들은 무가의 일원답게 무학에 관한 재능을 최고로 친다. 저들에게 그 재능을 보여 주기로 마음먹었다.

'아주 좋은 게 있으니까.'

라온이 불의 고리를 전력으로 운용했다. 세 개의 고리가 맹렬하게 돌아가는 순간 버렌의 움직임이 느려지며 그가 펼치는 권법의 흐름이 눈에 들어왔다.

"이제 포기한 거냐!"

버렌이 정면을 향해 주먹을 내질렀다. 살벌한 바람이 귓가를 스쳤다.

"그럴 리가."

라온의 손이 반달을 그렸다. 그 회전에 맞닿은 버렌의 주먹이 반대편으로 튕겨 나갔다.

그가 펼쳤던 공호권과 같은 회전이었지만, 그 방향이 반대였다.

"이익!"

밀려 나간 버렌의 눈동자가 흔들렸다. 그가 이를 악물고 다시 달려들었다.

타악!

주먹을 쳐 내고, 어깨로 밀어쳤다. 뼈억 소리와 함께 버렌이 뒷걸음질을 쳤다.

터엉!

라온이 땅을 박차고, 당황한 버렌의 가슴으로 뛰어들었다.

"이놈!"

버렌은 당황한 상태에서도 왼 주먹으로 턱을 노려 왔다. 하지만 이미 그의 권은 모두 파악된 상태였다.

파앙.

역회전으로 버렌의 주먹을 밀어낸 뒤 녀석의 복부를 후려쳤다.

"커헉!"

버렌이 거품 무는 소리를 내며 무릎을 꿇었다.

"네, 네가 어떻게 공호권을 쓰는…."

그는 믿을 수 없다는 듯 벌어진 턱으로 침을 질질 흘렸다.

"바, 방금 어떻게 된 거지?"

"저 아이가 어떻게 공호권을…."

"실비아나 리메르가 알려 줬을 리도 없잖아!"

"무슨 일이 일어난 건지…."

대련을 지켜본 사람들 역시 경악한 얼굴로 눈을 부릅떴다.

"네가 보여 줬잖아."

라온이 차가운 눈으로 버렌을 내려다보며 손을 털었다.

"난 네 권법을 따라 했을 뿐이다."

제20화

"허…."

리메르가 본인도 모르게 손으로 입을 가렸지만, 벌어진 입을 감출 수는 없었다.

'이건 또 뭐야.'

라온과 버렌의 대결은 처음부터 자신의 의도대로였다.

라온을 수석으로 임명하는 순간 버렌이 이의를 제기해서 두 사람이 대련까지 갈 거라 예상했다.

자기만 잘난 줄 아는 버렌의 버릇을 고치고, 라온의 특별함을 모두에게 선보이는 정도로 끝나는 상황. 그게 자신이 원한 전개였다.

하지만 라온이 그 모든 계획을 바꿔 버렸다.

아니, 스토리라인은 그대로였지만, 그 내용이 너무도 충격적이었다.

라온은 단순한 힘과 민첩성, 기술이 아니라, 공호권의 묘리를 역이용해서 버렌을 날려 버렸다.

'이게 말이 되냐고….'

아무리 오러가 실리지 않았다고 해도 버렌의 뛰어난 재능은 공호권의 묘리를 적절하게 살렸다.

하지만 라온은 버렌이 만들어 낸 권의 흐름을 파악하여 그 회전을 역으로 펼쳐 냈다.

아무런 무학도 익히지 않은 아이가 저런 모습을 보이다니, 뒷골목 술집에서 말해도 뺨을 얻어맞을 정도로 믿기 힘든 이야기였다.

"음…."

리메르가 마른침을 삼키고서 주변을 둘러보았다. 자신만이 아니라, 이곳에 있는 모두가 넋이 반쯤 나간 얼굴로 라온을 바라보고 있었다.

'허, 가주님까지?'

동상이라도 된 듯 무표정만 고집하던 글렌조차 놀라움에 눈매를 좁히고 있었다.

"라온."

리메르는 마른침을 삼키고서 라온에게 다가갔다.

"예. 교관님."

"너 방금 뭘 했지?"

이 단순한 질문에 담긴 건 많았다. 정말 공호권을 본 것만으로 따라 한 건지 혹은 누군가에게 배운 건지, 아예 다른 권인지를 물어보는 질문이었다.

"버렌의 주먹에서 회전이 보였습니다. 회오리처럼 나선으로 돌아가고 있더군요."

맞는 말이다. 공호권의 특성 자체가 나선의 회전이니까.

"제 주먹이나, 방어하는 손등조차 밀려날 정도로 빠른 회전이라, 그냥 싸울 수는 없다고 생각했습니다."

리메르가 고개를 끄덕였다. 그걸 어떻게 극복할지에 대한 기대감에 대련을 시켰으니, 당연히 알고 있었다.

"체력에는 자신이 있었으니, 도망치면서 싸울까도 했지만, 버렌의 주먹을 보다 보니, 무언가가 느껴졌습니다."

"느껴졌다?"

"네. 그의 주먹에서 이루어지는 흐름이 눈에 선명하게 들어왔습니다. 왠지 따라 할 수 있을 것 같아서 역으로 회전을 걸어서 버렌의 회전을 지워 버렸습니다."

"아!"

리메르가 자신도 모르게 탄성을 터트렸다.

'이 녀석은 진짜야!'

북채로 가슴을 내려친 듯 심장이 울렸다. 상대의 무학을 보고 그 흐름을 파악하는 것만으로 천재라는 칭호를 얻는다.

하지만 라온은 그 수준을 넘어섰다.

상대의 흐름을 자신의 것으로 사용하다니, 한 번도 본 적이 없는 천고의 재능이었다.

"말도 안 되는 소리!"

버렌의 아버지이자, 글렌의 둘째 아들 카룬 지그하르트가 벌떡 일어섰다. 그의 눈동자엔 진한 불길이 타오르고 있었다.

"아무리 버렌의 경지가 낮다고 해도 한눈에 공호권을 파악할 수 있는 인간은 없다!"

"하지만 실제로 나타났는데요?"

리메르가 라온을 가리키며 어깨를 으쓱였다.

"버렌의 훈련을 훔쳐봐서 미리 알고 있던 게 분명하다! 혹은 누가 알려 줬든가!"

카룬의 살벌한 눈동자가 실비아와 라온에게 돌아갔다.

"일단 난 게을러서 그런 걸 알려 줄 사람이 아니고, 별관에서 사는 라온이 과연 누구에게 공호권에 대해 배웠을까요? 말이 안 되는데. 그렇다고 버렌이 공호권을 훔쳐 배우는 걸 그냥 놔둘 아이도 아니죠."

"으음…."

그는 바득 인상을 찌푸렸다. 하고 싶은 말이 있지만, 글렌의 눈치를 보느라 입을 열지 않는 것 같았다.

"혹시라도 라온에게 도전하고 싶은 사람 있니?"

리메르가 아이들을 바라보며 손을 들어 올렸다. 앞에서 본 게 있으니, 그 누구도 손을 올리지 않았다.

"루난?"

"……."

루난은 고개를 저으며 라온의 옆으로 다가가 그가 보여 주었던 역회전의 공호권을 따라 했다.

"훗."

리메르는 피식 웃으며 몸을 돌렸다. 예상과는 상황이 많이 달라졌지만, 결과 자체는 훨씬 좋아졌다.

"라온. 네 승리다."

"감사합니다."

리메르가 방긋 웃었고, 라온은 고개를 꾸벅였다.

"나한테 감사할 게 있나. 네가 알아서 한 거지. 동급의 패는 가주님께서 잘 챙겨 주실 거다."

"네."

리메르는 대답하는 라온을 잠시 훑어보았다. 혹시나 해서 그의 상태를 살폈지만, 역시 오러 같은 건 없었다.

'진짜 어처구니가 없네.'

작게 한숨을 내쉬고서 몸을 돌렸다.

"가주님. 끝났습니다."

글렌은 고개를 끄덕이고서 일어섰다. 그는 잠시간 라온, 버렌, 루난을 비롯한 아이들을 살피고서 그대로 연무장을 떠났다.

"조언 한마디만 해 주고 가시지."

리메르는 쩝 입맛을 다시고서 아이들을 불렀다.

"합격자는 일주일 동안 휴식을 한 뒤 다음 주 월요일에 다시 이곳으로 오도록. 불합격자도 너무 실망하지 마라. 곧 두 번째 기회가 찾아올 테니까. 그럼 해산! 모두 가족이랑 좋은 시간 보내라."

리메르는 손뼉을 짝 치고서는 연무장 담벼락을 넘어갔다.

"라온!"

"라온 도련님!"

그가 떠나자마자 실비아와 헬렌이 달려와 라온을 껴안았다.

"대, 대체 무슨 일이 있었던 거야!"

"도련님. 어디 아프신 곳은 없습니까?"

두 사람은 여전했다. 어떻게 그런 일을 했냐가 아니라, 지겨울 정도로 몸이 괜찮은지를 물었다.

"아무렇지도 않아."

라온은 웃으며 손을 저었다.

"이제 집에 가자. 오랜만에 스튜가 먹고 싶어."

"스튜? 아, 알겠어! 가자!"

"전 먼저 가서 준비해 놓겠습니다!"

헬렌은 빠른 걸음으로 연무장을 빠져나갔고, 라온은 실비아의 손을 잡고 그 뒤를 쫓았다.

"허어…."

"대체 6개월 동안 무슨 일이 벌어진 거지?"

"라온 지그하르트…."

"저런 재능이 존재했다니…."

연무장에 남은 사람들은 벙찐 표정으로 라온과 실비아의 등을 바라보았다.

"끄읍…."

그리고 모두의 관심에서 벗어난 버렌은 피나도록 입술을 깨문 채 땅만 바라보았다.

연무장 외벽의 끝. 새가 간신히 앉을 법한 얇은 담벼락 위에 다섯 명의 남녀가

서 있었다. 그들의 가슴에는 붉은 불길에 타오르는 검의 문양이 그려져 있었다.

"어떻게 봤어?"

첫 번째 줄에 앉아 있던 장발의 남자가 물었다.

"천재다. 그것 말고는 할 말이 없다."

"저게 정말이라면 그 녀석 이상의 재능이겠어."

"흐름을 넘어 재현이라. 어처구니가 없군."

"……."

네 명의 남녀는 각자가 느낀 바를 솔직하게 대답했다.

"루난이랑 버렌을 보러 온 건데, 좋은 구경했네."

그의 말에 동의하는지 모두가 고개를 끄덕였다.

"너희도 알겠지만, 최근 우리 적운대에 피해가 많았잖아. 그래서 말인데 버렌이나 루난은 너희가 알아서 데려가고, 라온은 내가 찜…."

"죽고 싶나?"

"저 천고의 재능을 날름 삼키겠다고?"

"여기서 피를 보기 싫으면 말을 잘 골라라."

"……!"

네 명의 남녀의 분위기가 순식간에 서늘해졌다. 당장에 칼을 뽑을 기세였다.

"노, 농담이야. 농담."

장발의 남자는 핼쑥해진 미소로 손을 저었다.

"어찌 됐든 저 아이로 인해 많은 게 변하겠네."

"……."

네 명의 남녀는 연무장을 나서는 라온의 뒷모습을 보며 침묵으로 동의했다.

지그하르트 무력의 중심인 대(隊). 그들의 눈에도 라온이 들어오기 시작했다.

리메르는 교관들에게 뒷일을 맡기고 글렌을 따라 가주전으로 들어갔다.
"점점 약해지는 놈이 뭐 하러 직접 나선 거냐."
글렌은 옥좌에 몸을 묻으며 인상을 찡그렸다.
"그래도 제가 수석 교관인데 할 일은 해야죠."
"리메르 님."
가주전에서 대기하던 집사 로엔이 차를 건네주었다.
"오랜만이네. 로엔."
"예."
겉보기엔 로엔이 나이가 많아 보였지만, 실제 나이는 리메르가 훨씬 많았기에 말을 놓고 있었다.
"대체 무슨 생각이었지?"
글렌이 금색 팔걸이에 올려놓은 손에 턱을 괴며 물었다.
"라온과 버렌을 왜 붙인 거냐."
"뭐, 어쩌다 보니…."
"네가 예상한 대로 흘러갔을 텐데, 어쩌다?"
"와, 역시 가주님은 속일 수가 없네요."

리메르는 민망하다는 듯 뒷머리를 긁적였다.

"버렌은 뛰어난 재능을 가졌지만 편협합니다. 라온은 특별한 무언가를 가졌지만, 밝혀지지 않았죠. 두 사람 모두에게 도움이 되는 대련을 해 주고 싶었습니다."

"……."

"가주님도 보셨다시피 라온의 육체는 여전히 냉기에 지배당하고 있습니다. 하지만 정신력만큼은 이미 경지를 이룬 무인과도 맞먹을 정도죠."

"그 정도는 나도 알고 있다."

"하지만 저도 가주님도 몰랐던 게 있습니다."

리메르는 검지손가락을 들어 올리며 말을 이었다.

"바로 천재성입니다. 사실 제가 보고 싶었던 건 라온의 정신력이었습니다. 뛰어난 무학을 배운 버렌을 상대로 어떤 대응을 보여 줄지를 기대했습니다."

리메르의 눈동자가 별을 박아 놓은 듯 반짝였다.

"다만 이번에 라온이 보여 준 건 정신력이 아니라, 재능. 그것도 천고의 재능이었습니다. 한 번 본 것으로 상대 권법의 흐름을 파악해서 역습을 가하다니, 그게 말이 됩니까? 수많은 전장을 봐 왔지만 처음 보는 재능입니다!"

"이전에 돌팔이 녀석이 그런 말을 한 적이 있다. 혹한의 저주에 걸린 아이는 특별한 재주를 가지고 있다고."

"돌팔이라면 넝마의 성자님 말씀이십니까?"

"그래."

글렌이 고개를 끄덕이며 말을 이었다.

"냉기 마법이나 오러에 특별한 재능을 가지거나, 경국지색의 외모를 얻게 된다고 하더군."

"바로 그겁니다!"

리메르가 쿵 하고 발을 굴렀다.

"그 재능이 발휘된 거라구요! 그 녀석은 무학에 절대적인 재능을 가지고 태어난 겁니다!"

"흐음…."

"버렌이나, 루난 그리고 다른 손자, 손녀들도 특별하지만, 라온은 그 이상입니다. 대륙의 정점에 설 수 있는 기질이에요!"

신이 난 리메르와 달리 글렌의 표정은 덤덤했다.

"저 역시 그런 것은 처음 보았습니다. 대주분들에게서도 보지 못한 재능이었죠."

글렌과 함께 대련을 보았던 로엔 역시 놀라움이 담긴 목소리였다.

"그 아이를 제대로 키워야 합니다. 라온에게 동색의 패가 넘어갔지만, 은패 이상의 보상을 내어 주시면…."

"그럴 일은 없다."

글렌은 단호함이 깃든 눈빛으로 고개를 저었다.

"네 유치한 계략 덕분에 라온에게 선물을 주게 되었지만, 단계까지 올려서 보상을 주는 건 이치에 맞지 않는다."

"엑! 하지만…."

"너도 그 아이를 하나부터 열까지 챙겨 줄 필요는 없다. 모두를 공평하게 대하도록."

"진짜 정 없다니까… 윽!"

글렌의 서늘한 눈동자에 리메르가 찔끔하고 입을 다물었다.

"어쨌든 라온은 진짜입니다. 몸이 약하다고 껴안고 있지만 말고, 제대로 키워 줘야 해요. 100년 만의 천재라던 가주님의 둘째 손자나 슬리온 가문의 첫째보다 위일지도 모르니, 잘 생각해 주세요."

"말이 많아졌구나."

"진짜를 봤으니까요."

"아무리 그렇다고 해도 차별은 없다. 그 아이가 가문의 이름을 드높인다면 모를까."

"에이, 그래도 냉기를 지울 수 있는 최상급 영약이나, 연공법…."

리메르는 글렌이 올린 손에 입을 다물었다.

"돌팔이가 말했다. 이 이상 화속성 영약을 사용하는 건 좋은 방법이 아니라고, 스스로 이겨 내야 한다고 하더군."

"이야! 관심 없는 척하시더니, 다 알아보고 계셨군요!"

"헛소리. 그 말 많은 놈이 혼자 주절거렸을 뿐이다."

"오…."

"흐음!"

리메르와 로엔은 능글맞은 표정으로 글렌을 바라보았다.

"하여튼."

글렌은 쯧 혀를 차고서 손가락을 튕겼다. 그의 등 뒤로 금색 불꽃이 타오르며 지그하르트 보고의 철문이 솟구쳤다.

"난 보고를 정리할 테니, 너희는 돌아가라."

글렌은 그렇게 말하고서 보고 안으로 들어갔다.

가주전에 남은 리메르와 로엔은 서로를 바라보며 씩 웃었다. 그가 이제 와서 보고 정리를 할 리가 없었다.

"여전히 솔직하지 못하시다니까."

❀❀❀❀❀

라온은 별관으로 돌아와 실비아와 그간의 회포를 풀었다.

말을 많이 하지 않았지만, 실비아가 워낙에 많은 것을 궁금해해서 대화는 끝없이 이어졌다.

자정이 되어서야 방으로 돌아갔으니, 6시간 이상 말만 한 것 같았다.

'힘드네.'

라온은 방문을 닫으며 한숨을 내쉬었다. 실비아와 함께하는 시간은 마음은 편하지만, 수련 이상으로 힘들었다.

-크흠, 오랜만에 만족스러운 식사였도다. 앞으로 네놈은 매일 이곳에서 식사를 준비하도록 하거라.

라스는 별관의 음식과 간식이 마음에 들었던지 오랜만에 화를 내지 않고 있었다.

-연무장의 그 개밥 같은 식사는 이제 꼴도 보기 싫다.

"미안하지만, 그거 계속 먹어야 하는데."

이제 정식 수련생이 되었으니, 몇 년 동안 그곳을 벗어날 수 없다.

-이런 빌어먹을!

라스는 바드득 이를 갈았다. 맛을 따지는 기생 마왕이라니, 어이가 없는 놈이다.

-그러고 보니 네놈에게 물을 게 있었지.

"물을 거?"

-라온 지그하르트. 네놈의 정체가 무엇이냐.

팔에 걸려 있던 라스가 푸른 불꽃 형태로 돌아갔다.

-본왕은 셀 수 없이 많은 인간을 보았고, 인간의 육체로 산 세월도 수백 년이 넘는다. 하지만 너 같은 놈은 본 적이 없다.

라스의 불길이 폭발할 듯 타올랐다. 처음 만났을 때 이상의 불꽃이었다.

-본왕은 느낄 수 있다. 네놈에겐 특별한 무언가가 있다는 걸. 말하라. 네놈의 정체를….

"야 라스."

-인간 주제에 본왕의 이름을 함부로 부르지 마라.

"내 정체나, 네 이름보다 중요한 게 있잖아."

-무슨….

"생각보다 기억력이 나쁘네."

라온이 라스를 내려다보며 입꼬리를 말아 올렸다.

"너와의 내기는 끝났다. 헛소리 말고 보상부터 가져와."

제21화

"설마 잊었다고 하진 않겠지?"

라온이 어깨 위에 떠 있는 라스를 툭 쳤다.

-본왕은 마계를 지배하는 분노의 군주다.

라스에게서 푸른 냉기가 뿜어진다. 뼈가 시릴 정도로 서늘한 기운이었다.

-존재를 갖게 된 이후로 거짓을 뱉은 적은 단 한 번도 없다.

존재를 가지게 된 이후라는 말은 한 번도 거짓말을 말한 적이 없다는 뜻이었다.

-본왕과 네놈은 내기라는 계약으로 묶여 있다. 싫다고 해도 넘어가게 될 테니, 걱정하지 말 거라.

"그니까 뜸 그만 들이고 달라고."

-그 전에 하나만 묻겠노라.

"뭘?"

-네놈이 그 뾰족귀의 기세를 뚫은 방법. 그리고 그 건방진 놈의 무학을 따라 한 방법이 무엇이냐.

라스는 예상에서 한 치도 벗어나지 않은 질문을 해 왔다.

"일단 보상부터 줘. 그게 먼저야."

-음, 알겠다.

라스의 푸른 불꽃이 나비처럼 팔랑이자, 허공에 메시지가 떠올랐다.

<분노>와의 내기에서 승리하셨습니다.
승리 보상이 지급됩니다.
모든 능력치가 2포인트 상승합니다.

능력치가 오르면서 솟구치는 육체의 희열에 입술을 깨물었다. 다만 보상은 아직 끝나지 않았다.

<분노>가 가진 특성 중 하나가 임의로 생성됩니다.
<설화의 감각>이 생성되었습니다.
특성 <설화의 감각(1성)>이 생성되었습니다.

"설화의 감각?"

라온은 특성의 이름을 보고 고개를 갸웃거렸다.

-네 하찮음과는 어울리지 않는 좋은 특성이 걸렸군.

"능력이 뭐지?"

-감각의 범위를 늘려 주는 능력이다. 1성이니, 대략 1할의 거리가 늘어나겠지.

"1할이라…."

현재 기감으로 10m를 파악할 수 있다면 그 범위가 11m가 된다는 뜻이었다.

지금 보면 별거 아닌 것 같지만, 감각 범위가 늘어날수록, 그 효용이 급상승할 특성이었다.

-본왕의 경우엔 원래 가진 감각의 10배 이상을 감지할 수 있었노라.

"그래?"

그러고 보니, <설화의 감각> 뒤에 1성이라는 표현이 붙었다. 그 말은 저 특성도 불의 고리처럼 성장한다는 뜻이었다.

"괜찮은데."

라온이 고개를 끄덕였다. 그는 암살자로 살아왔기 때문에 무력 이상으로 감각을 중요시해 왔다. 감각의 범위가 늘어난다고 하니, 어떤 특성도 부럽지 않았다.

"근데 왜 설화의 감각이지?"

-취향이다. 존중해라.

"허."

얼음꽃 팔찌도 취향, 설화라는 이름도 취향. 센스가 참으로 구렸다.

-본왕과의 내기는 끝이 났으니….

라스가 다가오려 할 때 새로운 메시지가 올라왔다.

> <분노>와의 내기에서 최초의 승리를 거두셨습니다.
> 칭호 <최초의 승리>가 생성되었습니다.
> 칭호의 효과로 모든 능력치가 1포인트 상승합니다.

"어?"

-이런!

라스는 상태창을 볼 수 없는 대신 메시지는 볼 수 있었기 때문에 내용을 보고 깜짝 놀라 입을 벌렸다.

-이 쥐새끼 같은! 본왕의 능력치를 또 빼 가다니!

"내가 한 게 아니라, 네가 만든 시스템이 알아서 해 주고 있는 거잖아. 거기다 네 본체가 가진 능력에 비하면 능력치 1 정도는 눈곱만큼도 안 되는 거 아닌가?"

-무, 물론이다!

"그럼 별 상관없잖아."

-그건 그렇지만….

라스가 어색한 표정으로 눈동자를 굴리다가 한숨을 내쉬었다.

-후, 그래. 됐다. 이제 네 차례다. 네 정체가 무엇인지 말해라.

"싫어."

-뭐? 지금 뭐라고….

"싫다고."

라온은 평소처럼 무표정으로 고개를 저었다.

-본왕을 능멸하는 것이냐! 분명 네 능력을 알려 준다고….

"난 그런 말을 한 적이 없어. 일단 보상부터 달라고 했지."

-어….

기억을 되새기던 라스가 입을 쩍 벌렸다.

"맞지? 난 네게 답을 준다고 한 적이 없어."

라온이 옅게 웃었다.

'환생에 대해서 말해 줄 수는 없지.'

암살자 라온의 격을 끌어온 걸 말하려면 환생에 관한 이야기를 해야 한다. 라스가 무슨 짓을 할지 모르기 때문에 환생만큼은 꺼내선 안 된다.

'불의 고리도 마찬가지.'

불의 고리에는 육체와 정신을 보호하고, 성장시키는 효과 말고도 무학의 흐름을 파악할 수 있는 특별한 능력이 있다.

그건 자신의 무학만이 아니라, 적의 무학도 포함되기에 대련에서 버렌의 공호권을 따라 할 수 있었던 거다.

물론 상태창의 강화 효과와 버렌의 공호권 성취가 불의 고리보다 낮기에 가능한 일이었지만.

어쨌든 처음부터 라스에게 정보를 넘겨줄 생각이 없었다.

'녀석은 적이니까.'

조금 가까워진 것 같지만, 라스는 여전히 자신의 육체와 영혼을 노리고 있다. 자그마한 정보라도 넘겨줘선 안 된다.

-본왕을 농락한 것이냐!

라스가 분노를 참지 못하고 냉기의 불꽃을 내뿜었다. 수만 개의 얼음 칼이 피부를 꿰뚫는 듯한 고통이 느껴졌다.

'그래도 참을 만해.'

수속성 저항력을 얻은 이후에 라스를 만나 다행이었다. 저항력이 없든가, 라스가 화속성을 가졌다면 진즉에 무너졌을 거다.

라온은 가슴을 들끓게 만드는 라스의 냉기를 억누르며 미소를 지었다.

"너도 학습 능력이 낮군. 이렇게 평온한 상태에서 공격해 봐야 너만 손해야."

-닥쳐라!

라스의 불꽃이 한층 더 거세졌다. 냉기가 뼛속까지 스며든다. 오한 때문에 손발이 덜덜 떨렸다.

화아아!

외부에서 전해지는 냉기가 너무도 강했기 때문인지, 마나 회로에 박혀 있던 냉기까지 살아나 더 죽을 맛이었다.

"후우…."

천천히 숨을 들이마시며 불의 고리를 운용했다. 조금씩 고통이 줄어들기 시작했다.

-지독한 놈! 대체 어떻게 견디는 거냐!

"정신력."

가볍게 대꾸해 줬지만 속은 말이 아니었다.

불의 고리와 수속성 저항력이 있음에도 견디기 힘들다. 전생에서 지옥 수련을 견딘 경험이 없었다면 기절했을지도 모른다.

이를 바득 깨물고, 죽을힘을 다해서 버티고 있을 때 눈앞에 푸른 창이 올라왔다.

> <분노>의 공격에서 극한의 정신력을 발휘하셨습니다.
> 민첩성이 1포인트 상승합니다.
> 체력이 1포인트 상승합니다.

능력치가 올랐다는 메시지가 나타나자, 정신과 육체에 활력이 차올랐다. 마나 회로를 짓누르던 냉기도 가라앉기 시작했다.

-빌어먹을!

라스가 악을 지르며 몸에서 떨어져 나갔다. 분노는 여전했지만, 제 살 깎아 먹기라는 걸 깨달은 모양이다.

-네놈은 대체 무엇이냐! 본왕이 지켜본 인간의 역사에 너 같은 건 없었다!

"나도 잘 모르겠어."

놀리는 말이 아니다.

왜 환생을 했는지, 왜 지그하르트에서 태어난 건지, 왜 라스와 엮인 건지 아는 게 하나도 없었다.

-본왕을 얕보지 마라. 어떻게 해서든 네놈의 정체를 밝히고, 그 육체와 영혼을 씹어 삼킬 테니까!

"계속 말했잖아. 할 수 있다면 해 보라고."

미소를 짓고서 침대에 걸터앉았다. 황금알을 낳는 거위는 오늘도 한 건을 해 주었다.

"그런데…."

창밖을 보는 라온의 눈빛이 서리를 덮은 듯 차갑게 일렁였다.

"저건 뭘까."

카룬 지그하르트가 머무는 중무전. 화려함이라는 단어를 그대로 담아낸 듯한 방 안은 침묵으로 가득 차 있었다.

"으…."

벌써 네 시간 가까이 차렷 자세로 서 있는 버렌 지그하르트의 입에서 참고 참던 신음이 흘러나왔다.

그제야 책상에 앉아 있던 카룬의 눈동자가 그에게 향했다.

"버렌 지그하르트."

"예엑."

긴 시간 동안 한마디도 하지 않았기에 버렌의 입에서 탁하고 억눌린 목소리가 튀어나왔다.

"내가 네게 무엇을 지시했지?"

"수, 수석 수련생 자리를 가져오라고 말씀하셨습니다. 그리고 그 누구에게도 지지 말라고 하, 하셨습니다!"

"그래. 많은 것을 바라지 않았다. 슬리온 가의 계집을 꺾고, 라온을 짓밟은 후 수석에 이름을 올리라고 말했지."

카룬의 눈동자가 뻘겋게 타올랐다.

"그런데 그 계집도 아니고, 직계에서 떨어져 나간 버러지의 자식에게 패해? 그것도 모두의 앞에서?"

방을 울리는 낮고 서늘한 목소리에 심장이 우그러지는 것 같았다.

"날 어디까지 망신시키고 싶은 거냐. 셋째나 넷째처럼 되고 싶은 건가?"

"아, 아닙니다!"

버렌이 덜덜 떨며 고개를 마구 저었다. 이젠 이름조차 불리지 않는 두 형들처럼 되고 싶지는 않았다.

"넌 이미 첫 번째 기회를 상실했다."

카룬의 눈빛에는 오랜만에 만난 아들에 대한 반가움은 없었다. 분노와 짜증만이 가득했다.

"아, 알고 있습니다."

버렌은 그 섬뜩한 눈을 마주하지 못하고, 발끝만 보며 입술을 씹었다.

"기초 수련을 끝낸 후 수련생 생활을 졸업할 때 그간의 성적을 매겨 다시 수석을 뽑을 거다. 그 자리를 가져와라."

"예…."

버렌은 마른침을 꾹 삼키고서 피를 토하듯 대답했다.

"지그하르트의 직계답게 살고 싶다면 네게 주어진 마지막 기회를 놓치지 말도록."

카룬이 나가라는 듯 손을 저었다.

"가, 감사합니다."

버렌은 6개월 만에 만난 아버지의 얼굴을 제대로 쳐다보지도 못했다. 고개를 숙인 채 방을 나왔다.

"젠장!"

중무전을 나온 버렌이 악을 내지르며 벽을 후려쳤다.

"그 망할 놈 때문에…."

이가 바드득 갈린다. 평생 칭찬만을 듣고 살았기 때문에 아버지의 꾸중이 더욱 크게 다가왔다.

특히 라온이라는 버러지 하나 때문에 이런 꼴이 됐다는 게 너무도 화가 났다.

"후욱!"

가슴을 가득 채운 짜증을 한숨으로 뱉어 냈지만, 속은 조금도 풀리지 않았다. 기분을 전환시키기 위해 정처 없이 걸음을 옮겼다.

"내가 왜 여기에…."

정신을 차리니 어느새 5 연무장에 도착해 있었다. 문은 잠겨 있었다. 벽을 넘어서 안으로 들어갔다.

"역시나."

버렌이 코웃음을 쳤다. 외부 문은 닫혀 있었지만, 실내 단련장이나, 휴게실의 문은 그대로 열려 있었다.

"멍청한 교관들."

입을 삐죽이며 휴게실로 향했다. 열린 문을 닫으려고 할 때 라온의 이름이 걸려 있는 사물함이 보였다.

"음."

보기만 하는 거라고 중얼거리며 라온의 사물함 문을 열었다. 내부는 깔끔했다. 밑에 둔 상자를 제외하곤 아무것도 없었다.

"무슨 상자를 여기다… 어?"

상자를 열어 본 버렌이 입을 떡 벌렸다.

"뭐, 뭐야! 이 신발들은!"

상자 안에는 밑창이 다 닳거나, 뜯어진 수련용 단화가 있었다. 그것도 한두 켤레가 아니라, 열 켤레 넘게.

'이걸 6개월 만에 썼다고?'

믿을 수 없어서 신발들을 살펴봤지만, 전부 크기와 형태가 똑같았다. 모두 보급받은 라온의 신발이었다.

"허."

버렌이 헛웃음을 흘렸다. 라온과 같은 수련용 단화를 보급받았지만, 교체한 건 고작 2번이다.

'이게 말이 되나?'

자신이 신발을 두 번 바꾸는 동안 라온이 10번 이상 교체했다는 게 믿기지 않았다.

"미친…."

몇 년은 신은 듯한 신발들을 보자, 몽둥이로 뒤통수를 후려 맞은 것 같았다. 아버지에게 꾸중을 들었을 때보다 더한 충격이 온몸을 휩쓸었다.

'꿈에서 깨어난 기분이야.'

찬물을 뒤집어쓴 듯 머리가 맑아지자, 억지로 무시했던 것들이 생각나기 시작했다.

라온이 그 누구보다 빨리 연무장에 나와서 그 누구보다 늦게 들어갔던 것.

식은땀을 흘리고, 입에서 냉기를 내뿜으면서도 단 한 번도 훈련을 포기한 적이 없던 것.

실내 단련장에서 근력 단련을 끝낸 뒤 깜깜한 연무장을 홀로 달리던 모습들이 하나하나 생각났다.

'내가 겉멋으로 검을 휘두르고, 숙소에서 쉬는 동안 놈은 매일 한계를 넘은 거야….'

라온의 기세가 임시 수련생 누구보다도 뛰어난 이유가 바로 거기에 있었다.

'그거야말로 지그하르트다운 모습인데.'

5 연무장에서 가장 지그하르트 검사다운 모습을 보여 준 건 라온이었다.

'그리고 난 반대로….'

라온을 비꼬고, 조롱했으며, 시험에선 결과에 승복하지 않다가 추하게 패배까지 해 버렸다.

"끄으으!"

부끄러움에 얼굴이 빨개졌다. 질투에 눈이 멀어 추잡하고 더러운 짓만 해 온 자신에게 혐오감이 들었다.

버렌은 텅 빈 휴게실에 한참 동안 주저앉아 있다가 고개를 들었다. 녹색 눈동자는 연무장에 들어올 때와 달리 정광이 어려 있었다.

"다시는…."

이미 지나간 일은 어쩔 수 없다. 앞으로 같은 일을 반복하지 않는 게 중요하다. 그게 지그하르트다운 모습이고, 지금이라도 추구해야 할 자세였다.

"후우!"

버렌은 깊은숨을 내뱉어 마음속에 쌓인 아집을 비웠다. 연무장을 떠나는 그의 발걸음은 리메르의 그것처럼 가벼웠다.

❈❈❈❈❈

별관으로 돌아와서 휴식을 취한 지 이틀째. 라온의 일과는 연무장에 있을 때와 똑같았다.

새벽부터 별관 주변을 달렸고, 아침을 먹은 뒤엔 기구 대신 맨몸 운동으로 근력을 단련했다.

어제 실비아와 시간을 보냈기 때문에 방해할 놈은 딱 하나뿐이었다.

-또 수련인가. 정말이지 지겹도다. 본왕을 위해 다른 재롱이나 부려 보아라.

아낌없이 주는 라스를 무시하고 계속 수련하려고 할 때 누군가가 찾아왔다.

"가주전의 수석 집사 로엔이라고 합니다."

머리의 반이 구름 색으로 물든 인자한 인상의 노인이었다.

"가주님께서 도련님을 호출하셨습니다."

그는 공손하게 예를 다하여 고개를 숙였다.

"호출이라고 하셨습니까? 절 왜…."

"동색의 패를 수여하기 위해서입니다."

"음."

라온이 눈매를 좁혔다. 그냥 사람을 보내서 패를 줄 줄 알았는데, 직접 부를 줄은 몰랐다.

"헙!"

건물 안에 있던 실비아가 창문을 넘어서 뛰어나왔다.

"로, 로엔 님."

"실비아 님."

두 사람은 당연히 서로를 알고 있었기에 동시에 고개를 숙였다.

"아버. 아니, 가주님께서 직접 부르셨다구요?"

"그렇습니다."

"저기 혹시…."

"특별한 일은 없을 겁니다. 말 그대로 수여식일 뿐이니까요."

로엔은 걱정하지 말라는 듯 선하게 웃었다.

"라온…."

"괜찮아. 다녀올게."

라온은 옷에 묻은 먼지를 툭툭 털고서 겉옷을 걸쳤다.

"잠깐만! 옷은 갈아입고 가!"

"이대로도 괜찮아."

글렌은 천생 무인이다. 수련하다가 왔다는 티를 내면 싫어하진 않을 거다.

"그럼 가시죠."

로엔은 빙긋 웃고서 앞장을 섰고, 라온은 실비아에게 눈짓을 보내고서 가주전으로 향했다.

"……."

라온은 금빛 옥좌에 앉은 글렌을 올려다보며 손끝을 떨었다.

수백 명이 들어와도 넉넉한 알현실에서 글렌과 일대일로 눈을 마주치고 있으니, 입 안이 바싹 말라 갔다.

-저놈 조금 강하다고 재는 것이냐. 붉은 눈알을 찔러 버리고 싶도다.

물론 아예 정신이 나간 라스는 예외다.

"마음에 들지 않는다고 해도 약속은 지켜야겠지."

글렌은 필요 없는 말을 앞에 걸치고서 로엔에게 손짓했다.

"예."

로엔은 작게 고개를 끄덕이고서 은은하게 빛나는 동색의 패를 가지고 왔다.

"감사합니다."

라온은 로엔의 손에서 전해지는 동색의 패를 받았다. 패의 중앙엔 지그하르트의 문양인 불꽃으로 타오르는 검이 그려져 있었다.

"네게 동색의 패를 수여한다. 넌 동패를 반납하며 그에 합당한 물건을 요구하거나, 부탁을 할 수 있다."

"그럼 지금 당장 말씀드려도 됩니까."

라온은 패를 움켜쥔 채 글렌을 올려다보았다. 이 패를 어떻게 사용할지 이미 생각해 놓았다.

"…말해 보라."

글렌은 잠시 침묵했지만, 고개를 끄덕였다.

"실비아 지그하르트."

"음?"

"제 어머니를 원래의 직위로 올려놓기 위해선 어떻게 해야 합니까."

그런 말이 나올 줄은 몰랐는지 로엔만이 아니라, 글렌도 눈을 크게 뜬 채로 자신을 내려다보았다.

"원래의 직위라면 직계를 말함이냐"

"그렇습니다."

글렌이 입을 다물었다. 진의를 알아보려는 듯 전신을 훑었다. 그의 눈길을 받는 것만으로 심장이 우그러지는 기분이었다.

"실적이다."

"실적이라 하시면…."

"나만이 아니라, 가문 모두가 인정할 실적을 쌓는다면 불가능한 일은 아니지."

"그럼 가능은 하다는 말씀이시군요."

"그렇다."

글렌이 고개를 끄덕였다. 그는 이전보다 조금 더 밝아진 눈으로 말을 이었다.

"다만 불가능에 가깝다. 다양한 사람들의 인정을 받는다는 건 하늘의 별을 따는 것보다도 힘들 테니."

그는 비웃듯이 입꼬리를 말아 올렸다. 넌 절대 이루지 못하리라 장담을 하는 것 같았다.

-시건방지도다. 본왕이 본체를 찾는다면 수천 합 안에 죽일 수 있는 놈이 감히!

라스가 이글거리는 눈으로 글렌을 노려보았다. 다만 수천 합을 겨룬다는 건 라스에게도 버거운 초강자라는 뜻이었다.

"그럼 되었습니다."

라온은 로엔에게 동패를 돌려주었다.

"감사합니다."

실적 쌓기는 전생에서 숨 쉬는 것처럼 해 온 일이다. 어떤 임무를 완수해서라도 실비아를 원래의 자리로 돌려놓겠다고 다짐하며 일어섰다.

"잠깐."

돌아가려 할 때 단상 위에서 글렌의 목소리가 들려왔다.

"넌 아직 보상을 말하지 않았다."

"예?"

"넌 질문을 했을 뿐이다. 그런 건 패 없이도 들려줄 수 있는 말이다."

뒤를 돌아보니, 글렌이 차가운 눈 그대로 자신을 바라보고 있었다. 다만 말로 설명할 수 없는 무언가가 변한 것 같았다.

'뭐지?'

글렌이 저런 말을 할 줄은 생각조차 해 보지 못했다. 억지로라도 패를 받아 갈 줄 알았는데, 의외의 모습이었다.

"소원을 말하라."

"……."

라온은 로엔의 손에 들려 있는 동패를 보며 눈을 빛냈다.

'다음 소원이 정해져 있긴 하지.'

실비아의 복귀 질문 이후 무엇이 필요한지는 이미 생각해 두었다.

'오러 연공법.'

불의 고리는 분명 천고의 연공법이지만, 육체와 영혼을 단련시켜 줄 뿐 오러를 만들지는 못한다.

전생에서 익혔던 그림자 오러 연공법보다 뛰어난 오러 연공법이 필요했다.

"오러 연공법이 필요합니다."

"오러 연공법? 그건 기초 수련을 진행하며 교관들이 전수해 줄 거다."

그 말은 맞았다. 기초 수련에서 주어지는 연공법도 대륙 전체로 본다면 중상급의 연공법이다.

하지만 그 수준으론 안 된다.

실비아의 지위를 회복하고, 데루스의 목을 베기 위해선 그 이상의 연공법이 필요하다.

"그것보다 뛰어난 오러 연공법이 필요합니다. 동급의 패에 해당하는 연공법을 내어 주셨으면 합니다."

"……."

글렌이 눈을 내리감았다. 계속 느끼지만, 그는 암살자인 자신 이상으로 감정 표현이 적었다. 냉혈이라는 별명이 참 잘 어울렸다.

딱!

그가 눈을 감은 채로 손가락을 튕기자, 가주전 바닥이 지진 난 듯 흔들렸다.

쿠구구구!

바닥에서 금색 불꽃이 돋아났다. 나선을 그리며 타오른 불꽃 속에서 원형의 책장이 끝을 모르고 치솟았다.

"이건…"

라온이 눈을 부릅떴다. 책장은 알현실의 높고 높은 천장에 닿을 정도로 거대했고, 칸막이마다 형형색색의 책이 꽂혀 있었다.

"지그하르트의 책장 중 하나다. 중앙에 손을 올린다면 지금 네게 가장 필요한 책이 내려올 거다."

"아. 알겠습니다."

마음을 가라앉히며 책장으로 다가갔다. 올려다보니 목이 아플 정도였고 책의 개수는 셀 수도 없었다.

'그림자 연공법보다 좋은 거면 돼.'

그림자 오러 연공법보다 뛰어난 오러 연공법이 나오길 바라면서 책장에 손을 얹었다.

우우우웅!

책장이 진동한다. 책들이 들썩이며 추위를 타듯 덜덜 떨었다.

책장은 바람을 탄 듯 회전하다가 우뚝 멈춰 섰다.

파앙!

제대로 보이지도 않던 첫 번째 칸의 첫 번째 책이 저절로 빠져나와 펼쳐졌다.

화아악!

눈을 뜰 수도 없을 정도로 거대한 금빛 불꽃을 뿜어내면서.

"이 무슨!"

그 모습을 지켜보던 글렌 지그하르트가 옥좌의 손잡이를 으깨며 벌떡 일어섰다.

환생한 암살자는
검술 천재

제22화

"저 책은…."

라온은 불타오르는 책을 보고 마른침을 삼켰다. 책은 금방이라도 바스러질 것처럼 낡았지만, 장대한 금빛 서광을 뿜어내 알현실을 밝혔다.

우우웅!

여름의 끝을 알리는 꽃잎처럼 떨어진 책이 손끝에 닿았다. 불길에 타오르고 있음에도 뜨겁지 않고, 체온처럼 따스했다.

'만화공?'

책 표지에 적힌 글귀가 눈에 들어왔다. 표지를 넘기려고 할 때 페이지가 저절로 넘어가며 더 큰 불길을 일으켰다.

스스스.

순식간에 끝 페이지에 도달한 책은 수명을 다한 장작처럼 재가 되어 흩어졌다.

"어?"

라온이 사그라지는 책을 움켜쥐려 했지만, 소용없었다. 종이는 가루가 되었고, 불꽃은 연기가 되었다.

'이게 무슨…'

상황이 파악되지 않아서 멍하니 서 있을 때 메시지가 떠올랐다.

> <만화공[萬火功] : 만겁의 불길>과 마주했습니다.
> <만화공>이 기억됩니다.

그 메시지가 끝나기 무섭게 뇌리에 벼락이 내리친 듯한 통증이 일어났다.

'흡!'

누군가가 뇌에 거대한 침을 쑤셔 넣는 듯한 느낌이다. 라스의 정신공격보다 더한 통증에 무릎이 휘청였다.

"후욱…"

다행히 고통은 찰나의 순간에 끝나 넘어지지 않을 수 있었다.

"도련님!"

바로 옆에 있던 로엔이 다가와 부축해 주었다.

"괘, 괜찮습니다."

그에게 고맙다고 말하며 흔들거리는 다리에 힘을 주었다.

-너 방금 뭘 한 거냐.

'나도 몰라. 그런데….'

기억난다. 가루가 되어 사라진 만화공의 내용이 머릿속에 그려졌다.

"라온 지그하르트."

자그마한 떨림이 깃든 목소리에 고개를 들었다. 글렌이 평소와 달리 화등잔만 한 눈으로 자신을 바라보고 있었다.

화가 난 것 같기도, 당황한 것 같기도 했다.

"방금 무엇을 한 거지?"

"저도 잘 모르겠습니다. 다만 제 손에서 사라진 연공법의 내용은 기억납니다."

"그 책의 이름은?"

"만화공입니다."

"……."

라온의 대답을 들은 글렌은 눈을 내리감았다. 석상이라도 된 듯 한참 동안 멈춰 있던 그가 천천히 눈을 떴다. 더 이상 당황은 보이지 않았다.

"내용이 기억난다고 했느냐?"

"그렇습니다."

"그럼 되었다."

글렌은 평소처럼 냉담한 표정으로 손을 저었다.

"동색 패의 보상은 이루어졌다. 이만 나가 보거라."

"음…."

라온이 슬쩍 로엔을 보았다. 그는 얼떨떨한 표정으로 서 있다가 황급하게 평소와 같은 미소를 지었다.

"…알겠습니다."

라온은 고개를 꾸벅였다. 뒷걸음을 걸어 알현실을 빠져나왔다. 그때까지 글렌과 로엔은 움직이지 않았다.

"후."

무슨 일이 벌어진 건지 모르겠다.

'만화공의 내용이 내 기억에 박힌 것도 시스템의 능력인가?'

-시스템이 네 기억력과 사고력을 높여 주긴 하지만 강제로 뇌에 집어넣는 능력은 없다.

라스의 목소리에도 의문이 담겨 있었다.

'음….'

라온은 가주전의 복도를 걸어가며 머리에 박힌 만화공의 정보를 훑어보았다.

대충 보아도 알 수 있다.

만화공은 그림자 오러 연공법과는 비교할 수 없을 정도로 현묘하고 정심한 연공법이었다.

'거기다….'

만화공 안에는 오러 연공법만이 아니라, 하나의 검술과 옛 세상의 정보도 담겨 있었다.

머리에 각인된 만화공을 제대로 익힌다면 전생과는 차원이 다른 경지에 오를 수 있을 거다.

'그런데 이걸 왜 넘겨줬지?'

만화공은 동패 따위로 얻을 수 있는 오러 연공법이 아니다.

은패. 아니, 금패를 줘도 바꾸지 않을 물건인데, 왜 넘겨준 건지 모르겠다.

-이미 받아 놓고, 뭘 그리 걱정이 많은 게냐.

'하긴.'

글렌 정도 되는 사람이 준 물건을 뺏을 리 없다. 이미 날아가서 달라고 해도 줄 수도 없지만.

'돌아가자.'

지금은 기억만 있을 뿐 습득한 게 아니기 때문에 당장 돌아가서 연공을 하고 싶었다.

라온은 가주전을 나가자마자 별관으로 뛰었다. 전력으로 달려가는 그의 눈빛은 기대감으로 가득 차 있었다.

라온이 떠난 알현실은 밤과 같은 침묵이 짙게 깔려 있었다.

"가, 가주님. 라온 도련님이 가져가신 연공법이 설마…."

"그래. 그분의 것이다."

글렌은 책장 첫 번째 칸의 비어 버린 공간을 보며 고개를 끄덕였다.

'만화공을 가져가다니….'

지그하르트 역사상 아무도 꺼내지도, 읽지도 못했던 초대 가주의 연공법이 바로 라온에게 넘어간 만화공이었다.

동패가 아닌, 은패 수준의 연공법을 넘겨주기 위해서 최초의 책장을 꺼냈는데, 만화공을 가져갈 줄은 상상조차 못 했다.

꿀꺽.

로엔은 재가 되어 버린 연공서의 조각을 바라보며 마른침을 삼켰다.

"이게 알려졌다간 라온 님과 실비아 님이 위험할 수도 있습니다!"

"걱정할 필요 없다. 만화공에 대해 아는 사람은 없으니까."

글렌이 고개를 저었다. 만화공에 대해 전해지는 건 가주가 된 이후다. 가문의 역사를 샅샅이 뒤지지 않는 이상 알 수 없다.

"음, 그럼 연공서가 아예 사라져 버린 건 어떻게…."

"그것도 괜찮다. 사람에게 전해졌지 않느냐."

라온은 연공서의 내용이 기억난다고 말했다. 무엇이 그런 현상을 만들어 냈는지는 모르지만, 전해졌다면 그만이다.

"그래도 만화공은 지그하르트의 가주에게 전해지는 연공법인데…."

"어차피 쓰지도 못하는 연공법이었다. 그 아이가 아니었다면 저기서 썩어 문드러졌겠지."

놀란 건 사실이다.

아니, 경악했다는 게 맞다. 다만 판별식에서 금색 불꽃을 만들어 낸 라온이기에 오히려 주인을 찾았다는 생각도 들었다.

"초대 가주님의 연공법을 얻었으니, 라온 도련님은 그 누구보다 강해지시겠군요."

"아니."

글렌이 느릿하게 고개를 저었다.

"강해지기 위해선 재능도, 무학도 중요하지만, 어떤 인간인지가 가장 중요하다. 아무리 강한 무학도, 강한 인간을 넘을 수는 없는 법이지."

글렌이 마의 벽을 넘은 이후에도 판별식을 진행하는 이유는 재능을 발현한 아이들에게 그에 맞는 조언을 해 주기 위해서였다.

지금의 그는 아이들의 미래를 단순한 재능으로 파악하지 않았다.

"죄송합니다. 너무 놀라운 걸 봤더니, 저도 모르게."

로엔이 손을 가슴에 얹고 고개를 숙였다. 새로운 경지에 오른 글렌은 재능보다 사람이 중요하다고 말해 왔다.

물론 가문 사람들은 여전히 뛰어난 무학과 재능만을 따졌지만.

"앞으로 무언가가 변할 것 같구나."

글렌은 옥좌의 등받이에 몸을 깊게 파묻었다.

그 누구에게도 손길을 허락하지 않았던 만화공. 가문에서 딱 한 번만 나왔던 금색 불꽃. 모두 라온이 가져갔다.

'라온 지그하르트.'

자신의 손자이지만, 대놓고 사랑을 줄 수 없는 그 아이 때문에 가문 내외로 많은 변화가 찾아올 것 같았다.

"지켜보는 재미가 있겠어."

시간이 허락한다면 말이지. 글렌은 그 말을 삼키며 눈을 감았다.

라온은 돌아오자마자 방으로 들어갔다. 모두에게 들어오지 말라고 했지만, 혹시 몰라서 문까지 잠갔다.

-거창하구나.

'너도 알 텐데. 오러 연공을 하는 중에 방해를 받으면 죽을 수도 있어.'

어느 정도 경지에 오른다면 모를까 연공이 궤도에 오르기 전에 누가 건드리기라도 하면 큰 문제가 생긴다.

개인 침대에서 잘 때까지 불의 고리를 연성하지 않은 이유도 그 때문이었다.

"너도 방해하지 마."

-흐음!

"너 설마…."

-딱 한 번이다.

푸른 불꽃 사이로 빙글거리는 미소가 피어났다.

"한 번?"

-본왕은 네놈이 그 연공인가 뭔가를 하는 동안 딱 한 번 방해하겠다.

"그러다가 네가 내 몸을 가져가기 전에 폐인이 될 수도 있는데?"

-상관없다.

라스에게서 짐승의 목 울림 같은 비웃음이 들려왔다.

-넌 극복하지 못하겠지만, 본왕은 네놈의 사지가 잘리고, 단전이 터져도 살려 낼 수 있다.

사이한 목소리에서 흘러나오는 섬뜩함이 등골을 스쳤다.

-네가 폐인이 되어 모든 것을 포기했을 때가 본왕에겐 기회가 되겠지.

'이놈은 역시….'

다시 한번 깨닫는다.

라스는 아군이 아니다. 기회만 된다면 언제라도 자신의 육체와 영혼을 먹어 치울 마계의 악마이자, 분노의 화신이었다.

"한 번이라고 했나?"

-본왕이 거짓을 말하지 않는 건 너도 알고 있을 터. 그 연공법을 습득할 때까지 딱 한 번만 끼어들겠다.

"어쩔 수 없겠네."

라온이 손목을 문질렀다. 하지 말라고 말한다고 들을 놈도 아니다. 받아들이기 싫어도 받을 수밖에 없었다.

-매일 불안에 떨며 살아라. 본왕이 언제 네놈의 정신을 찌를지 모르니까.

라스의 목소리에 격한 흥분이 담겼다. 처음으로 놀릴 기회가 생겨서 즐거워하고 있었다.

'왕이라는 놈이 고작 이런 거 가지고.'

매번 본왕이라는 유치한 호칭법을 사용하고, 마계의 군주이니, 분노의 왕이니 하는 놈이 이런 사소한 것에 좋아한다고 생각하니 우습기만 했다.

'그렇지만….'

라스가 한 번의 방해만 한다고 해도 위험한 건 사실이다.

만화공은 자연의 마나를 흡수해서 단전에 오르를 쌓는 연공법. 중요한 순간에 방해를 받았다간 마나 회로나 단전이 망가져 폐인이 될 수도 있다.

특히, 마나 회로에 냉기가 박혀 있는 자신은 더더욱 위험하다.

'그래도 밀릴 순 없지.'

라스는 약하게 나오면 더 세게 밀고 들어오는 성격이다. 결과가 어떻게 되든 강하게 나가야 한다.

"그래. 해 봐."

라온은 속마음을 감추고 여유롭게 웃었다.

-그 건방진 표정이 언제까지 갈 수 있을지 지켜보지.

"그럼 평생 지켜만 봐야 할 텐데."

-…지금 당장 네 정신을 부수고 싶군.

"해 봐. 난 가만히 있다가 능력치만 받아먹으면 되니까."

-머리에 피도 안 마른 버러지가 한마디를 안 지는구나.

"이 버러지의 문은 항상 열려 있으니까. 언제든지 두드려라."

-끄으윽!

손을 휘휘 젓고서 침대 아래에 앉았다. 라스가 폭주하듯 소리를 질렀지만, 시원하게 무시했다.

'놈이 생각이 있다면 지금 건드리진 않겠지.'

찬찬히 숨을 내쉬며 눈을 감았다. 들이켜는 숨결에 자연의 마나를 담았다. 청량함으로 전신을 채우고, 다시 날숨. 마나 회로에 깃든 탁한 기운을 뱉어 냈다.

'좀 겹치는데.'

만화공의 흐름과 불의 고리의 흐름은 그 이름처럼 비슷한 구석이 있었다.

잘되었다고 생각하며 받아들인 마나를 마나 회로에 가라앉혔다.

우측 손목에서 만화공의 흐름이 시작된다. 그 기운은 불처럼 과격하면서도 물처럼 도도했다.

고오오오!

뜨거운 마나가 전신을 질주한다. 장중한 흐름에 마나 회로에 박혀 있던 냉기들이 쓸려 나갔다.

'이것도 놓칠 순 없지.'

저 순수한 냉기를 버리기엔 아까웠다. 만화공의 기운과 함께 단전까지 이끌었다.

후우웅.

순식간에 단전까지 내달린 만화공의 기운이 허무하게 흩어졌다.

'당연하겠지.'

한 번의 연공으로 만화공을 습득한다면 그게 더 이상한 일이다.

만화공의 흐름이 숨 쉬는 것처럼 익숙해지면 그 기운이 자연스럽게 단전에 안착할 것이다.

'거기다.'

만화공의 기운만이 아니라, 마나 회로의 냉기도 흡수하고 있으니, 냉기 저항력도 빠르게 성장하게 될 거다.

"후…."

한 번의 순환을 끝낸 라온이 뜨거운 숨을 뱉어 내며 눈을 떴다.

-화속성인가.

"단일 속성이라는 게 조금 걸리지만, 연공법 자체는 굉장히 뛰어나."

-너치고는 멍청한 소리를 하는군.

"뭐?"

-속성을 어설프게 익힌 놈들이 문제지. 제대로 익힌 단일 속성은 만능자에 비해 조금도 부족하지 않다. 본왕이 마계에 있을 때 냉기로 하나의 성을 얼려 버린 이야기는 역사에도 남았지….

"음."

라온은 자기 자랑을 시작하는 라스의 말을 흘려들으면서 그가 전에 했던 말에 주목했다.

'제대로 익힌 단일 속성이라.'

그의 말이 맞다.

한 가지 속성을 어설프게 익힌 자들은 반푼이 취급을 받지만, 격을 넘어선 사람들은 절대자 취급을 받는다.

한 번의 연공으로도 알 수 있다.

만화공은 특별하다. 전설로 내려오는 불의 고리에 조금도 부족하지 않았다.

'제대로 익혀 봐야겠어.'

한동안 만화공에 모든 것을 바쳐야겠다고 다짐하며 일어섰다.

"그 전에."

-이제 처리하려는 거냐?

"그래. 밤마다 찾아오는 걸 보면 우연은 아니니까."

라온의 빨간 눈동자가 사신의 그것처럼 번들거렸다.

오랜만에 복직 좀 해 볼까.

주디엘은 한 달 전 별관에 들어온 신입 시녀다.

좋은 인상과 밝은 성격, 깔끔한 일 처리 덕분에 들어온 지 얼마 지나지도 않아서 별관 사람들의 신뢰를 얻게 되었다.

다만 하루 업무를 끝낸 뒤 휴식을 취하러 간다던 그녀는 정원의 나무 위에 숨어 라온의 방을 엿보고 있었다.

'또 혼잣말인가.'

주디엘은 방에서 중얼거리는 라온을 보고 눈매를 좁혔다. 많지는 않지만, 가끔 허공을 보며 혼잣말을 하는 경우가 있었다.

어려서부터 몸이 좋지 않았다고 하니, 그 영향일지도 모르겠다.

허공과 대화하던 라온이 눈을 감은 채 자리에 앉자, 주변 마나의 흐름이 급변했다. 저렇게 명상에 빠진 적은 많았지만, 마나의 파동이 일어난 건 처음이었다.

'역시 가주전에 가서 오러 연공법을 배워 왔군.'

라온은 동색의 패를 이용해서 오러 연공법을 얻어 온 것 같았다. 마나의 흐름이 굉장히 격렬했다. 생각보다 강한 연공법이었다.

'보고할 게 늘었어.'

주디엘은 라온이 다시 눈을 뜨고, 방에 불이 꺼지고 나서야 나무에서 내려왔.

그녀는 정원 끝에 있는 작은 호수에 가서 땅에 숨겨 둔 종이와 연필을 꺼냈다. 그 종이에 라온이 별관에 돌아온 이후의 행적과 파악한 내용을 전부 적었다.

신기하게도 종이는 글씨를 적자마자, 바로 사라져서 옆에서 보기에는 아무것도 적히지 않은 것처럼 보였다.

"이 짓도 할 게 못 된다니까."

주디엘이 한숨을 내쉬었다. 살아남기 위해서 어린아이의 약점이 될 정보들을 보고하다니, 갑작스럽게 허무함이 찾아왔다.

"그래도 해야지."

씁쓸함은 잠시였다. 지켜야 할 게 있는 이상 어쩔 수가 없다는 핑계로 허무한 마음을 채웠다.

툭.

주디엘은 종이를 엄지손톱 크기로 접어 호수 위에 띄웠다. 저 종이는 내일 아침에 카룬 지그하르트의 손에 들어가게 될 거다.

"그럼 돌아가… 악!"

몸을 일으키다가 황급히 멈춰 섰다. 뒷목에 닿는 서늘한 날붙이의 감각에 심장이 꽉 조여들었다.

"입을 열면 죽는다."

어쩔 줄을 모르고 눈동자를 굴릴 때 뒤에서 차가운 음성이 들려왔다.

"움직여도 죽는다."

죽음을 담은 듯한 목소리에 솜털이 우수수 돋아났다.

"눈을 내려 호수를 봐라."

목소리의 지시에 눈동자를 깔아, 호수를 보았다.

"아…."

밤하늘을 머금은 어둑한 호수 위. 라온 지그하르트의 붉은 눈이 떠 있었다.

제23화

꿀꺽.

주디엘이 마른침을 삼켰다.

'어, 어째서 저 아이가 여기에…'

침대에 누워 자고 있어야 할 라온 지그하르트가 왜 자신의 뒤에, 그것도 칼을 겨눈 채로 나타난 건지 이해할 수 없었다.

'으으…'

상황을 파악하고 싶었지만, 호수에 비치는 붉은 눈동자를 본 순간 생각은커녕 숨도 쉬어지지 않았다.

아이가 아니라, 수백, 수천의 생명을 베어 낸 살인마와 눈을 마주친 기분이다. 심장이 꾹 우그러들었다.

"별관에 돌아온 첫날부터 감시의 눈길이 느껴지더군."

"흡…."

첫날이라면 자신의 시선을 처음부터 눈치채고 있었다는 뜻이었다.

'마, 말도 안 돼.'

어렸을 때부터 첩자 교육을 받아 와서 기척을 죽이고, 존재감을 감추는 것만큼은 그 누구보다 자신 있었다.

이렇게 어린아이에게 정체가 발각되고, 뒤를 잡힐 줄은 꿈에도 몰랐다.

"입을 벌려라."

"아아…."

라온 지그하르트의 말은 제안이 아니라, 명령이었다. 주디엘은 어깨를 덜덜 떨며 입을 벌렸다.

"끄어억…."

벌어진 입을 통해 라온 지그하르트의 손가락이 들어왔다. 그 손가락에 걸려 있던 무언가가 목구멍을 타고 식도로 넘어갔다.

"캬학!"

송곳으로 식도와 위를 뚫어 버리는 듯한 통증에 자신도 모르게 비명이 터져 나왔다.

"끄으흑…."

불을 삼킨 것처럼 배 속의 열기가 식질 않았다. 복부를 쥐어뜯어 버리고 싶을 정도의 고통이었다.

차박.

라온 지그하르트는 배를 잡고 버둥거리는 자신을 놔두고, 호수로 들어가서 감색 종이를 가지고 왔다.

스르륵.

종이를 펴는 그의 눈동자는 어둠을 담은 듯 무겁게 가라앉았다.

"평범한 종이가 아니로군."

"크흡…."

주디엘은 입을 꽉 다물었다. 통증이 지독했지만, 첩자로서 자존심이 있다. 이대로 굴복할 수는 없었다.

"……."

라온 지그하르트는 자신의 눈을 물끄러미 응시하다가 고개를 끄덕였다.

"물, 흙, 불, 바람."

그는 갑자기 원소를 말하기 시작했다. 종이의 내용을 살필 방법을 찾는 것 같았다. 다만 그걸 왜 입으로 내뱉는지는 모르겠다.

"…햇빛, 달빛."

"……."

답은 달빛이었지만, 주디엘은 반응하지 않았다. 혀를 씹으며 배 속을 으깨는 듯한 고통을 견뎠다.

"달빛이었군."

"어…?"

순간 심장이 입 밖으로 튀어나올 뻔했다. 라온 지그하르트는 자신과 눈을 마주치자마자 정답을 말했다.

'뭐, 뭐야! 어떻게?'

아무런 반응도 하지 않았다. 고통을 참고만 있었을 뿐이다. 종이의 비밀을 어떻게 알아차렸단 말인가.

그는 몸을 돌려서 종이에 한참 동안 달빛을 쏘아 낸 뒤 그 내용을 확인했다.

"여러모로 조사 한번 잘했군. 이건 어디로 가는 거지?"

"으…."

라온은 여전히 무표정이었다. 이젠 고통보다도 무서움이 더했다. 목덜미를 조여 오는 듯한 공포감에 허리가 아려 왔다.

"아리스 지그하르트."

그는 재촉하지 않았다. 글렌 지그하르트의 첫째 딸 이름을 불렀다.

"카룬 지그하르트, 데니어…. 카룬 지그하르트였군."

"허억!"

주디엘은 더 이상 참지 못하고 비명을 터트렸다.

"다, 당신 뭐야!"

미지에서 오는 두려움에 턱이 덜덜 떨렸다.

'이, 이 아이는 대체!'

표정 관리와 인내력은 첩자가 될 때 가장 먼저 배우는 요소다.

저런 어린아이가 훈련받은 자신의 눈빛만 보고 정보를 빼 가다니, 이건 말이 안 되는 일이다.

"……."

라온 지그하르트는 여전히 말없이 자신을 굽어본다. 서슬 퍼런 눈빛을 피해 고개를 숙이다가 다른 생각이 들었다.

'잠깐만! 표정으로 읽는 게 아니라면?'

그의 눈은 표정을 살피지 않았다. 그저 고통받는 자신을 지그시 보고 있을 뿐이었다.

'설마….'

배를 찢을 듯한 고통 그리고 생각을 읽는 듯한 라온의 모습에 머릿속으로 저주 하나가 스치고 갔다.

"내, 내게 레이지 웜을 먹인 겁니까?"

"레이지 웜을 알고 있었나?"

라온 지그하르트의 표정이 처음으로 변했다. 너 따위가 그걸 알고 있냐는 눈빛이었지만, 그거면 충분했다.

"끄어어억!"

구역질이 나왔다.

'레, 레이지 웜이라니!'

레이지 웜은 최악이라 불리는 저주 중 하나다. 술자가 먹인 벌레가 몸에 들어가면 위치만이 아니라, 무슨 감정을 가졌는지도 파악된다.

가장 지독한 건 아무리 멀리 떨어져 있어도 술자가 원할 때 지독한 고통을 주면서 죽일 수 있다는 점이었다.

'그것밖에 없어. 레이지 웜이야!'

이 지독한 고통, 생각을 읽는 듯한 라온 지그하르트의 모습으로 볼 때 입에 들어간 건 레이지 웜이 분명했다.

"어, 어떻게 당신이 레이지 웜을…."

이제 13살이 된 아이. 그것도 평생 병을 앓아 온 아이가 레이지 웜을 사용했다는 게 의심 갔지만, 아무리 생각해도 그것밖에 없었다.

"지금 그게 중요한 게 아닐 텐데."

라온 지그하르트가 종이를 흔들며 자신의 눈앞으로 다가왔다.

"으…."

그 말이 맞다. 레이지 웜이 몸에 들어간 이상 반항도, 도주도 생각할 수 없으니까.

"카룬 지그하르트에게 이런 편지를 보낸다는 건 중무전의 첩자라는 뜻이겠지. 계획은 7달 전 판별식 때부터였을 테고."

"……!"

주디엘이 눈을 부릅떴다. 그것도 맞다. 자신이 이곳에 오게 된 경위는 7달 전 판별식에서부터였다. 다시 한번 레이지 웜이라는 것이 확실해졌다.

"아주 자세히 조사했군. 나야 그렇다 치고 어머니와 헬렌, 다른 시녀들까지."

라온 지그하르트는 달빛에 반짝이는 글씨들을 보며 빙긋 웃었다. 그 웃음에 어린 살기에 등골이 축축하게 젖어 갔다.

'거, 건드려선 안 될 인간을 건드렸어.'

쉬운 임무라고 생각했다.

별관엔 무인도 없고, 사람들은 선하다. 어린 라온과 폐인이 된 실비아의 정보를 모아오는 임무이니, 누워서 떡 먹기라 생각했다.

하지만 아니었다.

별관엔 괴물이, 그것도 지독한 살의를 가진 괴물이 살고 있었다. 그의 붉은 눈을 마주하고 있으면 당장 목을 매달고 싶었다.

"끄으윽…."

팔의 살을 쥐어뜯었다.

라온에게서 전해지는 창백한 살기에 얼굴 피부가 찢어지는 것 같았고, 레이지 웜이 있는 장기는 터질 지경이었다.

"내, 내용을 바꾸겠습니다. 사실이 아닌…."

"그럴 필요 없다."

라온 지그하르트는 종이를 아래로 내려 달빛에 비치는 글자를 지웠다. 다시 종이를 접은 뒤 호수 위에 띄워 놓았다.

"어, 어째서…."

"지금 정보를 수정해도 내 정보는 결국 카룬에게 전해진다. 그리되면 네가 무능하다는 것만 알리는 꼴이 되겠지."

"흡!"

그가 무릎으로 앉으며 자신과 눈을 마주쳤다. 피처럼 뻘건 붉은 눈. 손발이 바르르 떨렸다.

"보고 주기는?"

"저, 정기 보고는 2주일입니다."

"오늘 내가 버렌을 꺾었으니, 정기 보고가 더 빨라질 거다. 아마 1주일로 바뀌겠지."

"아, 예…."

주디엘이 고개를 끄덕였다. 그녀 역시 라온과 같은 생각을 했었다.

"지금부터 넌 이중 첩자다. 바로 들킬 정보는 내어 주고, 들키지 않을 중요한 정보는 숨겨라. 반대로 그쪽의 중요 정보는 내게 가져와."

"아, 알겠습니다."

지금의 공포를 벗어날 수만 있다면 무엇이든 할 수 있었다. 무조건 고개를 끄덕였다.

"다음에 돌아왔을 땐 쓸 만한 정보가 있길 기대하지."

그는 그 말을 마치고, 어둠 속으로 사라졌다.

"으윽…."

하지만 아직도 그의 붉은 눈이 자신의 심장을 노려보고 있는 듯했다.

털썩.

주디엘은 후들거리는 다리를 참지 못하고 그대로 주저앉았다.

"고, 고통이…."

어느새 고통도 사라졌다. 라온 지그하르트가 레이지 웜을 제어한 것 같았다.

'괴물….'

반항할 생각은 추호도 들지 않았다. 죽음보다 공포스러운 존재가 별관의 어둠에 몸을 감추고 있었으니까.

"으읏!"

주디엘은 입술을 깨물고서 숙소로 달려갔다. 라온이 남긴 공포는 목덜미에 돋아난 닭살처럼 그녀의 심장에 깊게 박혔다.

-언제 레이지 웜을 소환한 거냐.

"그건 레이지 웜이 아니야."

방으로 돌아온 라온이 고개를 저었다.

-뭐?

"일시적으로 극한의 통증을 일으키는 독을 먹였을 뿐이다."

전생에 레이지 웜에 당하긴 했지만, 기억도 없을 때라 소환 방법 따윈 모른다. 주디엘에게 먹인 건 고문에 사용하는 독일 뿐이었다.

"레이지 웜 따위는 있어도 안 써."

그런 지독한 저주를 쓸 생각은 추호도 없었다. 눈앞에 그 벌레가 있었다면 발로 으깨 버렸을 거다.

-그럼 그 독은 어디서 났지?

"만들었다."

-아까 주방이랑 창고에 갔던 게 그럼….

"맞아."

독의 조합법 정도는 외우고 있기에 이곳에서 얻을 수 있는 재료들로 변형된 독을 만들었다.

-잠깐. 넌 그놈의 생각을 모두 읽지 않았느냐.

"그랬지."

-레이지 웜도 없이 그걸 어떻게 알았다는 거냐.

"몇 가지는 예측, 몇 가지는 그녀의 상태를 보고."

-상태를 보았다? 놈은 계속 같은 표정이었는데?

라스의 푸른 불꽃이 요동쳤다. 상태를 보고 정보를 알았다는 말을 이해할 수 없는 모양이다.

"난 알 수 있어."

전생에서 20년 넘게 암살자로 살아왔다. 고문을 해 본 적도 있었기 때문에 주디엘의 생각을 읽는 건 그리 어렵지 않았다.

-13살짜리가 인간에게 공포를 심는 방법을 알다니, 본왕이 마계에 있을 때도 본

적 없는 일이다.

맞는 말이다.

전생에서 암살자로 살아온 시간이 없었다면 주디엘이 정보를 모으는 걸 알지도 못했을 것이고, 이런 방법을 쓸 수도 없었을 테니까.

지금 생각해 보면 전생의 삶이 나름 도움이 되고 있었다.

"어쨌든 카룬 지그하르트였단 말이지."

라온이 침대에 앉으며 카룬의 이름을 되뇌었다. 그가 왜 주디엘을 넣었는지, 대충 예상은 간다. 판별식에서 보여 준 모습 때문에 이쪽의 정보를 파악하고 싶었을 거다.

하지만 그는 선택을 잘못했다.

자신만을 관찰했다면 모를까 별관에 있는 실비아와 헬렌을 비롯한 시녀들까지 관찰 범위에 끼워 넣다니, 최악의 실수를 저질렀다.

-그런데 왜 정보를 바꾸지 않았지?

라스가 고개를 갸웃거리며 다가왔다.

-그 여자가 적은 종이엔 네가 냉기를 많이 이겨 냈다는 정보와 뛰어난 오러 연공법을 구해 왔다는 정보가 담겨 있었다. 그걸 지워야 하지 않나?

"그건 어차피 피라미 정보야. 뒤통수를 치려면 그 정도는 넘겨줘야지."

그는 손가락으로 침대보를 쓱 훑으며 말을 이었다.

"그녀가 내 진짜 정보를 중무전에 보내다 보면 정보에 대한 신뢰가 쌓일 거야. 그렇게 쓸모없는 정보를 보내 주다가 가장 중요한 순간에 거짓 정보를 보내면 카룬 지그하르트를 잡아먹을 기회를 만들 수 있을 거야."

-허….

라스가 헛바람을 흘렸다. 그 짧은 순간에 그런 생각을 했다니, 역시나 이놈은 정상적인 인간이 아니었다.

-네놈은 역시 13살이 아니다. 뱃속에 백 년 묵은 능구렁이가 가득 차 있어.

"고작 능구렁이?"

라온은 라스를 비웃는 듯한 미소를 지으며 손가락을 흔들었다.

'능구렁이가 아니라, 암살자지.'

그것도 최고의 암살자.

루난 슬리온은 본가로 돌아온 뒤에도 단련을 쉬지 않았다.

시험 날, 라온 지그하르트가 보여 준 움직임이 계속 머릿속에 떠올라 가만히 있을 수가 없었다.

하지만.

"안 돼."

집에 있는 기구로 단련을 하자, 연무장에 있을 때와 다르게 들 수 있는 무게가 확연히 줄어들었다.

기구만이 아니다. 오래달리기나, 다른 체력 단련도 평소보다 잘되질 않았다.

"음…."

골똘히 생각해 보았지만, 답은 하나다.

"라온 지그하르트."

라온이 없다. 항상 옆에 붙어 다니던 그가 없기에 평소처럼 힘을 내기 힘들었다.

최근엔 라온에게서 풍기는 시원한 향기가 더 좋아져서 자신도 모르게 냄새를 맡는데, 그 탓도 있는 것 같았다.

'필요해.'

루난 슬리온은 고개를 끄덕이고서 단련장을 나왔다.

"루난?"

슬리온 가의 가주 로칸 슬리온은 가문의 연무장을 떠나는 루난을 보고 눈매를 좁혔다.

"아빠랑 같이 수련하기로 했잖아. 어딜 가는 거니?"

"라온한테."

"라온? 서, 설마 라온 지그하르트?"

"응."

"그, 그 녀석에게 왜 간다는 거니? 그것도 아빠랑 같이 훈련하기로 한 지금?"

로칸 슬리온은 평소의 침착함을 잃어버리고, 말을 더듬었다. 간신히 시간을 내서 막내딸과 놀려고 했는데 갑자기 라온에게 간다고 하니, 손이 부들부들 떨렸다.

"냄새도 있고, 수련도 있어."

"어어?"

무슨 말인지 알아들을 수가 없었다.

"갈게."

루난은 의복에 묻은 먼지를 툭툭 털고서 단련장을 나갔다.

"자, 잠깐만! 수련은 여기서 아빠랑 하면 되잖아!"

"가서 해야 해"

루난은 단호하게 고개를 저었다.

"계속 간다고만 하다니, 서, 설마 라온이 네게 무슨 짓이라도 한 게냐?"

"무슨 짓?"

그녀는 멍하니 고개를 내려 라온과 함께 있었던 일을 생각했다.

'도와줬지.'

라온이 직접 도움을 주진 않았지만, 그의 옆에 있기만 해도 훈련이 잘되었으니, 도움받은 게 맞았다.

"응. 했어."

"끄으윽! 라온. 네 이놈!"

로칸이 바드득 이를 갈았다.

'감히 내 딸을 협박해?'

루난의 짧은 대답에 로칸의 상상력이 하나의 그림을 그렸다. 라온에게 협박을 당해서 덜덜 떠는 딸의 불쌍한 모습이 그의 뇌리를 잠식했다.

"아이고! 가주님! 여기 계시면 어떻게 합니까! 오늘 업무는 절대 미뤄서는 안 되는…."

"당장 내 검을 가져오라!"

로칸은 자신을 찾으러 온 집사에게 호통을 쳤다.

"엑? 거, 검이요?"

"루난. 나도 가마! 그놈을 그냥 둘 수는 없겠어!"

로칸이 눈을 부라렸다. 당장에 지그하르트의 별관을 박살 낼 기세였다.

"어? 어?"

집사가 입을 쩍 벌렸다. 저 딸 바보가 오늘은 또 무슨 사고를 치려는 건지 벌써부터 머리가 지끈거렸다.

"뭐 하는 게냐! 내 검을 가져오라 하지 않았느냐!"

"자, 잠시만요! 가주님! 저랑 이야기 좀….”

"이야기는 필요 없다! 검과 징벌만이 있을 뿐!"

"어후….”

집사는 루난에게 고개를 돌렸다. 그녀는 생각을 알 수 없는 맹한 눈으로 로칸을 바라보고만 있었다. 저 말수 없는 아가씨로는 이 일을 해결할 수 없었다.

'이걸 해결할 사람은 그분밖에 없어.'

그는 고개를 절레절레 젓고서 저택으로 들어가 검 대신 마님을 찾아갔다.

"그러니까 라온 도련님이 네 수련에 도움을 줬다는 거지? 협박이 아니라."

"응."

어머니인 클라라의 말에 루난이 고개를 끄덕였다.

"여보."

클라라의 보랏빛 눈동자가 서늘한 빛을 발하며 좌측으로 돌아갔다.

"아, 아니, 난 당연히 혀, 협박이라도 당한 줄 알았지. 그냥 간다고만 하니까. 이건 누구라도 오해를 했을 거야. 암! 그렇고말고!"

금방이라도 지그하르트로 돌격할 것 같았던 로칸은 어깨를 반으로 접은 채 구석에 쭈그려 있었다.

"시끄럽고. 가서 일이나 해요."

"아니, 오늘은 우리 루난이랑 놀기로…."

"쓰읍."

"아, 알겠어."

"이따가 가서 확인할 테니까. 일 처리 제대로 안 되어 있으면 각오하세요."

"으, 응. 걱정하지 마."

로칸은 그 큰 덩치를 축 늘어뜨리고 저택으로 돌아갔다.

"루난."

"응?"

"라온 도련님께 고맙다고는 했니?"

"과자 받았을 때 했어."

"수련을 도와줬을 때는?"

"안 했어."

"후후."

클라라는 고개를 젓는 루난의 머리를 쓰다듬으며 웃었다.

"그럼 다음에 만났을 땐 고맙다고 하렴."

"근데 아빠가."

"음?"

"아빠가 남자한테는 먼저 말을 걸지 말라고 했어."

"아하!"

클라라가 빙긋 웃었다. 집사는 그 웃음을 보며 오늘 로칸이 밤새 잔소리를 들을 거라는 걸 확신했다.

"아빠 말은 잊으렴. 남자도, 여자도 상관없어. 도움을 받았으면 고맙다고 인사하는 게 당연한 예의란다. 알겠니?"

"응."

"그럼 오늘은 아빠 말고, 엄마랑 수련할까?"

"응."

루난은 클라라와 함께 연무장으로 들어가며 라온의 덤덤한 얼굴을 생각했다.

'고맙다고 해야지.'

그에게 먼저 말을 걸 생각을 하자, 아주 조금 가슴이 두근거렸다.

제24화

라온은 창가로 스며드는 따스한 햇살을 느끼며 눈을 떴다.

'어렵군.'

휴가 동안 잠을 아끼며 연공해 봤지만, 오러를 만들지 못했다.

'보통 연공법이 아니야.'

글렌의 표정을 봤을 때도, 뇌리에 박힌 만화공을 살폈을 때도 느꼈지만, 이 연공법은 동색의 패 따위로 얻을 무학이 아니다.

은패. 아니, 금패 수십 개를 바쳐도 아깝지 않았다.

'왜 그냥 줬을까.'

글렌이 자신과 실비아를 싫어하는 건 분명한데, 이런 대단한 오러 연공법을 그대로 넘겨준 이유를 모르겠다.

가장 놀라운 건 책이 가루가 되고, 그 지식은 자신에게만 있는데도 아무런 조치도 하지 않았다는 점이다.

'오러 연공법에 문제가 있는 건가?'

완성된 연공법이 아니라, 어딘가 하자가 있는 오러 연공법이라 실험을 위해 그냥 주었을지도 모른다.

"음…."

라온은 머릿속에 저장된 만화공의 내용을 하나하나 점검해 보았다.

'별문제는 없는데.'

특별한 문제는 보이지 않았지만, 혹시 모르니 조심히 운용해야 할 것 같았다.

-그것만 생각하면 곤란하다.

라스가 얼음꽃 팔찌에서 펄떡이며 치솟았다.

-본왕을 염두에 두지 않았다간, 네 영혼과 육신은 분노에 삼켜질 것이다.

"그러든가."

라온은 끌끌 웃는 라스를 보며 고개를 끄덕였다.

-마계에서도 보지 못한 건방짐이로다. 이번에는 어떻게 해서든 네놈의 콧대를 찍어 눌러 주마.

"계속 말하잖아. 할 수 있으면 하라고."

손을 휘휘 젓고서, 방을 나갔다. 라스에겐 절대 약한 모습을 보여선 안 된다. 명경지수. 한밤의 호수처럼 흔들리지 않는 마음을 가져야 한다.

"라온."

"라온 도련님."

실비아와 헬렌을 비롯한 시녀들이 로비에서 기다리고 있었다.

"며칠 있지도 않았는데, 얘기도 별로 못 했는데, 밥도 별로 안 먹었고…."

실비아가 아쉬운 점을 쏟아 내며 눈물을 글썽거렸다.

"이제 주말마다 올 수 있잖아."

임시 수련생일 때와 달리 정식 수련생이 된 덕분에 주말에는 별관에 올 수 있었다.

"그래도…."

실비아의 우울한 감정이 시녀들에게도 옮았는지, 로비의 분위기가 무거워지기 시작했다.

"다, 다녀올게."

이런 민망한 감정과 상황은 쥐약이다. 재빠르게 손을 흔들고서 별관 문으로 걸어갔다.

문을 여는 중에 시녀들의 끝자리에 서 있던 주디엘과 눈을 마주쳤다.

"흡!"

주디엘이 비명을 지르려다가 입을 막았다. 이마 위로 식은땀이 줄줄 흘러내렸고, 눈동자는 사시나무처럼 바르르 떨렸다. 공포라는 괴물에 잡아 먹힌 인간의 전형적인 모습이었다.

'걱정할 필요는 없겠군.'

원하는 대로 이루어지긴 했지만, 공포로 인간을 지배하는 건 좋아하는 방식이 아니다.

그녀가 카룬 지그하르트가 있는 중무전의 중요 정보를 빼 온다면 제대로 거두어 줘야겠다.

-괴물 같은 놈.

주디엘의 표정을 본 라스가 탄식 같은 한 마디를 내뱉었다.

'괴물에게 듣는 괴물 칭찬도 나쁘진 않군.'

라온은 옅게 웃으며 일주일간 떠나 있던 5 연무장으로 향했다.

라온은 집합 시간보다 10분 정도 빨리 연무장에 도착했다.

아이들의 숫자는 확연히 줄어들었다. 160명 중 남은 아이는 42명밖에 되지 않아서 연무장이 텅텅 비어 있는 것처럼 보였다.

정말 4분의 1만 남기다니, 리메르는 평소 보여 주는 가벼움과 달리 결과에 대해서는 칼과도 같은 사람이었다.

"라온 지그하르트…."

"으음!"

"또 무언가 달라진 거 같은데…."

아이들이 라온을 보는 눈빛은 이전과 확연히 달라졌다.

6개월 전 그들의 눈빛에 조롱과 비웃음, 약간의 동정이 담겨 있었다면 지금은 질시와 놀라움, 동경이 어려 있었다.

하지만 라온은 그들에게 관심이 없었다.

만화공에 대해서만 생각하면서 몸을 풀고 있을 때 가벼운 발걸음 소리가 들려왔다. 냄새를 맡는 듯한 흥흥거리는 콧소리까지 이어졌다.

'이 걸음 소리는….'

뒤를 돌아보자, 예상대로 눈을 맹하게 뜬 루난이 있었다.

-저 계집 이젠 냄새를 맡으며 따라온다. 고양이가 아니라, 개였나?

'글쎄. 강아지 같기도 하고, 고양이 같기도 해서.'

라온은 어색한 표정으로 루난과 눈을 마주쳤다. 그녀는 평소보다 한 걸음 더 다가와서 멈춰 섰다.

"고마워."

"어?"

뭐지?

갑자기 왜 고맙다는 말을 한 건지 모르겠다.

"……."

루난은 고맙다고 말하고선 밥 주기를 기다리는 고양이 눈이 되었다. 평소와 달리 눈동자가 반짝였다.

"어, 응."

얼떨떨한 표정으로 대답하자, 루난은 고개를 작게 꾸벅이고 한 발 뒤로 물러섰다. 이제 평소와 같은 거리였다.

"음!"

그러고선 해냈다는 듯 주먹을 움켜쥐었다.

"고맙다는 말은 왜 한 거지?"

"고마우니까."

"아…."

오히려 루난이 이상하다는 듯 고개를 갸웃거린다. 저 모양새를 보니, 더 물어도 답은 나오지 않을 것 같았다.

-뭐, 뭐야? 저 계집 뭘 하고 싶은 거냐!

'나도 모르겠어.'

전생과 현생을 모두 뒤져도 루난 같은 아이는 처음이었다. 저 맹한 보라색 눈동자를 보고 있으면 모닥불을 보고 있을 때처럼 정신이 탁 풀린다.

다만 방해하는 것도, 시비를 거는 것도 아니라서 뭐라 할 말이 없었다. 이유는 몰라도 고맙다고 하지 않았던가.

'내가 감정을 모르기 때문인가?'

상대의 감정을 잘 몰라서 루난이 고맙다고 말한 이유를 모른다는 생각이 들었다. 라스도 함께 당황했지만, 저 녀석은 성격 파탄자라 도움이 되지 않는다.

'이렇게 당황이라는 감정을 알게 되는군.'

라온이 한숨을 내쉬었다. 아무리 생각해 봐도 답이 나오지 않았다. 정신을 차리기 위해서 고개를 돌렸다.

"도련님!"

도리안이 녹색 머리칼을 날개처럼 펄럭이며 달려왔다.

"오, 오랜만에 뵙습니다!"

교관이라도 만난 것처럼 직각으로 허리를 굽혀 왔다.

"자, 잘 지내셨습니까? 저는 정말 죽는 줄 알았습니다. 임시 수련생일 때도 죽을 것 같았는데, 정식 수, 수련생이 된 지금은 얼마나 힘들지 상상이 안 가서 쉬는 동안 계속 악몽만 꿨습니다. 으으…."

도리안은 대답도 듣지 않고, 지 할 말만 주절거렸다. 정식 수련생이 된 걸 자랑스럽게 생각하는 게 아니라, 겁을 내다니 이 녀석도 참 별종이었다.

"그래도 라온 도련님이 수석이라 다행입니다. 만약 버렌 도련님이 수석이셨다면 저, 정말 숨도 못 쉬었을 겁니다. 차라리 시험에 떨어지는 게 나을…."

도리안이 그 말을 할 때 버렌과 방계들이 연무장으로 들어왔다.

"히익!"

버렌의 서늘한 눈빛에 도리안이 깜짝 놀라 주저앉았다.

"딸꾹! 딸꾹!"

도리안은 손발을 바들바들 떨며 딸꾹질을 하기 시작했다.

"라온 지그하르트."

버렌은 겁에 질린 도리안을 신경도 쓰지 않고 라온의 앞으로 걸어왔다.

"일주일 전 네게 추한 모습을 보이고, 패했음을 인정한다. 미안하다."

버렌이 조금의 망설임도 없이 직각으로 고개를 숙였다.

"어?"

"헉!"

"버, 버렌 님!"

그 옆에 있던 수련생들이 깜짝 놀라 입을 떡 벌렸다.

"하지만!"

고개를 들어 올리는 버렌의 눈동자가 이글거리며 타올랐다.

"포기한 건 아니다. 그 어떤 노력을 해서라도 다시 네 앞에 서겠다. 난 물러서지도 포기하지도 않는다. 물론 네게도 질 생각 없다."

버렌은 라온만이 아니라, 루난에게도 손가락을 겨눈 뒤 좌측으로 걸어갔다.

"주, 죽는 줄 알았네."

도리안은 오한이 든 것처럼 몸을 덜덜 떨며 일어섰다.

"저, 저는 어떻게 하죠? 찾아가서 빌어야 하는 거 아닌가요?

그의 눈동자가 처음보다 2배는 빨리 흔들렸다. 저 상태로 제정신을 유지하는 게 신기할 정도였다.

"걱정할 필요 없어."

라온이 고개를 저었다. 버렌의 시선에 박힌 건 자신과 루난뿐이다. 다른 사람들은 안중에도 없을 거다.

-얼어터지고도 주제를 모르는 놈이로다. 당장 쫓아가서 눈깔을 뽑아 버려라.

'저 정도면 대단한 거야.'

이제 13살이 되는 아이가 본인의 잘못을 인정하고 재도전을 말하는 건 쉽지 않은 일이다. 명가 지그하르트의 직계다운 모습이었다.

-대단하고 말고는 상관없다. 본왕의 마음에 들지 않으니, 죽여라.

'하!'

라온이 헛웃음을 흘렸다. 하나가 입을 다무니, 다른 놈이 떠든다. 조용할 틈이 없었다.

후우웅!

라스의 분노를 한 귀로 흘리면서 발목을 돌리고 있자, 담장 위로 녹색 바람이 치솟았다.

"살짝 늦었지? 어제 술을 좀 마셔서 늦잠을 좀 잤다. 미안."

상쾌한 녹풍과 함께 리메르가 나타났다. 새가 집을 지은 듯한 뒷머리를 긁적이며 허허 웃었다.

뿌득!

뒤에서 이를 가는 소리가 들려왔다. 버렌이었다.

-감히 본왕을 기다리게 하다니, 저 건방진 뾰족귀가 아예 정신이 나갔다! 당장 귀를 찢어 버려라!

라스는 참지 못하고 분노를 끌어모으기 시작했다. 이렇게 보니 버렌과 라스는 죽이 잘 맞을 것 같았다.

리메르는 콧노래를 부르며 단상 위로 올라갔다.

"잘 쉬었지?"

그가 손을 흔들었다. 아직 잠이 깨지 않았는지 비실비실한 모양새였다.

"예!"

아이들은 그와 반대로 연무장이 떠나가도록 우렁찬 소리를 질렀다.

"먼저 정식 수련생이 된 걸 축하한다."

"감사합니다!"

"뭐, 다 알고 있겠지만 떨어진 녀석들은 본인 의사에 따라 6 연무장 수련에 참여하기로 했다. 친구가 떨어졌다고 너무 걱정하지 말도록."

리메르는 나중에 만날 수 있을 거라고 말하며 웃었다.

"오늘부터 정식 훈련을 시작한다. 큰 틀은 변하지 않아. 너희는 정신이든, 체력이든, 무학이든 매번 한계를 넘어서는 훈련을 하게 될 거다. 그게 가장 빨리 그리고 높게 갈 수 있는 길이니까."

그는 기본 단련엔 끝이 없다고 말을 이었다.

다만 하품을 쩍쩍하는 게으른 모습을 보고 있자니, 설득력이 느껴지지 않았다.

"앞으로 몇 가지 수련이 추가된다. 첫 번째는 오러 연공법. 내일부터 새벽과 저녁 시간에 오러 연공을 하게 될 거다."

오러 연공을 하기 가장 좋은 시간이 새벽과 일몰 시기라는 걸 알고 있었기 때문에 모두가 고개를 끄덕였다.

"너희들이 그렇게 바라던 검술과 권법 수련도 시작한다."

"오오!"

"드디어!"

검술과 권법 이야기가 나오자 아이들의 눈동자가 보석처럼 반짝였다.

"그리고…."

리메르가 다음 말을 하려고 할 때 연무장의 문이 쾅 열렸다.

후우욱!

모래 먼지가 피어나는 문 앞엔 10대 중반으로 보이는 소녀가 서 있었다.

흑단 같은 머리칼을 왼쪽 어깨로 내렸고, 흑백이 뚜렷한 동공은 진주처럼 반짝였다. 피부는 그와 반대로 눈송이처럼 새하얬다.

"오?"

"어…."

루난과는 색이 다른 단아한 미모에 연무장의 소년들은 입을 다물지 못했다.

하지만.

"아, 씨벌. 문이 왜 이렇게 안 열려!"

그녀의 입에서 튀어나온 욕에 소년들의 입은 다른 의미로 또 벌어졌다.

"마침 왔네."

리메르는 피식 웃으며 다가오는 소녀를 가리켰다.

"내 담당은 아니었지만, 전 기수에서 떨어진 낙제생이다. 앞으로 함께 수련해야 하니까. 인사는 해 둬."

"마르타다."

마르타라는 이름을 밝힌 소녀는 턱을 치켜들면서 인상을 찌푸렸다. 외모는 단아했지만, 말과 행동은 뒷골목 양아치와 다를 바가 없었다.

"저래 보여도 착한 아이라니까. 잘 지내 주면…."

"제 일은 제가 알아서 해요."

"뭐, 그렇대."

리메르는 히히 웃고서, 어깨를 으쓱였다. 반면 수련생들의 입은 여전히 벌어져 있었다.

"오늘은 간단하게 몸을 풀고, 정규 수련은 내일부터 진행한다. 그럼."

그는 아이들을 한 번씩 훑어보고서 씩 웃었다.

"달려라. 전력으로."

"역시나."

라온이 고개를 끄덕이고서 땅을 박차려고 할 때 앞으로 그림자 세 개가 튀어 나갔다.

루난과 버렌 그리고 낙제했다는 마르타였다.

"도, 도련님."

그들의 뒤를 쫓아서 달리려고 할 때 도리안이 다가왔다.

"저 사람이 여기에 오다니, 어, 어떻게 하죠?"

"저 여자를 알아?"

"모, 모르십니까? 저분도 직계잖아요."

"직계라고? 판별식에서 본 적이 없는데."

"아, 일반적인 직계는 아니죠. 입양되셨으니까요. 오직 재능만 보고."

도리안은 마르타가 글렌의 셋째 아들 데니어 지그하르트의 딸로 입양되었다고 말했다. 그것도 오직 재능 때문에.

"재능이라."

라온은 버렌이나, 루난보다도 앞서 나가는 마르타를 보며 고개를 끄덕였다. 1살이 더 많긴 하지만, 대충 보아도 그녀의 재능은 보통이 아니었다.

"제가 알기론 마르타 님도 라온 도련님처럼 전 기수에서 수석 수련생이었어요."

"그런데 왜 낙제한 거지?"

"패, 팼대요."

"응?"

도리안이 모은 양팔을 덜덜 떨며 말을 이었다.

"수련이 시작되고 얼마 지나지 않았을 때 수, 수련생 다섯을 반 죽여 놨다고 해요. 그중에 직계도 2명이 껴 있었죠."

"직계 둘이라…."

"성격이 더럽다고 하니, 조, 조심하세요."

라온은 작게 고개를 끄덕이고서 땅을 박찼다.

'조심해야지.'

그녀가 나를.

힘을 숨길 생각 따윈 없었다. 덤빈다면 그 누구라도 밟아 버릴 것이다.

"후욱…."

라온은 저녁까지 진행된 체력 단련을 마치고 거친 숨을 뱉어 냈다.

"으억…."

"주, 죽겠다."

"일주일 쉬었다고 이런…."

대부분의 수련생들은 연무장 바닥에 주저앉아 가는 신음을 흘렸다.

"너무 무리하면 내일 훈련에 영향을 줄 수 있으니, 오늘은 여기까지."

"수, 수고하셨습니다."

"감사합니다."

아이들은 리메르와 교관들에게 고개를 꾸벅이고서 다시 쓰러졌다.

"말했듯이 내일부터는 오러 연공도 함께 실시한다. 지금부터 연공서를 나누어 줄 테니, 오러를 익히지 않은 수련생은 앞으로 나오도록."

리메르의 손짓에 단상 위로 새끼손톱 두께의 책이 올라왔다.

"기본으로 내어 주는 연공서라고 실망할 필요 없다. 린덴 오러 연공법은 대륙 어디에서도 통하는 연공법이니까."

대부분은 가만히 있었고, 소수의 평민 출신 수련생들이 앞으로 나가서 연공서를 받았다.

"음?"

리메르의 시선이 라온에게 향했다. 그는 아직 오러가 없으면서도, 앞으로 나오질 않고 있었다.

"라온 지그하르트."

"예."

"너도 오러가 없는 걸로 아는데?"

"이번에 얻은 오러 연공법을 익히려고 합니다."

"흐음!"

동급의 패를 이용해서 가주님에게 연공서를 받은 것 같았다.

'은패 이상의 연공법을 주셨겠지?'

글렌은 겉과 달리 라온을 아낀다. 분명 린덴 이상의 연공법을 주었을 것이다.

"오러 연공법을 이미 익히고 있는 수련생은 각자의 방에서 새벽 연공을 하고, 오늘 연공서를 받은 수련생과 라온 지그하르트는 내일 새벽 이곳으로 나오도록."

"저도입니까?"

라온이 고개를 갸웃거렸다.

"너도 오러를 익힌 건 아니니까."

"알겠습니다."

"좋아. 그럼 오늘은 여기까지 하…."

"잠깐. 할 말 있어요."

체력 단련을 끝내고도 땀 한 방울 흘리지 않은 마르타가 손을 들어 올렸다.

"여기 수석이 누구지?"

그녀는 허리에 손을 올린 채 모두를 훑어보았다.

"나다."

라온은 마르타의 새까만 시선을 마주하며 입을 뗐다.

"오러도 없는 녀석한테 밀리다니, 직계도, 봉신 가문도 다 죽었나 보네."

그녀는 버렌과 루난을 비웃으며 라온의 앞에 섰다.

"난 나보다 약한 놈이 위에 있는 걸 못 봐."

마르타의 서늘한 기세가 전신을 휘감았다.

"한판 뜨자."

제25화

마르타 지그하르트가 허리에 손을 척 올리고서 턱을 들었다. 거만한 눈빛. 단아한 외모와는 어울리지 않았지만, 또 한편으로는 무척이나 자연스러웠다.

'여기 터가 안 좋은 건가?'

라온이 연무장 바닥을 툭툭 찼다. 도리안이 경고를 해 줬지만, 바로 시비를 걸어 올 거라곤 생각 못 했다. 정말이지 주변에 제대로 된 인간이 없다.

-뾰족귀보다, 파란 눈깔보다 건방진 놈이 나올 줄은 몰랐도다. 네 몸을 내놓아라. 본왕이 저 계집을 통째로 얼려 버리겠다!

'이럴 줄 알았어.'

마르타의 도발에 라스의 발작도 시작됐다. 느껴지는 분노의 폭을 보니, 평소보다 훨씬 격했다.

"흠."

"마르타 지그하르트."

어떻게 할까 생각할 때 옆에서 아이답지 않게 차가운 목소리가 들려왔다.

"품위 없게 지금 무얼 하는 거냐."

버렌 지그하르트였다. 서늘한 눈빛으로 마르타를 노려보았다.

"앙?"

마르타가 입매를 구겼다. 명문가의 아이가 보여 줄 만한 얼굴이 아니라, 어두운 세계에 발을 담근 인간들이 할 법한 표정이었다.

"지금 이 누님에게 한 말이야?"

그녀가 웃으며 버렌의 옆으로 다가갔다.

"주둥이 함부로 놀렸다간 그대로 뒈지는 수가 있어. 다음 말을 잘 고르는 게 좋을 거야."

"그건 내가 할 말이다. 라온 지그하르트는 교관님과 가주님 앞에서 수석의 자리를 인정받았다. 넌 그걸 부정하겠다는 건가?"

버렌은 본인의 일처럼 나서서 마르타를 막아 주었다.

"내가 알기론 너도 시험 결과를 받아들이지 못해서 난리를 쳤던 걸로 기억하는데?"

마르타의 입꼬리가 빙글 올라갔다. 선이 굵은 비웃음. 수석을 모른다고 한 것과 달리 시험 과정도 알고 있었다.

"그래서다."

버렌이 덤덤한 표정으로 고개를 끄덕였다.

"그 당시에 내가 보였던 추함을 또 보고 싶지 않아서 지금 네 앞을 막고 있는 거다."

"어엉?"

"지그하르트의 이름에 먹칠하지 마라. 마르타 지그하르트."

라온이 버렌의 등을 보며 눈매를 좁혔다.

'저 녀석…'

버렌의 눈빛은 맑았다. 기 싸움을 하려는 게 아니라, 정말 상황이 어질러지지 않게 막기만 하려는 것 같았다.

미안하다며 고개를 숙였던 게 진심이었던 모양이다.

척!

마르타를 막으려는 사람은 버렌만이 아니었다. 루난이 라온을 지키려는 것처럼 앞으로 나왔다.

"너도 같은 생각이야?"

마르타가 루난과 버렌을 훑어보며 히죽 웃었다.

"가."

루난은 뚱한 눈빛으로 짧게 한 마디를 내뱉었다.

"물러나라. 마르타."

"내가 말했잖아."

마르타의 눈이 번득였다.

"난 나보다 약한 놈의 말은 안 듣는다고!"

그녀의 주먹이 대기를 뚫어 버리며 버렌에게 쏘아졌다.

후우웅!

오러까지 담긴 주먹이 버렌의 얼굴에 닿기 직전 녹색 바람이 치솟았다.

퍼엉!

단상 위에 있던 리메르가 눈 깜짝할 사이에 나타나 마르타의 주먹을 막아냈다.

"너희 날 너무 무시하는 거 아니냐? 내가 아무리 만만해도 아예 없는 사람 취급 하면 섭섭해."

그는 빙긋 웃으며 마르타의 주먹을 밀어냈다.

"마르타. 넌 그 성질머리 때문에 낙제했다면서 아직도 그대로구나."

"그건…."

"버렌이나 루난은 몰라도 라온은 네 말대로 오러조차 익히지 않았어. 그래도 싸우고 싶어?"

"저도 오러를 쓸 생각 없어요."

"그래도 같은 조건이 아니라는 건 잘 알잖아. 나중에 기회가 있을 테니까 오늘은 참아."

"칫…."

마르타는 입을 삐죽이면서 한발 물러섰다. 다만 떠나지 않고 버렌을 노려보았다.

"버렌 지그하르트."

"뭐지?"

"너희 형 나한테 얻어터져서 한 달 동안 누워만 있던 거 알고 있지? 건방을 떨려면 실력부터 키워."

"난 형과 다르다."

"그야 보면 알겠지."

마르타는 가늘게 웃고서 몸을 돌렸다. 그 모습에 루난과 버렌도 긴장을 풀고 옆으로 물러섰다.

그때.

마르타가 뒤를 도는 동시에 땅을 박찼다.

"난 건방진 놈들보다 남들 뒤에 숨는 겁쟁이가 더 싫어!"

순식간에 뛰어들어 라온에게 주먹을 내질러 왔다.

"헉!"

"아!"

버렌과 루난은 반응하지 못했고, 리메르는 보고도 가만히 있었다.

'역시.'

라온의 눈동자가 깊게 가라앉았다. 그녀가 등을 돌리면서 무게중심을 뒤쪽으로 놓았을 때 달려들 거라 예상했다.

타악!

가슴을 노리고 내달려 온 마르타의 주먹을 손등으로 쳐 냈다.

"어?"

"맞을 각오는 됐지?"

꽉 쥔 주먹을 내질렀다. 공호권의 회전이 담긴 주먹이 텅 빈 마르타의 복부를 향해 질주했다.

"헉!"

마르타의 눈동자에 당황이 어렸다. 이를 악문 그녀의 왼손에 갈색 기운이 어렸다.

터엉!

맨주먹과 오러가 담긴 팔뚝이 맞부딪치며 라온과 마르타가 동시에 밀려났다.

"오러는 쓰지 않는다고 하지 않았던가?"

라온은 빨갛게 달아오른 주먹을 툭툭 털어 냈다.

"너, 너 뭐야!"

흑백이 뚜렷한 마르타의 눈동자에 핏발이 섰다. 당당함만을 드러내던 그녀가 말까지 더듬었다.

"이야!"

"그, 그걸 막았다고?"

리메르가 낄낄 웃었고, 버렌은 침을 꼴깍 삼켰다.

"이익!"

마르타가 갈색 오러를 전신으로 끌어 올렸다.

"거기까지."

그대로 돌진하려고 할 때 리메르가 자세를 바로 하고 그 앞을 막아섰다.

"이 이상은 허가할 수 없어."

웃고 있지만, 뿜어지는 기세가 날카롭다. 조금 전 장난을 칠 때와는 또 달랐다.

"하지만 전!"

"지금 오러 없이 싸워 봐야 불완전 연소일 뿐이잖아. 나중에 라온이 오러를 익혔을 때 제대로 붙어 봐. 그땐 허락해 줄 테니까."

"후….”

마르타는 이를 갈며 라온을 노려보다가 몸을 돌렸다. 이번엔 뒤를 돌아보지 않고, 쾅 소리가 나도록 문을 닫고 나갔다.

"라온."

리메르가 다가와 어깨를 잡았다.

"마르타의 공격을 어떻게 막았지. 꼭 미리 알고 있는 것 같던데."

"무게중심입니다."

라온은 별일 아니라는 듯 정답을 툭 던졌다.

"무게중심?"

반문은 버렌이었다. 루난 역시 궁금한 듯 토끼처럼 귀를 쫑긋 세웠다.

"그 여자 등을 돌려놓고서 무게중심은 앞이 아니라, 뒤에 맞췄습니다. 그 방향은 버렌도, 루난도 아닌 중앙인 저였죠. 무조건 달려들 거라 생각했습니다."

"고작 그걸로…."

버렌은 답을 듣고 나서 오히려 인상을 찌푸렸고, 루난은 생각에 잠긴 듯 눈동자가 탁 풀렸다.

"흐음!"

리메르가 가벼운 탄성을 흘렸다.

'역시 관찰력과 육체 능력은 대단하네.'

무게중심으로 상대의 의도를 알아차리고 즉시 반격하다니, 역시 보통 재능이 아니었다.

"……."

버렌은 라온과 마르타가 맞부딪친 바닥을 쭉 살펴본 뒤 입술을 깨물고, 연무장을 떠났다.

"단단히 말해 뒀으니, 한동안 귀찮게 하진 않을 거다. 대신 나중에 오러를 익히게 되면 마르타와의 싸움을 피할 수는 없겠지."

"알고 있습니다."

"그건 그렇고 이제 공호권의 회전은 아예 네 걸로 만들었네."

라온이 마르타에게 날린 주먹엔 회전이 담겨 있었다. 반격 이상으로 놀라운 광경이었다.

"그 정도는 아닙니다."

라온은 고개를 젓고서 뒤를 돌았다.

-지금 무엇을 한 것이냐. 본왕에게 주먹을 날린 계집을 그냥 보내다니! 사지를 찢고 만년빙하에 가두어야….

'한 방 날렸잖아.'

-모자라다. 아예 머리통을 부숴 놔야지!

'이득이 없어.'

지금 이곳에서 주먹다짐을 해 봐야 얻을 게 없다.

나중에 그녀에게서 얻을 게 있을 때 수석 자리를 걸고 내기를 하는 게 훨씬 도움 된다.

-크으으, 통째로 얼린 뒤 부숴 버려야 하건만….

'기다려. 더 시원한 모습을 보게 해 줄 테니까.'

라온은 웃으며 연무장을 떠났다.

라온은 해가 뜨기 전에 연무장으로 나왔다. 혼자서 연공을 하고 싶었지만, 지시가 내려와서 어쩔 수 없었다.

수련생 대부분이 오러를 익히고 있었기 때문에 연무장에 나온 사람은 8명이었고, 전부 평민 출신 수련생이었다.

"도, 도련님."

도리안이 어깨를 축 늘어뜨린 채 다가왔다.

"오, 오러를 익히다가 죽는 경우도 있다고 하던데 정말일까요? 거기다 단전이 터질 것처럼 아프다는 말도 있고…."

그 말이 아예 잘못된 건 아니다. 실제로 좋지 않은 연공법을 익히다가 죽거나, 심하게 다치는 사람도 있었으니까.

물론 지그하르트에서 제공하는 연공법은 안정적이고, 주변에 뛰어난 교관도 있으니, 문제가 생길 일은 없었다.

"괜찮을 거다."

도리안을 만날 때마다 하는 말을 읊어 주었다.

"그, 그렇겠죠? 도련님이 말씀하시니까 좀 안정이 되네요."

도리안은 어색하게 웃으며 호흡을 조절했다. 그리고 잠시 뒤.

"저, 정말 괜찮겠죠? 아무리 안정적이라고 해도 위험한 사람이 나올 수 있는데, 그게 저라면 다 끝장나잖아요! 어, 어떻게 하지? 죽으면…."

"……."

라온이 고개를 돌렸다. 이 이상 말해도 도리안의 불안감은 사라지지 않는다. 딱히 녀석을 신경 쓸 이유도 없었고.

"오늘은 안 늦었지? 딱 좋은 시간이네."

리메르가 평소처럼 담을 넘어 들어왔다. 해가 뜨지 않은 어둑한 하늘을 바라보며 씩 웃었다.

"곧 해가 뜰 테니, 바로 시작하자."

"예!"

오러를 익힌다는 기대감에 아이들이 평소보다 훨씬 우렁찬 기합을 내질렀다.

"다른 아이들이 먼저 오러를 익히고 있다고, 뒤처졌다 생각할 필요는 없어. 오러는 평생 익혀야 하는 무학. 다른 아이들이 딱 한발 먼저 갔다고 생각해라."

"예!"

"그럼 옆에 있는 교관과 함께 개인 연공실에 들어가라. 너희가 안정적인 연공에 들어갈 때까진 교관들이 도와줄 테니, 궁금한 거 힘든 거 다 말해."

리메르가 손뼉을 치자, 뒤에 물러서 있던 교관들이 아이들을 개인 연공실로 데리고 갔다.

"음."

라온이 주변을 둘러보았다. 다른 아이들과 달리 자신의 옆에는 아무도 없었다.

"넌 혼자 개인 연공실로 들어가라."

"그럼 절 왜 부르신 겁니까?"

"연공서로 연공법을 익히다 보면 문제가 일어나는 경우가 있거든. 내가 밖에서 대기하고 있을 테니, 마음 놓고 연공해."

"……."

못 믿겠는데.

지금까지 봐 온 리메르는 믿을 수 없는 사람이다. 자신이 연공실에서 죽어 가도 낮잠을 자고 있을 것 같다.

"그 눈은 뭐냐? 나 못 믿어?"

"아닙니다."

고개를 젓고서 연공실로 들어갔다. 도움까진 바라지도 않는다. 적당히 호법 정도만 서 주면 충분하다.

"후욱."

라온이 눈을 감고, 만화공의 운용을 시작하자, 그의 어깨 위로 새빨간 불꽃이 날름거리며 타올랐다.

'시작해 볼까.'

❈❈❈❈❈

리메르는 라온이 연공실에 들어가자마자, 자세를 바로 했다. 누구에게도 방해되지 않도록 조용하게 기감을 풀었다.

'뭘 얻었나 볼까.'

펼쳐 낸 기감으로 라온의 연공실 주변에서 일어나는 마나의 파동을 읽어 보았다.

'화속성이군.'

뜨겁고 역동적인 마나가 라온의 주변에서 휘몰아쳤다.

'보통 연공법이 아닌데?'

라온의 마나 회로에서 느껴지는 기운은 정상 수준을 한참 벗어났다. 막 터진 용암처럼 폭발적인 기운. 오러 연공법을 습득 중인 상태에서 저 정도 마나가 움직이다니, 평범한 연공법이 아니었다.

'저건 동색의 패가 아니라, 금패를 줘도 얻지 못할 수준인데?'

린덴 연공법을 익히는 아이들에게 상위 연공법과 큰 차이가 나지 않을 거라고 했지만, 라온의 것은 달랐다.

직계들이 배우는 연공법 그 이상.

저 연공법을 제대로 습득하게 된다면 라온의 단전에서 대체 어떤 오러가 생겨날지 기대되어 가슴이 두근거렸다.

다만 오러의 흐름이 굉장히 난해하다. 습득할 때까지 시간과 노력이 굉장히 많이 필요할 것 같았다.

'…음?'

리메르가 가는 눈썹을 내렸다. 뜨거운 기운이 내달리는 라온의 마나 회로. 그 안에서 서늘한 한기가 퍼져 나오고 있었다.

'설마 저 녀석!'

라온이 움직이는 기운을 느끼고 나자, 자연스레 입이 떡 벌어졌다.

'마나 회로의 냉기를 지우는 게 아니라, 그 기운을 함께 이끌어 가고 있어!'

라온은 열기로 지워지는 냉기를 그냥 버리는 게 아니라, 단전으로 받아들이고 있었다.

'이게 마나를 처음 다루는 놈이라고?'

연공법을 배운 지 일주일도 지나지 않은 녀석이 마나를 자유자재로 운용할 줄은 정말 상상도 못 했다.

'오러 연공법의 특징이 아니라, 저 녀석의 재능이야.'

뛰어난 연공법 이상으로 라온의 마나 제어 능력이 놀라웠다. 배 속부터 마나를 통제해 왔어도 저 정도는 아닐 거다.

'육체와 무학의 흐름만이 아니라, 마나에도 재능이 있었다니….'

라온은 판별식에서 마나에 최하위 재능을 가졌다고 들었다. 하지만 지금 그는 버렌이나, 루난보다도 뛰어난 마나 운용 능력을 보여 주었다.

'저 녀석이 저 연공법을 제대로 익힌다면….'

리메르는 기대감이 어린 미소를 지으며 주먹을 꽉 쥐었다.

'새로운 괴물이 탄생할지도 모르겠군.'

그로부터 한 시간 뒤.

라온 지그하르트가 뜨거운 숨을 내쉬며 연공실 밖으로 나왔다.

"라온."

리메르가 단상에서 내려와 라온의 옆으로 다가갔다.

"너 내일부터는 숙소에서 수련해라."

"예? 어제는 앞으로 매일 나오라고…."

"됐으니까. 숙소에서 수련해."

숙소의 벽은 마법 처리가 되어서 오러 연공을 해도 외부에서 느낄 수 없다. 다른 사람이 라온의 오러 연공법을 느꼈다간 심한 견제가 들어올 가능성도 있다. 마법 처리가 된 숙소에서 연공하는 게 나았다.

"내가 한 번씩 가서 봐줄 테니까."

"교관님이요? 음…."

"나라고 항상 게으르진 않거든?"

"알겠습니다."

라온은 평소처럼 별 표정 없이 고개를 끄덕였다.

'이건 바로 알려 드려야겠지.'

리메르는 라온의 몸에서 퍼지는 뜨거운 마나의 잔향을 느끼며 히죽 웃었다.

리메르는 모든 훈련이 끝난 뒤 알현실을 찾아갔다.

"요즘 자주 찾아오는군."

석상이라도 된 듯 옥좌에서 움직이지 않던 글렌 지그하르트가 고개를 들어 올렸다.

"이번엔 또 무슨 일이지?"

"드릴 말씀이 있어서 왔습니다."

리메르가 씩 웃으며 중앙의 붉은 카펫을 걸어왔다.

"마르타가 수련에 참여했습니다. 듣던 것보다 성격이 더 뜨겁더군요."

"그 아이는 또래의 누군가에게 패하기 전까지 변하지 않을 거다."

리메르는 그럴 줄 알았다는 듯 작게 고개를 끄덕였다.

"그럼 조만간 그 모습을 볼 수 있을지도 모르겠는데요."

"뭐?"

"라온과 살짝 부딪침이 있었습니다."

리메르는 어제 일어났던 라온과 마르타 그리고 버렌과 루난의 대립을 말해 주었다.

"그런가? 그 아이들이 벌써….."

글렌이 작게 고개를 끄덕였다. 무표정 속에 자그마한 기쁨이 떠도는 것 같았다.

"아, 그런데 찾아온 이유는 그게 아닙니다. 라온에게 대체 무얼 주신 겁니까?"

리메르는 라온에게 보여 준 모습과 달리 놀란 티를 내며 소리를 높였다.

"그렇게 복잡하면서도, 정돈된 흐름을 가진 연공법은 처음입니다. 거기다 그게 화속성이라니….."

"만화공이라는 연공법이다."

글렌은 별거 아니라는 듯 말을 이었다.

"만화공?"

"초대 가주님의 연공법이지."

"아, 초대 가주님의 연공법이구나. 그러니 그런 수준의… 어? 어어?"

리메르의 눈동자에 핏발이 섰다.

"초, 초대 가주요?"

"그래."

"허, 금패나 은패급의 연공법을 줄 거라고 생각은 했지만, 초대의 연공법을 넘겨주실 줄은 몰랐습니다. 가주님이 라온을 아끼긴 아끼시는군요."

"만화공이 라온을 선택했을 뿐이다. 난 그 아이에게 그걸 넘겨줄 생각이 없었어."

"음….."

글렌은 자세하게 이야기하진 않았다. 아마도 그 안에 이런저런 사정이 있던 모양이다.

"그걸 물어보러 온 거냐."

"그게 아니라, 라온에 대한 이야깁니다. 그 녀석의 재능은 역시 정상이 아니에요. 무학만이 아니라, 마나에 대한 재능도 무시무시합니다!"

리메르는 오늘 본 라온의 마나 흐름을 모두 설명해 주었다.

"판별의 검은 평범 이하로 나왔다면서요. 그거 어디 망가진 거 아닙니까?"

"……."

글렌 지그하르트는 팔걸이를 쥐던 손을 떼서 턱을 쓸었다.

'마나에 대한 재능도 있다라…'

모두가 나간 후 판별의 검에 금색 불길이 빛났던 건 역시 라온의 능력이 맞았던 모양이다.

"그 아이의 몸 상태는 괜찮나?"

"여전히 땀이 차갑고, 입에서는 냉기를 뱉어 냅니다. 몸에 문제가 있는 건 분명하지만, 훈련 후에는 오히려 더 편안해 보입니다."

"음…."

글렌이 고개를 끄덕였다. 페드릭이 말해 준 대로 활발하게 몸을 움직이는 게 정답이었던 모양이다.

"라온은 육체와 마나 모두 특별한 재능을 가졌습니다. 관찰력과 통찰력에 침착함까지 있죠. 또 하나의 후계자가 될 가능성이 있다고 봅니다."

"재능은 중요하지 않다. 만약 라온에게 그런 잠재력이 있다고 해도 녀석은 너무 어려."

"그렇다고 불가능한 건 아니죠. 사실 전 예전부터 아드님들이 별로 마음에 들지 않아서요."

리메르는 가늘게 좁힌 눈으로 글렌을 올려다보았다.

"전 당신이라는 불꽃을 보고 지그하르트의 일원이 되었습니다. 하지만 후계자

중엔 제가 따르고 싶은 왕이 없습니다."

"너 설마 그래서 교관으로…."

글렌이 눈매를 좁혔다. 아무리 약해졌다고 해도 소드 마스터의 경지에 올랐던 리메르다. 모든 제안을 거절하고 교관이 된 이유가 스스로 왕을 찾기 위해서였던 것 같다.

"라온도 자격이 주어진다면 후계자에 설 수 있지 않습니까?"

"…그건 그렇다."

"잘되었군요."

리메르가 진녹색 안광을 발하며 고개를 숙이고 한 걸음 물러섰다.

"하나만 더. 라온에겐 재능만 있는 게 아닙니다. 뭐, 그건 저보다 가주님이 더 잘 알고 계시겠지만."

그는 알현실을 나가기 전 마지막 말을 흘리고 문을 닫았다.

"그래. 잘 알고 있다."

글렌은 텅 빈 알현실을 보며 씁쓸한 미소를 지었다.

"그 아이가 어떤 아이인지, 어떤 마음을 품었는지도."

제26화

라온이 만화공을 익히기 시작한 지 한 달이 지났다.

새벽과 저녁에 이어 밤에도 연공을 지속했지만, 오러는 만들어지지 않았다.

이 특별한 연공법은 무엇보다 강한 위력을 지닌 만큼 습득 난이도도 상상을 초월했다.

물론 마나 회로 내부의 냉기를 함께 운용하기에 성취가 더딘 것도 있었지만.

'천천히 하자.'

연무장 중앙에 선 라온이 덤덤하게 눈을 내리감았다.

'불의 고리가 있으니까.'

불의 고리가 있는 이상 육체와 마나의 재능은 언젠가 끝까지 차오른다. 지금은 조급하게 발을 내디딜 때가 아니라 더 단단하게 토대를 다질 때다.

터엉!

정규 훈련 시간이 되자마자, 연무장 문이 시원하게 열리고 리메르가 들어왔다. 웬일로 지각이 아니었다.

"오늘부터 오전 시간에는 무학을 배운다."

"오오!"

"우와아아아!"

"드디어!"

"검술이다! 검술!"

아이들은 손을 들어 올리며 왁왁 소리를 질렀다.

수련생들은 시험에 합격한 이후에도 한 달 동안 체력 단련만 해 왔다. 저런 환호가 나오는 건 당연했다.

"대륙에 지그하르트의 이름을 떨친 건 검술이지만, 권법도 그에 못지않다. 지금부터 기본 권법의 형태를 보여 주겠다."

리메르는 보여 주겠다고 말해 놓고 단상에 드러누웠다.

"숙련된 조교 앞으로."

그가 하품하며 손짓을 하자, 뒤에 있던 교관이 앞으로 나와 권법을 펼치기 시작했다.

'칠형권이군.'

일곱 가지 형태를 갖춘 권법이자, 모든 권법의 기본이 되는 주먹질이었다.

형을 알고는 있지만, 익힌 적은 없었다. 전생에서 내뻗은 손은 항상 적을 단숨에 죽이기 위한 칼날이었으니까.

"아, 칠형권…."

"저건 이미 아는데."

"에휴, 지겹겠네."

칠형권을 본 아이들의 표정이 차게 식었다. 이곳에 오기 전에 익혔던 권법이라 마음이 동하지 않는 것 같았다.

"지루한 표정들이네."

리메르는 피식 웃으며 손가락을 까딱였다.

"너희 중에 칠형권을 미리 배워 온 녀석들이 많다는 건 알고 있다. 그러니 제대로 익혔다는 걸 확인하면 바로 다음 진도로 나갈 수 있게 해 주마."

"다음 진도? 그게 무슨 말이에요?"

겁은 많은 주제에 궁금한 게 많은 도리안이 손을 들어 올렸다.

"너희는 같은 수련생 신분이지만, 같은 수준은 아니다. 즉, 똑같은 교육을 할 필요가 없다는 거지. 내가 정한 선을 넘기만 한다면 바로 다음 단계로 보내 주마."

리메르는 지난 수련 방식은 너무 고루한 것이라고 중얼거렸다.

"좋네. 마음에 들어."

마르타 지그하르트가 방긋 웃으며 앞으로 걸어 나왔다.

"또 지루한 칠형을 배울 줄 알았는데, 이게 맞지. 뛰어난 인간이 뒤떨어지는 인간에게 맞춰 줄 필요는 없잖아?"

"그런 생각은 하지 않았다만. 어쨌든 지금부터 각자의 자리에서 방금 보았던 칠형권을 재현해라. 말했듯이 내 마음에 들면 바로 다음 수련을 시작하게 해 주마."

리메르의 말이 끝나기 무섭게 아이들이 칠형권을 선보이기 시작했다.

'기초가 잘 잡혀 있군.'

라온은 주변에서 칠형권을 펼치는 아이들을 보며 눈을 빛냈다.

'괜히 명가가 아니야.'

기본이라 어설프게 배우고 넘어갔을 줄 알았지만, 아이들은 정확한 방향과 힘을 가지고 주먹을 뻗어 내고 있었다.

"흠, 역시."

리메르는 만족스럽게 고개를 끄덕였다.

"마르타 지그하르트, 버렌 지그하르트, 루난 슬리온, …."

그가 제대로 된 칠형권을 선보인 수련생의 이름을 부르자, 중앙에 남은 인원은 20명도 되지 않았다.

그리고 그 안에는 붉은 눈동자를 빛내는 라온 지그하르트도 있었다.

"흠."

리메르는 라온 지그하르트가 펼치는 칠형권을 보고서 고개를 끄덕였다.

'역시 모르고 있었군.'

그의 주먹질은 제대로 된 형이 잡혀 있지 않은 날것이었다. 실비아에게 들었던 대로 아무것도 배우지 않은 모양이다.

다만 라온은 버렌이 사용한 공호권의 흐름을 따라 한 적이 있으니, 며칠 안에 완벽하게 숙달할 수 있을 거다.

'다른 아이들도 좀 볼까….'

라온에게 시선이 가는 건 어쩔 수 없지만, 글렌에게 주의를 받았기 때문에 다른 아이들도 제대로 살폈다.

'나쁘지 않군.'

추천을 받아서 들어온 아이들이었기 때문에 대부분 눈과 육체가 뛰어났다. 저 아이들도 금세 칠형권을 익혀서 다음 단계로 갈 수 있을 것이다.

'역시 경쟁이 좋다니까.'

이건 오래달리기나 마찬가지다.

앞서 나아가는 아이들은 후위 아이들에게 따라잡히지 않기 위해서 노력하고, 뒤의 아이들은 선두를 따라잡기 위해 최선을 다한다. 훈련의 선순환이 일어나는 것이다.

'그럼 다음으로.'

리메르는 칠형권을 통과한 마르타와 버렌, 루난을 비롯한 수련생들을 살폈다.

마르타는 2단계에서 배워야 할 권법까지 완벽하게 익혔기에 3단계 벽력권을 수련하기 시작했다.

'당연하겠지.'

마르타가 중간에 낙제하긴 했지만, 그건 실력이 아니라 성격 때문이다. 저 아이가 시간을 낭비하지 않도록 다른 수련을 준비해 주어야 할 것 같다.

물론 거친 성격을 조금 유하게 만들 방법도 같이 생각해 보고.

'저쪽도 잘하고 있네.'

버렌과 루난도 2단계에서 배우는 진승권을 어느 정도 알고 있었다. 저 둘 역시 얼마 지나지 않아 3단계 벽력권으로 나아갈 수 있을 거다.

리메르는 드러누운 채로 노트에 아이들에 대한 정보를 적었다.

'자, 그럼 다시… 어?'

연무장의 아이들을 모두 훑어본 뒤 다시 라온에게 향한 리메르의 동공이 출렁였다.

'뭐야….'

아이들의 상태를 확인한 이 짧은 순간에 라온 지그하르트의 권로에 칠형권의 형태가 새겨지고 있었다.

'이게 말이 돼?'

리메르는 참지 못하고 몸을 일으켰다.

라온은 마르타, 루난, 버렌과 다르다. 분명 모르는 상태에서 시작했건만 지금은 아예 다른 사람이 되어 있었다.

칠형권이 아무리 기본 권법이고, 따라 하기 쉽다고 해도 1시간도 지나지 않아 눈에 띄게 성장을 하는 건 말이 되질 않는다.

'뭐 이런 괴물이….'

마나 운용 능력에 놀란 지 얼마 지나지도 않았는데, 다시 무학 습득 능력에 경악하게 되었다. 입이 절로 벌어졌다.

"후."

라온이라고 특별 취급을 할 생각은 없었다.

권법의 기본을 확실하게 다진 뒤 다음 단계로 보낼 생각이었는데, 그 순간이 굉장히 빠르게 다가올 것 같았다.

'이대로라면 내일 아니. 오늘 저녁일지도….'

마르타 지그하르트는 경쾌하게 주먹을 내지르며 미소를 지었다.

'이번 교관들은 마음에 드네.'

지금까지 뒤떨어지는 놈들을 기다려 왔지만, 그건 정답이 아니다.

재능 있는 사람은 위로 올라가고, 재능 없는 사람은 그 발판이 되는 게 옳은 방식이었다.

좌측으로 시선을 돌리자, 칠형권을 배우는 아이들이 보인다.

자신이 저걸 익힌 건 2년 전. 이제야 저 권법을 배우는 아이들이 자신을 따라오는 건 평생이 걸려도 불가능하다.

저들이 칠형권을 익힌 뒤 2단계에 도착했을 때 자신은 벽력권을 끝내 버리고 검술을 시작하고 있을 테니까.

'저 녀석도 있군.'

마르타는 중앙에서 주먹을 휘두르는 라온을 보며 입꼬리를 말아 올렸다.

'라온 지그하르트.'

지독한 냉기를 가지고 태어났지만, 스스로 훈련에 참여한 후 결국 수석을 따낸 별종.

한 달 전 자신의 기습을 막았을 때를 생각해 보면 감각도 움직임도 뛰어났었다. 재능 있는 녀석이다.

'하지만.'

너무 늦었어.

13살이 되어서야 오러를 익히고, 권법을 시작한다는 건 출발 신호가 울리고 한참 뒤에 달리는 것과 다를 바 없다.

'녀석이 날 따라잡을 일은 없겠군.'

자신의 오러는 이미 3성의 경지에 올랐고, 권법만이 아니라 검술들도 섭렵한 상태다.

어렸을 때부터 수련을 시작한 버렌이나, 루난이면 모를까. 라온은 경쟁 상대조차 되지 않았다.

'그저 발판이지.'

라온 지그하르트는 신경 쓸 필요도 없는 낮은 발판에 불과했다.

"흥."

마르타가 코웃음을 치며 고개를 돌렸다. 라온에게 관심을 끄고, 벽력권의 수련에 정신을 집중했다.

해가 질 때까지 벽력권의 성취를 올리고 있던 마르타의 옆으로 한 남자가 다가왔다.

"아가씨. 직계 수련을 할 시간입니다."

그녀의 집사인 카멜이었다.

"알겠어."

마르타가 고개를 끄덕이고서 뒤를 돌았다. 다른 아이들은 아직도 수준 낮은 권법을 수련하고 있었다.

"한심해."

"라온 지그하르트."

그들을 비웃으면서 돌아가려고 할 때 리메르의 목소리가 들려왔다.

"합격이다. 다음으로 가도록."

바람을 탄 듯한 가벼운 음성에 뒤를 돌았다. 라온 지그하르트가 덤덤한 얼굴로 고개를 끄덕이고 있었다.

"이게 무슨!"

마르타가 눈을 부릅떴다. 하루. 아니, 고작 반나절 만에 칠형권을 완성시켰다니, 믿을 수가 없었다.

'나도 4일이 걸렸는데.'

천재적인 재능 덕분에 지그하르트에 입양된 자신조차 4일이 걸려서야 칠형권을 익혔다.

저 발판 놈이 고작 반나절 만에 그 경지에 올랐다는 건 말이 되지 않았다.

"그럼 다음 권법을 알려 주시죠."

"이미 해가 졌잖냐. 귀찮으니까. 내일 하자."

"귀찮다니 교관이 할 말이 아니…."

"잠깐."

마르타가 대화 중인 라온과 리메르의 사이에 끼어들었다.

"교관님. 지금 저 녀석이 합격했다는 건가요? 오늘 배운 칠형권을?"

"그래."

리메르가 녹색 눈을 동그랗게 뜨면서 고개를 끄덕였다.

"귀찮다고 너무 대충 통과시키는 거 아닌가요?"

"대충?"

"칠형이 아무리 기본 권형을 담고 있다고 해도 각을 잡으려면 꽤 시간이 걸려요. 저 녀석이 그 각을 반나절 만에 완성했을 리 없을 텐데요."

"당연히 완성은 아니지. 다만 진승권으로 넘어갈 수준은 돼."

"하, 그 수준이 너무 낮다는 겁니다."

"흐음…."

리메르는 턱을 긁적이다가 라온에게 고개를 돌렸다.

"그렇다는데? 라온. 한번 보여 줘."

"싫습니다."

라온은 단호하게 고개를 저었다.

"전 이미 교관님의 통과 선언을 들었는데, 뭐 하러 다시 해야 하죠?"

"너…."

"그럼 내일 알려 주려고 한 진승권을 지금 알려 주지."

마르타가 나서기 전에 리메르가 먼저 입을 뗐다.

"후, 알겠습니다."

라온이 작게 한숨을 쉬며 다리를 어깨너비로 벌렸다. 호흡을 멈추고 주먹을 뻗어 낸다. 묵직한 정권이 저녁 공기를 뚫었다.

발을 앞으로 내밀며 좌측 주먹을 내지른다. 꺾여 오는 방향이 흡사 부메랑과 같았다.

우측으로 회전하며 허리춤에 놓았던 오른 주먹을 후려친다. 경쾌한 바람에 마르타의 앞머리가 나풀거렸다.

그 뒤로 이어진 라온의 자세는 표홀하면서도 박력 넘쳤다. 그는 칠형권의 일곱 가지 형태와 기세를 정확하게 표현했다.

꿀꺽.

마르타가 마른침을 삼켰다.

리메르가 대충 넘긴 게 아니었다. 라온 지그하르트는 정말 반나절 만에 칠형권의 형과 의를 익혀 냈다.

"너 미리 알고 있었지!"

"아니."

라온은 뭔 헛소리냐는 듯 턱을 치켜들었다.

"크…."

할 말이 없었다. 아까 보았을 때 라온의 주먹질은 분명 초보자 수준이었으니까.

"어때, 마르타. 이 정도면 인정할 만하지?"

리메르가 자신을 놀리듯이 끌끌 웃었다.

"저걸 반나절 만에?"

"내가 뭘 본 거지?"

"와…."

"진짜 미쳤네."

교관들과 아이들도 놀라웠는지 입을 다물지 못하고 있었다.

"그, 그 정도는 나도 했어."

마르타는 억지로 미소를 짓고서 등을 돌렸다. 입술을 깨물고 그대로 연무장을 빠져나왔다.

'괜찮아.'

고작 칠형권이다. 검술도 아닌, 권법의 기초 중 기초. 저걸 조금 빨리 익혔다고 해도 자신을 따라잡는 건 무리다.

그래. 그런 일이 벌어질 리 없지.

마르타는 마음을 가라앉히며 직계 훈련장으로 향했지만, 머릿속엔 라온이 휘두른 주먹의 궤적이 깊게 남았다.

❋❋❋❋

"어쩌라는 건지."

라온은 손을 털고서 인상을 찌푸렸다.

"놀라서 그러는 거다."

리메르는 연무장을 떠나는 마르타를 보며 픽 웃었다.

"사실 나도 놀랐어. 너 정도로 빠르게 습득하는 녀석은 처음 봤거든."

"칭찬은 감사하지만, 다음 권법부터 알려 주세요."

"하, 그래야지."

그는 작게 한숨을 내쉬며 일어섰다. 허리와 손목을 풀고서 하늘을 보았다.

"근데 라온."

"네?"

리메르의 표정을 보고 있자니, 갑자기 불안감이 들었다.

"오늘은 너무 늦었다. 내일 보자!"

그는 바람을 불러일으켜 시야를 가린 뒤 담장 너머로 사라졌다. 재빠르고 단호한 움직임에 막을 생각조차 할 수 없었다.

"……."

-본왕이 전에 말했잖느냐. 저 뾰족귀는 뒤통수칠 관상이라고. 전장에서 네놈을 버리고, 홀로 도망칠 놈이니라.

언제부터 점쟁이가 되었는지, 라스는 리메르의 미래에 대해서도 늘어놓았다.

'어느 정도는 예상했어.'

라온은 입맛을 쩝 다셨다. 리메르의 반응을 보았을 때부터 저럴지도 모른다고 생각했었다.

"라온 지그하르트."

버렌이 묵직한 걸음으로 다가왔다.

"난 지금부터 직계만 받을 수 있는 훈련을 받으러 간다."

알고 있었다. 저녁 이후 수련생들이 개인 단련을 하는 동안 직계들은 추가 교육을 받을 수 있었다.

"불합리하다고 말해도 좋다. 하지만 난 무슨 수를 써서라도 널 꺾을 거다."

그는 잠시 라온을 노려보다가 연무장을 떠났다.

-저 건방진 눈깔은 여전하군. 언젠가 꼭….

'아니, 달라졌어.'

라온이 버렌의 뒷모습을 보며 고개를 저었다. 무엇 때문인지는 모르지만, 한 달 전부터 버렌의 눈빛이 맑아졌다.

경쟁심은 여전했지만, 이전처럼 추한 짓은 하지 않을 것 같았다.

자박.

뒤에서 들린 발걸음 소리에 고개를 돌렸다. 루난이 맹한 눈빛으로 자신을 보고 있었다.

"넌 안 가?"

"안 가."

"가는 게 좋지 않나?"

"안 가."

"강한 검술도 배우고…."

"안 가."

루난이 느릿하게 고개를 저었다.

"쭙."

라온이 입맛을 다시고서 단련실로 향했다. 뒤에서 루난이 따라오는 걸음 소리가 사박사박하게 들려왔다.

제27화

"후욱!"

버렌 지그하르트는 벽력권의 형을 차례로 펼쳐 낸 뒤 거친 숨을 뱉어 냈다.

'쉽지 않네.'

2단계인 진승권은 본관에 있을 때 배워 놓아서 어렵지 않게 통과했지만, 3단계 벽력권의 습득은 쉽지 않았다.

기본 권법 안에 고급 묘리가 어우러져 있어서 익히기 난해한 권법이었다.

'그래도 다음 주 정도면 끝낼 수 있겠어.'

본관에 있을 때 권법 기초를 확실히 익혀 둔 덕분에 점점 자세가 잡혀 갔다. 벽력권을 익힌 지도 2주가 넘었기 때문에 다음 주 안에 통과할 수 있을 거다.

'그럼 다시.'

버렌은 어금니를 지그시 깨물며 다시 벽력권의 수련을 시작했다.

입에서 단내가 나고, 수련복이 젖어서 몸에 달라붙을 때까지 권법을 반복하던 그가 자세를 바로 했다.

후웅!

천천히 숨을 돌리고 있을 때 우측에서 거친 바람 소리가 들려왔다. 고개를 돌리자, 긴 흑발의 미소녀가 세차게 수련검을 휘두르고 있었다.

'마르타 지그하르트.'

마르타는 한참 전에 권법을 끝내고 가장 먼저 검술에 진입했다.

완벽한 자세와 정립된 형태. 감탄이 절로 나오는 수준의 검술이다. 성격은 지랄 맞지만, 실력만큼은 인정할 수밖에 없었다.

'그런데….'

이상한 점이 하나 있었다.

마르타의 진도는 수련장 누구보다 빠르고, 실력 역시 가장 뛰어나다. 교관 모두가 깜짝 놀랐을 정도.

하지만 그런 그녀의 표정에는 조금의 여유도 없었다.

뒤에서 굶주린 맹수가 쫓아오는 것처럼 짜증과 긴장이 가득 찬 표정으로 검술을 펼쳐 냈다.

'하긴 저럴 수밖에 없지.'

버렌이 미간을 찌푸리며 반대로 고개를 돌렸다. 그곳에 그가 있었다.

라온 지그하르트.

하루 만에 칠형권의 형태를 잡고, 진승권의 습득을 10일 만에 끝낸 괴물이 뒤에 있으니, 마음을 놓을 수가 없을 거다.

어이가 없지만, 지금 라온은 자신과 똑같이 벽력권을 수련하고 있었다.

후웅!

라온이 내지르는 주먹에 공기가 휘어지는 듯한 소리가 울리고, 땅을 구르는 발에 연무장의 바닥이 들썩인다.

그의 손짓과 발짓엔 벽력권의 묘리가 확실하게 스며들어 있었다.

'괴물 같은 놈.'

주변에서 천재니, 괴물이니 하는 소리를 듣고 자라 왔지만, 그걸 남에게 쓰게 될 줄은 몰랐다.

'어떻게 저럴 수가 있는 건지 모르겠어.'

수련생이 되기 전 진승권을 한 달 동안 익혔는데도, 3일의 추가 수련을 끝내고 나서야 벽력권을 시작할 수 있었다.

'그때도 빠르다는 소리를 들었는데.'

한 달 동안 익혀도 대단하다는 말이 나왔는데, 라온은 고작 10일 만에 그 경지를 따라잡아 버렸다. 그것도 단순히 형만 익힌 게 아니라, 제대로 된 묘리까지 권법에 담아냈다.

'저대로라면.'

자신과 비슷한 시기에 검술로 넘어갈 거라는 생각이 들었다.

"후…."

버렌이 가는 한숨을 뱉었다. 사실 라온을 살피며 놀란 건 그의 재능만이 아니다.

'노력과 정신력.'

라온은 훈련 시간에 단 한 번도 최선을 다하지 않은 적이 없었다. 입에선 차디찬 냉기가 흘러나오고 전신은 땀에 젖는다.

제삼자가 보아도 정상을 벗어난 몸 상태건만 녀석은 그 어떤 훈련도 포기하지 않았다.

 사람들은 최선을 다한다는 말이나, 끝까지 하겠다는 말을 쉽게 하지만 그걸 실제로 이루는 사람은 거의 없다.

 '하지만 놈은 하지.'

 라온은 매번 가진 모든 걸 소모해 가며 훈련에 최선을 다한다.

 리메르가 말했던 자신의 한계를 넘어 실력이 가장 빨리 느는 방법을 그 누구보다 효율적으로 이용하고 있었다.

 '볼 때마다 놀라게 만들어.'

 라온을 적이라고 생각하고 있음에도 감탄이 나온다. 녀석은 이 수련장에 있는 그 누구보다도 지그하르트의 이름에 걸맞은 모습을 보여 주었다.

 "버렌. 손이 멈췄다. 쉬려면 휴식장에 가라!"

 "아닙니다. 다시 하겠습니다."

 교관의 외침에 버렌이 고개를 숙였다. 한숨을 뱉으며 머리에 가득 찬 상념을 흘려보냈다.

 '그래. 이러고 있을 때가 아니지.'

 라온에게는 절대 지지 않겠다고 다짐했다. 녀석의 정신력을 본받아서 모든 순간에 최선을 다해야 했다.

 파앙!

 버렌은 정신을 집중하며 꽉 말아 쥔 주먹을 내뻗었다.

'후웅!'

 눈앞에 적이 있는 것처럼 광기를 담아 검을 내리치던 마르타의 손이 멈췄다. 그녀는 옅은 한숨을 내쉬며 검을 꾹 말아 쥐었다.

 '짜증 나.'

 이 연무장에서 유일하게 검을 잡고 있음에도 참기 힘든 짜증이 밀려왔다.

 '이건 모두….'

 마르타가 입술을 깨물며 눈길을 돌렸다. 허연 입김을 뱉으며 주먹을 날리는 놈이 보였다.

 라온 지그하르트. 놈을 보자, 체한 것처럼 가슴이 답답했다.

 '벌써 벽력권에 들어갔다니.'

 자신이 검에 진입하는 동안 라온은 두 가지의 권법을 모두 습득하고, 벽력권을 수련하기 시작했다.

 버렌이나, 루난처럼 권법에 대해 알고 있었다면 모를까. 처음 익혀서 저런 발전 속도라니, 어처구니가 없었다.

 '망할….'

 뒤에서 쫓아오는 전율적인 재능. 언제 선두를 빼앗길지 모른다는 공포에 숨이 막혔다.

 '저 자리는 내 거였는데.'

 지그하르트에 입양된 이후 추격자는 항상 자신이었다.

 천재라고 우쭐대고 잘난 척하는 직계와 방계들을 추월하여 놈들이 절망하는 모습을 비웃어 왔다.

 '하지만….'

이번에 그 역할이 반대가 되자, 쫓긴다는 두려움이 얼마나 무서운 것인지를 깨달았다.

"후웅!"

마르타는 점점 더 거대해지는 라온의 존재감을 지우기 위해서 검을 내리쳤다.

짜증이 가득 담긴 수련검의 칼날이 허공을 찢어발겼다.

그녀는 중천에 뜬 태양이 서산에 걸릴 때까지 검을 휘두르고 또 휘둘렀다.

"후욱…."

마르타가 긴 숨을 뱉으며 검을 내렸다. 종일 검을 휘두르고 나니, 답답했던 기분이 조금 가라앉았다.

하지만 우측을 보자마자 다시 인상을 쓰게 된다. 라온의 권법은 지금 이 순간에도 발전하고 있었으니까.

'저 망할 놈은 지치지도 않나?'

극한의 집중력을 유지한 채로 하루 종일 수련하다니, 악바리도 저런 악바리가 없었다. 뒷골목에서 살 때 본 적 없는 종류의 인간이다.

"쯧."

마르타는 해가 떨어진 걸 확인한 후 몸을 돌려 연무장을 나섰다.

"수고하셨습니다."

"응."

문 앞에서 기다리고 있던 집사 카멜이 고개를 숙여왔다. 대답할 힘이 없어서 고개만 끄덕였다.

"아가씨."

카멜이 걸음을 빠르게 맞추며 마르타를 불렀다.

"그리 조급해하실 필요 없습니다."

"그게 무슨 소리지?"

"최근 놀라운 모습들을 보여 주어서 모두 잊고 있지만, 라온 도련님은 큰 약점을 가지고 계십니다."

카멜은 기합 소리가 들려오는 연무장을 힐끔 보고서 빙긋 웃었다.

"병 말하는 거야? 그놈은 독종이라 통증 따윈 신경 쓰지 않아."

"그게 아닙니다."

"그럼 뭔데"

"라온 도련님은 오러에 대한 재능이 최하 수준입니다."

"뭐?"

"아가씨께서 입양되기 전이니 모르시겠지만, 판별식에서 라온 도련님의 마나 감응력은 최저 수준으로 나왔습니다."

카멜은 단전을 가리키며 빙긋 웃었다.

"현재 5 연무장에서 오러를 익히지 못하신 분은 라온 도련님 한 명 아닙니까?"

"맞아."

마르타가 고개를 끄덕였다. 두 달 전에 리덴 연공법을 배운 수련생들은 모두 단전에 오러를 안착시켰다.

카멜의 말대로 수련생 중에서 오러를 익히지 못한 사람은 라온뿐이다.

"동패로 얻을 수 있는 연공법이라고 해 봐야 중급에서 중상급. 린덴보다 조금 뛰어난 연공법이죠. 그런데도 아직 연공법을 습득하지 못한 걸 보면 그분의 마나 재능은 판별식에서 나온 대로 최저 수준일 겁니다."

"아!"

"아무리 검술과 권법에 재능이 있어도 오러에 대한 재능이 미약하다면 제대로 된 무인이 될 수 없습니다."

카멜은 인자해 보이는 웃음을 지으며 고개를 저었다.

"그랬군."

마르타가 입꼬리를 말아 올리며 턱을 끄덕였다.

'오러에 대한 재능이 없는 거였어.'

라온이 가진 무학적 재능이 너무도 뛰어나서 잊고 있었지만, 놈은 지금까지도 오러를 익히지 못하고 있었다.

오러 재능이 약한 무인은 반쪽짜리라는 말이 있다. 라온 지그하르트는 무학에만 재능을 몰아 받은 반쪽짜리 무인이었다.

"후후."

웃음이 절로 나왔다. 지난 시간 동안 잠까지 설쳤던 불안감이 단숨에 사라졌다.

"괜한 걱정이었네. 신경 쓸 필요 없는 놈에게 관심을 줬어."

마르타는 쇳덩이를 뺀 것처럼 가벼운 걸음으로 직계 수련장으로 향했고, 카멜은 그 뒤를 따르며 의미를 알 수 없을 정도로 흐릿한 미소를 지었다.

라온은 잠시도 훈련을 멈추지 않았다. 끊임없이 움직이며 벽력권의 묘리와 흐름을 몸과 정신에 때려 박았다.

등 뒤에서 식은땀이 흘러내리고, 입에선 눈처럼 하얀 김이 뿜어졌다. 누가 봐도 지친 기색. 하지만 그의 얼굴은 태양을 마주한 듯 밝았다.

"후."

라온이 마른 입술을 축이며 옅게 웃었다.

'점점 즐거워지는군.'

교관이 보여 준 움직임은 1mm의 오차도 없이 머리에 새겨지고, 그 흐름과 형태는 육체를 통해 재현된다.

무학을 익히는 게 이렇게 즐거운 일인지 전혀 몰랐다.

'당연한 건가.'

전생에선 무학이 아니라, 생존법과 살인법만을 배웠다. 성장하는 건 오직 사람을 죽이는 방법뿐이었다.

오러를 늘리고, 살인검을 수련하는 건 자신을 발전시키기 위해서가 아니라, 적의 숨통을 끊기 위한 것이었다.

내 한 몸이 으스러지고, 찌그러져도 적을 죽일 방법만을 몸과 정신에 새겼다.

하지만 지금은 다르다.

칠형권도, 진승권도, 벽력권도 기초적인 권법이지만, 그걸 배우고 익히는 것만으로 가슴이 벅차올랐다.

'나를 위한 발전이니까.'

누군가를 죽이기 위해서, 누군가의 명령을 들어서가 아니라, 자신을 위한 수련을 하게 되니, 힘들어도 웃음만 나왔다.

'고통도 견딜 만해.'

통증만 따지자면 마나 회로의 냉기 때문에 지금이 전생보다 더 고통스럽다. 하지만 성장한다는 고양감에 몸을 멈출 수 없었다.

불의 고리가 맹렬하게 회전하며 무학의 흐름을 파악하고, 육체를 강화한다.

권법만이 아니라, 육체와 정신까지 성장하는 게 느껴지니, 훈련이 즐겁기만 했다.

-그런 기초적인 몸부림을 익혀서 어디다 쓰려는 것이냐. 본왕에게 몸만 넘긴다면 당장 대륙의 정점에 서게 해 주마.

'거기에 내 의지가 없다면 아무 소용도 없어.'

아무 의미도 없이 남의 명령을 따르는 건 전생의 삶으로 충분하다. 몸을 넘겨서 얻게 된 최강 따위는 필요 없다.

-멍청하군. 너처럼 허약한 놈은 평생을 노력해도 그 위치에….

'흐흠.'

기분이 상쾌하니, 라스의 개소리에도 웃음이 나왔다.

파앙!

라온은 라스의 말을 리듬 삼아 벽력권의 자세를 순서대로 펼쳤다. 수련을 통해서 즐거움이라는 감정을 조금이나마 배워 나가는 것 같았다.

후우웅! 후웅!

전력을 다해 주먹을 내지르고, 잠시 호흡을 조절할 때 수련생 중 하나가 다가와 고개를 숙였다.

"저, 저기 수석님. 하나만 여쭈어봐도 괜찮겠습니까?"

"뭐지?"

"그 진승권의 마지막 자세가 잘 안 되는데…"

"우측 발을 조금 더 벌려. 다리의 균형이 맞지 않는다."

라온은 수련생의 자세를 보자마자, 문제를 파악했다.

"아! 감사합니다!"

수련생은 고개를 숙이고 뒤로 물러섰다. 단번에 이해했는지 지적한 부분을 고쳐 제대로 된 자세를 잡았다.

"와, 한 번에 고쳐졌어!"

"권법의 천재라니까!"

"교관보다 더 잘 보는 거 같아."

수련생들은 서로의 자세를 확인한 뒤 라온에게 감탄의 시선을 보냈다.

라온은 수련생들이 놀라든 말든 신경 쓰지 않았다. 해가 질 때까지 권법 수련을 한 뒤 숙소로 돌아갔다.

간단하게 저녁 식사를 끝내고 바로 방으로 들어가 오러 연공을 준비했다.

날이 갈수록 성취가 폭발하는 권법과 달리 만화공의 습득은 지지부진했지만, 라온의 표정은 덤덤했다.

'처음부터 오래 걸릴 줄 알았으니까.'

머릿속에 든 만화공의 내용을 모두 훑어보고 깨달았다.

만화공은 불의 고리처럼 전설급의 연공법이다.

제대로 익힌다면 적수를 찾기 힘들 정도로 막강한 오러를 사용할 수 있으니, 습득하는 데 많은 시간이 필요한 건 당연했다.

'거기다 냉기도 함께 흡수하고 있으니까.'

라온은 만화공의 열기만이 아니라, 마나 회로 내부의 냉기도 함께 운용하고 있다.

상반되는 두 기운을 동시에 순환시키는데, 그 기운이 쉽게 단전에 안착하는 게 더 이상한 일이다.

'걱정할 필요 없어.'

당장의 성취가 느린 건 맞다.

하지만 만화공을 습득하고, 냉기를 모두 흡수했을 때의 보상이 어마어마할 거라는 걸 알고 있어서 불안한 마음은 전혀 없었다.

'첫 번째 꽃을 피워 낼 때가 기대되네.'

라온은 만화공의 화염에서 피어날 꽃 한 송이를 그리며 눈을 감고, 연공에 빠져들었다.

제28화

 마르타의 수련검이 초여름의 선선한 공기를 가른다. 예리하면서도, 부드러운 연계. 지그하르트의 기본 검술 중 하나인 연성검이었다.

 후우웅!

 그녀는 전장의 한복판에 선 것처럼 살벌한 눈빛으로 검을 내리쳤다. 그 강렬한 기세에 연무장에서 피어오른 모래조차 그녀에게 다가가지 못했다.

 후우웅!

 그런 마르타의 우측에서 비슷한 검풍 소리가 들려왔다. 금발적안의 소년. 라온 지그하르트였다.

 그의 뭉툭한 수련검은 마르타와 똑같이 연성검의 초식을 펼쳐 내고 있었다.

 한참 뒤떨어졌던 라온이 결국 마르타를 따라잡은 것이다.

 하지만 그걸 지켜본 마르타의 얼굴엔 예전 같은 초조함과 긴장감이 보이지 않았다.

오히려 입가에 미소를 띠며 라온에게 박수를 보냈다.

"잘하네."

마르타가 수련검을 내려놓으며 흐트러진 머리를 쓸어 올렸다.

"무학을 배우는 속도는 천재라는 말로도 부족할 정도야. 그런데…."

그녀는 말을 살짝 끌며 손가락을 돌렸다.

"마나 감응력이 그따위라면 돼지 목에 진주나 다를 바가 없지. 그런 반쪽짜리 재능은 별로 부럽지가 않네."

마르타의 목소리는 컸다. 수련생 모두가 그 말을 들었지만 나서는 사람은 아무도 없었다.

"차라리 오러와 무학에 대한 재능이 반씩 있는 게 낫지. 네 재능으로 할 수 있는 건 검술 교관 정도일까?"

라온에게 도움을 받은 수련생도, 버렌도, 옆에 서 지켜보던 리메르와 교관들도 입을 열지 않았다.

'그럴 수밖에.'

마르타가 더욱더 진한 비웃음을 흘렸다.

'저 멍청이가 4달 동안 오러를 익히지 못할 줄은 그 누구도 몰랐을 테니까.'

오러 수련이 정규 훈련에 들어간 지 4달이 넘었지만, 라온은 오러를 익히지 못했고, 그의 단전은 빈털터리였다.

'처음엔 식겁했지.'

어마어마한 속도로 발전해 나가는 라온을 보며 진심으로 경악했다.

어마어마한 재능이 쫓아오는 공포에 잠조차 설칠 정도. 매일 새벽부터 밤까지 수련해도 그 두려움은 가시지 않았다.

하지만 카멜의 말을 듣고 난 이후로 모든 게 바뀌었다.

'정말 반쪽짜리였어.'

라온이 판별식에서 최악의 마나 감응력을 보여 주었다고 했던 말은 거짓이 아니었다.

그는 연공을 시작하고 4달이 지난 오늘까지도 단전에 오러를 만들지 못했다.

검술이나 권법을 아무리 잘 배우고, 익히면 무엇을 하겠는가. 그 주먹과 검에 담겨야 할 힘이 없는데.

"후후."

마르타는 식은땀을 흘리면서 검을 휘두르는 라온을 비웃으며 턱을 틀었다.

'신경 쓸 가치도 없었어.'

위협적인 존재라고 생각했지만, 이젠 아니다. 라온은 버렌이나, 루난은커녕 겁쟁이 도리안 수준도 되지 않았다.

다만 라온에게 반격을 당했던 건 아직 머릿속에 꽉 박혀 있었다.

'이제 잊어도 되겠네. 오러를 쓰는 대결에선 상대조차 안 될 테니까.'

마르타가 여유로운 미소를 지으며, 뒤를 돌았다.

"응?"

루난 슬리온이 뚱한 표정으로 서 있었다.

"가."

"할 말은 그것뿐?"

"가."

"재촉하지 않아도 갈 거야. 수준 높은 수련을 할 시간이거든."

부드럽게 손을 흔들어 주고, 연무장을 떠났다.

후웅!

마르타가 한껏 조롱하고 떠났지만, 라온은 반응하지 않았다. 입에서 하얀 김을 뿜어내며 끊임없이 검을 휘둘렀다.

그의 빨간 눈동자에 비치는 건 오직 검뿐이었다.

라온은 야간 수련까지 끝낸 뒤 실내 단련장을 쭉 둘러보았다.

'다 돌아갔나.'

내일부터 이틀간 휴일이라 모두 집으로 돌아가서 훈련장에 남아 있는 사람은 한 명도 없었다.

"후….."

라온은 들뜬 숨을 내쉬며 검을 내려놓았다. 불의 고리를 운용하며 검술에만 집중했더니, 밤이 된 줄도 몰랐다.

암살하기 직전의 집중력과 같은 수준. 수련할 때 발휘하기 어려운 극한의 집중력이었다.

'검술이 꽤 늘었는데.'

검에만 집중한 덕분에 연성검의 성취가 꽤 올라갔다. 조금만 더 익히면 실전에서도 무리 없이 사용할 수 있을 거다.

-이제야 정신을 차린 거냐!

오늘 수련에 만족하고 있을 때 분노로 가득 찬 라스의 목소리가 울렸다.

-그렇게 도발 당하고도 가만히 있다니. 한심한 놈!

'도발?'

-그 검은 머리 계집이 계속 주절거렸지 않느냐!

'아, 그랬어?'

라온이 픽 웃었다. 수련에 집중하느라, 마르타가 떠드는 것도 몰랐다.

-본왕에게 그따위 말을 주절거렸다면 전신을 얼린 뒤 갈기갈기 깨부숴 버렸을 거다!

'전에도 말했잖아. 지금은 싸워 봐야 이득이 없다고.'

지금 도발에 넘어가서 싸워 봐야 마르타에게 뽑아 먹을 게 없다.

수석 자리를 걸고, 그녀에게 내기를 걸어 영약이나, 무학서 하나라도 챙기는 게 훨씬 낫다.

'어차피 뭘 해도 이길 수 있으니까.'

만화공을 익히지 않은 상태에서도 마르타 같은 애송이를 이기는 건 간단하다. 그녀에게 괜찮은 보물이 들어왔을 때가 싸움을 걸 때다.

'일단 돌아갈까.'

라온이 정리를 끝내고 단련장의 마법등을 끄려고 할 때 문에서 작은 걸음 소리가 들려왔다.

탁.

작고 가벼운 발소리. 매일 들어서 알 수밖에 없는 루난의 걸음 소리였다.

뒤를 돌아보니, 보라색 눈동자를 반짝이는 루난이 서 있었다. 평소처럼 맹한 눈이 아니었다.

"자."

그녀가 뒤로 숨기고 있던 손을 내밀었다. 벽돌보다 조금 작은 상자였다.

"이게 뭔데?"

루난은 대답하지 않고, 상자의 뚜껑을 열었다. 뚜껑과 함께 솟구친 새하얀 냉기 아래 어린아이 주먹만 한 구슬이 하나 있었다.

"어…."

라온은 상자에 든 구슬과 루난의 보랏빛 눈을 번갈아 바라보았다.

"이거 가져가라고?"

"응."

루난은 고개를 끄덕이고서 상자에 담긴 구슬을 손에 올려 주었다. 손바닥 위로 기분 좋은 시원함이 올라왔다.

"먹어."

그녀는 그렇게 말하고서 상자의 뚜껑을 닫았다.

'뭐지?'

이게 뭔지 모르겠다. 다만 저렇게 냉기가 모여 있는 상자에 보관하고 있는 걸 보면 귀한 게 분명했다.

"음…."

암살자의 삶에서 배운 대로라면 먹지 않아야 하지만, 루난의 눈동자에 담긴 기대감에 손이 움직였다.

"후…."

이 녀석이 이상한 걸 주진 않겠지.

눈 딱 감고 구슬을 입에 넣자, 혀끝에서 바로 녹아내렸다. 초콜릿을 얼린 듯한 시원한 단맛이 입 안 전체를 휘감았다.

"허…."

헛웃음이 절로 나올 정도로 시원하고 달콤했다. 눈이 번쩍 뜨였다.

-이, 이런 맛이 있다니! 본왕이 마계에 있을 때도 느껴 본 적 없는 단맛이다! 아니, 시원함 때문에 단맛이 올라간 건가? 더, 더 가져와라! 더 먹어 보고 싶다!

감각을 연결했었는지 라스는 아이스크림을 먹고 펄쩍펄쩍 뛰었다.

'좀 가만히 있어.'

라온은 나비처럼 팔랑거리는 라스를 팔꿈치로 밀어냈다.

"어때?"

"마, 맛있네."

"구슬 아이스크림이야."

루난은 고개를 크게 끄덕이고서 뒤로 물러섰다. 그리고선 그대로 단련장을 나갔다.

"어? 야!"

손짓하며 불렀지만, 루난은 돌아보지 않았다.

-…별종이로다. 근데 하나만 더 줬으면 좋았을 것을.

'걱정해 준 건가.'

루난은 오늘 마르타가 대놓고 조롱한 것을 걱정해서 구슬 아이스크림을 준 것 같았다.

별관에서 가끔 아이스크림을 먹어 보긴 했지만, 이런 형태와 맛은 처음이었다.

상자의 크기를 보았을 때 끽해야 아이스크림 4개가 들어가 있었을 텐데, 그중 마지막 하나를 건네준 모양이다.

'마지막 남은 걸 주다니.'

루난은 아이답게 단 음식을 굉장히 좋아한다.

마지막 남은 아이스크림에 집착을 가질 만도 한데, 망설임 없이 건네다니 보통 결정이 아니었을 것이다.

머릿속으로 아껴 둔 간식을 들고, 우물쭈물하는 루난의 모습이 그려졌다.

"나 참."

라온이 픽 웃었다. 저런 아이까지 걱정하게 만든 것 같아서 조금 미안해졌다.

'근데 난 아무렇지도 않은데.'

정말이다.

자신이 걸어가야 할 길은 누구보다도 높고, 험난한 길. 그리고 만화공은 그 길을 더 쉽게 걸어가게 해 줄 길잡이다.

그런 뛰어난 길잡이가 쉽게 힘을 빌려줄 리가 있겠는가. 여유를 가지고 기다려야 한다.

'나중에 보답 좀 해야겠네.'

라온은 부드러운 미소를 지으며 훈련장을 나왔다. 지쳐 있던 발걸음이 풀잎처럼 가벼워졌다.

"세상에! 라온 도련님!"

라온이 별관의 문을 열고 들어가자, 입구에 서 있던 헬렌이 눈을 동그랗게 뜨며 다가왔다.

"웬일이세요?"

"라온이 왔다고?"

헬렌의 목소리를 들은 실비아가 방문을 걷어차고 달려와 라온을 부둥켜안았다.

"이게 얼마 만이야! 몇 달째 찾아오지도 않고!"

"지난주에 봤잖아."

라온이 볼을 비비는 실비아를 밀어냈다. 수련생이 된 이후엔 주말 면회가 가능했기 때문에 실비아는 일주일마다 숙소로 찾아왔었다.

"그거랑 이건 다르지!"

실비아는 허공을 내리치며 고개를 저었다.

"아직 밥 안 먹었지? 금방 준비할게. 헬렌!"

"도련님. 조금만 기다려 주세요."

실비아는 시녀들을 데리고 부엌으로 들어갔다. 울리는 목소리를 들어 보니 비프 스튜를 해 주려는 것 같았다.

뭐라고 할까.

정확히 표현할 수는 없지만, 별관에 오면 마음이 편안해진다. 전생에 없던 진짜 집이 이러할까.

"빨리 만들어! 라온이 배고플 거라고!"

"알겠어요! 근데 재료가…."

"일단 있는 거 다 때려 부어!"

라온은 주방에서 들려오는 정겨운 소리를 들으며 욕실로 향했다.

다음 날 새벽.

주디엘은 라온의 방에서 무릎을 꿇은 채로 고개를 숙이고 있었다.

라온은 침대에 걸터앉은 채로 손에 쥔 종이를 툭툭 쳤다. 이전에 호수에서 찾아냈던 달빛 종이와 같은 물건이다.

"고개를 들어라."

엄숙한 목소리에 주디엘이 몸을 떨며 머리를 들어 올렸다.

"중무전에서 내려온 이야기는?"

"따, 딱히 없습니다. 이전에 도련님이 권법과 검술을 익히는 속도가 빨라서 더 자세히 조사하라는 명령이 떨어졌지만, 오러를 익히지 못한 지금은 관심이 멀어진 것 같습니다."

"역시 그런가."

라온이 빙긋 웃었다. 오러는 모든 무인들에게 가장 중요한 요소. 그 재능이 뒤떨어지는 자신에게 관심이 떨어진 것 같았다.

"어머니에 대한 건?"

"실비아 님에 대한 관심도 줄어든 것 같습니다. 이대로라면 제가 철수할 가능성도 있습니다."

철수하면 좋지 않겠냐고 할 수도 있겠지만, 전혀 아니다.

'이용할 구석이 사라지지.'

주디엘을 이중 첩자로 만든 이유가 사라지기 때문에 그건 좋은 흐름이 아니었다.

"저, 저기 혹시 지금까지 일부러 오러를 익히지 않으신 건지…."

주디엘이 바르르 떨리는 입술을 뗐다.

"글쎄."

라온은 답을 해 주지 않고, 미소만 지었다. 그것만으로 주디엘은 마른침을 삼켰다. 아직도 그날의 공포가 그녀를 지배하는 것이다.

"수고했다. 나가 보도록."

"예, 예!"

주디엘은 눈동자를 떨며 일어섰다. 공포와 고통을 겪지 않아도 된다는 것에 기뻐하며 빠르게 문을 열고 나갔다.

-누가 들으면 일부러 익히지 않은 줄 알겠군.

'분위기와 상황을 잘 이용하는 것도 능력이지.'

라온이 손목에 매달린 라스를 툭 쳤다. 주디엘은 알아서 착각하고 자신의 존재감과 공포를 더욱 키울 거다.

-오러를 익히는 데 그렇게 힘들어하다니 한심하다. 본왕이 마계에 있을 때는 한 번 배운 마법과 무학은 눈을 감고도 행할 수 있었지.

'그러게, 참 한심하네.'

라온은 여유롭게 대답하며 방을 나갔다. 마음이 여유롭기에 라스의 놀림도 웃어넘길 수 있었다.

"음?"

새벽 단련을 위해서 정원으로 가려 할 때 멀리서 한 남자가 다가왔다. 붉은색 머리칼에 기분 좋은 바람을 몰고 다니는 엘프. 리메르였다.

"교관님?"

"잘 잤어?"

리메르는 새집이 지어진 머리를 한 채로 손을 흔들었다.

"새벽부터 무슨 일이십니까?"

"내가 예전에 약속한 거 못 지켰잖아. 그게 미안해서 조금 도움을 주려고."

"약속이요?"

"권법 수련 첫날 진승권을 알려 준다고 하고 도망갔잖아."

"아!"

"그건 이미 늦었으니, 다른 교육을 해 줄게."

그는 씩 웃으며 손가락을 흔들었다. 가느다란 손가락 끝에 진녹색 바람이 치솟았다.

"네게 속성이 무엇인지를 알려 주마."

제29화

"지금 속성을 알려 준다고 하신 겁니까?"

라온이 흐트러진 리메르의 머리와 옷을 보며 인상을 찌푸렸다. 조금도 믿음이 가지 않는 모양새였다.

"사기꾼을 보는 눈빛이네."

리메르는 허리를 살짝 굽히며 낄낄 웃었다.

"내가 좀 게으르긴 해도 교육은 확실하잖아."

"……."

그건 맞다. 그의 방식은 많은 아이를 데려가진 못해도, 소수의 성장은 확실하게 책임졌으니까.

"의심 그만하고 나와."

"여기서 하는 게 아닙니까?"

"당연히 아니지. 대충 준비해서 따라와라."

"…알겠습니다."

라온은 방에 들어가서 겉옷을 꺼냈다.

-새벽부터 뾰족귀와 마주치다니, 오늘 재수가 없겠군.

'매번 만났는데 뭘.'

겉옷을 걸친 뒤 별관을 나갔다.

"어딜 가시려는 겁니까?"

"북망산."

리메르가 별관 뒤편에 솟구친 산을 가리켰다. 지그하르트 전체를 둘러싼 거대한 산으로 별관만이 아니라, 본관과도 닿아 있었다.

"가자."

"알겠습니다."

라온은 리메르를 따라 산을 올랐다.

"이쯤이면 되겠네."

리메르는 20분 정도 산을 오른 뒤 멈춰 섰다. 평평하면서도 나무가 자라지 않아 공터 같은 공간이었다.

"여긴 왜 오신 겁니까?"

라온의 목소리는 덤덤했지만, 속에선 리메르가 어떻게 움직여도 반응할 준비를 마쳤다.

"그리 긴장할 필요 없어. 그저 느끼게 해 주고 싶을 뿐이니까."

"느낀다?"

"그래."

리메르의 웃음과 함께 진녹색 바람이 불어왔다.

"날 믿고 그 자리에 가만히 서 있어."

"믿으라고 해도… 음?"

겨울을 지우는 봄 내음처럼 살랑거리며 불어온 바람이 앞머리를 흔들었다.

그 뒤로 여름 숲에서나 느낄 법한 시원한 바람이 산을 오르며 달궈진 육체를 가라앉혔다.

세 번째는 겨울이다. 혹한의 폭풍처럼 뼈를 아리게 만드는 서늘한 바람이 피부를 짓눌렀다.

바람은 또 한 번 변했다.

사계를 담아냈던 진녹색 바람은 예리한 칼날이 되어 라온의 주변을 휘감았다.

"난 바람으로 내 주군을 지킬 칼날을 만들길 원했지."

녹색 바람의 해일 속에서 리메르의 목소리가 들려왔다.

콰아아아!

주변의 모든 것을 찢어발기는 칼날 폭풍이 몰아쳤지만, 라온은 물러나지도, 앞으로 나가지도 않았다.

"이게 내가 선택한 바람이다."

라온은 그 자리에 그대로 서서 녹색 폭풍을 느꼈다.

후우욱!

거친 바람의 기세가 꺼지고, 리메르의 입가에 능글맞은 미소가 피어났다.

"무섭지 않았어?"

"교관님이 공격할 의도가 없었으니까요. 그리고 움직이지 말라고 하셨지 않습니까."

"역시 넌 아무리 봐도 13살이 아니야."

리메르가 픽 웃고서 손가락을 튕겼다. 주변에 존재하던 바람이 완벽하게 사라졌다.

"속성이 담긴 연공법은 다른 연공법에 비해 강력한 힘을 발휘할 수 있지만, 익히기 쉽지 않아."

그의 잔잔한 목소리에 바람이 춤을 추듯 울렁였다.

"엘프인 나야 태어났을 때부터 바람을 느꼈지만, 인간인 넌 다르지. 마나 회로가 냉기로 가득 차 있으니, 더 힘들 테고."

"맞습니다."

라온이 고개를 끄덕였다. 만화공이 난해한 것도 있지만, 태어나서부터 가지고 있었던 냉기와 반대되는 기운을 운용해야 하니, 더 힘들 수밖에 없었다.

"바람에도 종류가 있다. 따뜻하거나, 차갑거나, 날카롭거나. 난 모든 것을 뚫어 낼 바람의 검을 바랐고, 그걸 이뤄 냈었다."

'이뤄 냈었다'라고 과거형을 말할 때 리메르의 표정은 서글프다기보다 당당했다.

"너도 그걸 찾아야 해. 네가 가질 불의 이미지를 잘 생각해 봐라."

"이미지…."

"이미지를 만들기 위해선 그 속성을 느끼는 게 가장 중요하지."

"하지만 여긴 북방입니다. 산에 불이라도 지르지 않는 이상 제대로 된 불꽃을 보기는 힘들어요."

"그랬다간 너랑 나랑 사이좋게 목이 잘릴걸."

리메르는 킥킥 웃고서 손을 저었다. 그의 발끝에 녹색 바람이 일어났다.

"따라와라."

"또 어딜 가는 겁니까?"

"바람은 느꼈으니, 불을 보러 가야지."

라온은 리메르의 뒤를 따라 산을 달렸다. 대략 20분쯤 뛰었을 때 리메르의 걸음이 느려졌다.

후욱!

열풍이 스쳐 지나간 것처럼 차디찬 숲에서 두꺼운 아지랑이가 피어올랐다. 지금까지와는 전혀 다른 기온에 피부가 간지러워졌다.

'저긴가.'

붉은 벽돌로 지은 집과 회색 가마가 붙어 있었다. 열기는 가마 안에서부터 흘러나오고 있었다.

'덥군.'

여긴 북방이다. 대륙에서 가장 추운 곳임에도 더울 정도이니, 저곳에서 피어나는 열기가 얼마나 지독한지 알 수 있었다.

"어이, 영감. 나 왔어!"

리메르는 자기 집이라도 되는 듯 성큼성큼 걸어갔다. 그 뒤를 따라갔다.

가마에 다가갈수록 열기가 강해진다. 새어 나온 땀으로 옷이 젖을 정도.

"으음….'

익숙하지 않은 열기에 마나 회로 내부의 냉기가 요동을 친다. 심해지는 통증에 인상을 찌푸리며 집으로 들어갔다.

집 안엔 딱 하나의 기구만 존재했다.

아궁이. 집 전체를 일그러져 보이게 만들 정도로 어마어마한 열기를 뿜어내는 가마의 아궁이가 있었다.

아궁이 앞엔 머리를 허옇게 물들인 주름 가득한 노인이 앉아 있었다. 그는 옷이 다 젖을 정도로 땀을 흘리면서도 아궁이에서 눈을 떼지 않았다.

'이게 내가 알던 불꽃이 맞나?'

라온이 마른침을 삼켰다. 전생의 삶을 통해 많은 불길을 봐 왔다. 직접 피운 모닥불부터 마법사의 손에서 뿜어지는 상위 화염 마법까지.

하지만 그 무엇도 아궁이에서 치솟은 불꽃의 열기를 따라잡지 못할 것 같았다.

고오오오!

마나 회로의 냉기가 비명을 지르고, 아직 습득하지도 않은 만화공의 흐름을 따라 주변의 마나가 움직였다.

불길이 일어나는 소리가 귀청을 때리고, 열기의 출렁임에 심장이 박동했다. 귀신에 홀린 것처럼 아궁이에서 눈을 뗄 수가 없었다.

"영감. 집중력은 여전하네."

리메르는 녹풍으로 열기를 가라앉히며 손을 털었다.

"네놈 때문에 열기가 죽지 않느냐."

"꼴을 보니, 어차피 오늘도 실패잖아."

"끄응…."

노인은 리메르를 노려보다가 한숨을 내쉬고 아궁이에 뭔지 모를 회색 덩어리를 집어넣었다.

후욱.

대지조차 녹여 버릴 것 같았던 열기가 가라앉고, 불길은 따스할 정도로 낮아졌다.

"아…."

라온의 입에서 한숨이 새어 나왔다. 불길이 꺼지자마자, 마나 회로를 질주하던 만화공의 흐름이 흩어졌다. 아쉬움에 손끝이 떨렸다.

"이번에는 또 뭘 데리고 온 거지? 저건 뭐야."

노인은 라온을 보고 눈매를 찡그렸다. 아래로 내려간 입매와 한껏 솟은 눈썹을 보니, 고집이 세다는 걸 알 수 있었다.

"어허! 저거라니! 가주님의 손자께 무슨 막말이야!"

리메르는 본인도 반말하고 막대하면서 예의를 차리라 말하고 있었다.

"흥, 난 이미 은퇴한 노인네일 뿐이다. 가주께서 직접 오시지 않는 이상… 음?"

그는 라온의 눈과 머리카락을 보고 일어서다가 멈춰 섰다.

"금발적안? 거기다 저 얼굴은…."

"가주님이랑 비슷하지? 라온이 훨씬 더 잘생기긴 했지만."

"음."

노인은 동의하는지 고개를 주억였다.

"발칸이다. 예의를 차리길 원한다면 다른 곳으로 가도록."

'발칸!'

라온은 다 타 버린 숯을 보는 듯 흐릿한 노인의 눈을 보며 입매를 다잡았다.

'이 사람이 여기 있었다니.'

장인. 그것도 세계에 이름을 알린 대륙 장인의 칭호를 가진 남자로 글렌 지그하르트의 진천검을 만든 것으로 유명한 남자였다.

다만 그의 마지막 활동은 30년 전이었고, 진천검 이후에는 딱히 명검이라 불릴 만한 검을 만들지 못했다.

"라온 지그하르트라고 합니다."

라온은 발칸의 반말에 신경 쓰지 않고 고개를 숙였다. 한 길의 끝에 도달한 거인에게 보내는 예의였다.

"음…."

정중함을 차린 인사에 발칸의 구겨진 표정이 조금이나마 풀어졌다.

"네가 나에 대해 알려 준 건…."

"전혀."

리메르는 고개를 숙숙 젓고서 뒤를 돌았다.

"이 영감은 지그하르트의 장인이다."

"은퇴한."

"그래. 은퇴한 장인. 어쨌든 이 영감이 여기서 불씨를 태우기 시작한 지 10년이 넘었거든."

리메르가 꺼져 버린 아궁이를 가리키며 몸을 돌렸다.

"여기가 북방에서 가장 뜨겁고, 열정적인 불을 느낄 수 있는 곳이다."

"화속성 연공법이라…."

발칸은 리메르의 설명을 듣고서 인상을 찌푸렸다.

"그래서 여기에 데리고 온 거냐?"

"영감은 1년 내내 여기서 불씨만 키우잖아. 여기 말고 제대로 된 불을 느끼게 할 곳이 어디에 있겠어."

"야장들의 공방이 있잖느냐."

"거긴 너무 눈에 띄어. 저 연공법을 습득할 때까진 보여선 좋지 않을 것 같거든."

"좋지 않다?"

"라온이 실비아의 아이라서."

실비아의 아이라는 말에 발칸의 시선이 다시 한번 라온을 훑어 내렸다.

"후…."

그는 고민하는 건지 몸을 돌려 타오르는 주홍색 불씨를 보았다.

"방해는 하지 않겠습니다. 불을 느낄 수만 있게 해 주십시오."

라온은 발칸에게 고개를 숙였다.

'다시 한번 보고 싶어.'

발칸이 불씨를 태울 때 심장이 뛰고, 마나 회로가 크게 출렁였다. 그 불꽃의 호흡을 다시 느껴 보고 싶었다.

"난 숯을 만들고 있을 뿐이다."

"숯이라면?"

"백탄이나, 흑탄보다 훨씬 강력한 열기를 만들 수 있는 금탄. 금탄을 만드는 작업을 방해하지 않는다면 무얼 하든 상관없다."

"감사합니다."

"흠…."

라온이 다시 고개를 숙였다. 이전보다 더한 예의에 발칸은 민망한 듯 고개를 돌렸다.

"허락했으니까 됐네. 라온. 넌 새벽 연공 시간에 여기에 와서 만화공을 수련해라. 주변에는 아무도 없고, 이 영감은 연공법 따윈 모르니까. 신경 쓸 필요 없어."

"알겠습니다."

라온이 고개를 끄덕였다. 리메르의 말대로 발칸에게선 약간의 마나도 느껴지지 않았다.

"영감은 잠깐 나 좀 보지."

리메르는 잘되었다고 손뼉을 치고서 발칸을 집 밖으로 데리고 나갔다.

"영감은 여전히 착해 빠졌네."

리메르가 발칸의 어깨에 팔을 걸치며 씩 웃었다.

"라온을 잘 챙겨 주면 나중에 좋은 술 가지고 찾아올게. 과일주 좋아하지?"

"너 때문이 아니다."

"응?"

"저 아이가 왔을 때 아궁이의 불씨가 더 크게 타올랐다. 갑작스러운 열기에 숯이 망가질 정도로."

발칸이 노랗게 타 버린 숯을 보며 눈매를 좁혔다.

"이런 색이 나온 건 정말 오랜만이야."

"역시 영감도 느꼈군."

"난 장인이다. 평생을 보아 온 불꽃이 출렁였는데 모를 수가 있나."

재가 되어 버린 듯했던 발칸의 회색 눈동자가 꿈틀거렸다.

"저 아이의 호흡엔 불길을 움직이는 힘이 어려 있다."

※※※※※※

다음 날 새벽.

라온은 해가 뜨기 전에 발칸의 숯가마로 달려갔다. 어둑한 산속에서 피어나는 붉은 열기에 숯가마를 찾는 건 어렵지 않았다.

후우욱!

발칸은 발소리를 들었음에도 라온을 쳐다보지도 않고, 가마의 아궁이만을 바라보고 있었다.

땀을 줄줄 흘리면서 아궁이에서 눈을 떼지 않는 모습은 그가 괜히 대륙 장인이라는 칭호를 받은 게 아니라는 걸 보여 주었다.

'이 열기…'

라온은 열기가 가장 진하게 타오르는 자리로 가서 섰다.

격한 열풍에 옷이 말려 올라가고, 피부가 따갑게 달아올랐다. 냉기가 발악하듯 마나 회로를 찔러 댔다.

"흡…."

이가 악물리는 통증이 일어났다. 입에서 회색 입김이 흘러나온다.

당장에 도망가고 싶을 정도로 고통스러웠지만, 심장은 불꽃을 느낀 흥분으로 두 방망이질 쳤다.

마음에 희열이 깃든다. 고통 속에서 전해지는 불꽃의 호흡을 따라 만화공의 구결을 외웠다.

들이마시는 마나에 뜨거운 숨결이 담기고, 내쉬는 공기에 탁한 기운이 빠져나갔다.

라온이 눈을 감았다. 불의 고리를 회전시키며 만화공을 운용했다.

고오오오.

집중력이 최고조에 오르자, 고통은 사라지고 열기에서 전해 오는 희열만이 가슴을 채웠다.

"……"

발칸이 뒤를 돌았다. 눈을 감은 채로 호흡하는 라온의 모습을 보던 그의 손짓이 조금 더 부드러워졌다.

타닥.

두 사람이 있는 아궁이 앞에선 장작이 타는 소리만 조용하게 울렸다.

라온이 발칸의 숯가마로 오러 연공을 다니기 시작한 지 세 달이 지났다.

이젠 산길이 익숙해져서 10분 만에 숯가마에 도착할 수 있었다.

후우우욱!

숯가마는 처음에 본 것보다 더 강렬해진 화력을 뿜어내며 공간을 짓눌렀다. 가마 주변이 손가락만 한 아지랑이로 가득했다.

'여전하시군.'

발칸은 자신이 온 걸 알고 있으면서 뒤도 돌아보지 않고, 입도 열지 않았다. 집중해서 아궁이를 바라보고 있을 뿐이다.

라온은 발걸음 소리를 내지 않고 그 앞으로 다가갔다.

가마로 한 걸음씩 다가갈수록 뜨겁게 달아오른 공기가 온몸을 휘감았다.

숨이 턱턱 막혀 오고, 등 뒤가 땀으로 젖었다. 마나 회로의 냉기가 맹수의 아가리처럼 으르렁거렸다.

"후욱…."

익숙해지지 않는 고통이었지만, 라온은 웃었다. 이제 불길을 보는 것만으로 가슴이 두근거렸다.

'불이라….'

이제야 좀 알겠어.

리메르의 말대로 불과 함께 시간을 보내니, 불이 무엇인지 알게 되었다.

사람들은 불을 가장 무섭고 강력한 속성이라 말하지만, 제대로 다룬다면 그 어떤 속성보다도 안정적이었다.

살갗을 태울 듯한 열기를 느끼며 한 걸음 더 다가갔다.

후우욱!

아직 습득하지 못한 만화공의 기운이 저절로 깨어나, 대지를 달구는 열기를 끌어당겼다.

그 마나에 반응하듯이 아궁이의 불씨가 악마의 혓바닥처럼 새빨갛게 치솟았다.

"후…."

라온은 폐에 남았던 숨을 내뱉고, 잔뜩 익은 마나를 받아들였다.

용암처럼 끓어오르는 마나를 마나 회로로 이끌었다. 열기에 도망치던 냉기가 만화공의 흐름에 따라 단전으로 끌려갔다.

'이미지.'

연공이 궤도에 올랐을 때 라온은 리메르의 조언을 생각했다. 그는 원하는 이미지를 그려야 한다고 말했었다.

'내게 필요한 불은…'

목표를 생각했다.

실비아를 직계로 올리고, 데루스 로베르트의 목을 따겠다는 목표. 그건 한 치 앞도 보이지 않는 어둠을 걷는 것처럼 힘들 거다.

때로는 길을 밝힐 횃불이 되어 주고, 때로는 맹수를 무찌를 검이 되어 줄 불이 필요했다.

눈이 와도, 비가 와도 불이 꺼져서는 안 된다. 절대 꺼지지 않는 불. 그게 내가 선택한 불꽃이었다.

화아아악!

명확한 불의 이미지가 잡히자, 뇌리에 벼락이 내리치고 심장이 약동했다.

마나 회로가 팽창과 수축을 반복하며 얼어붙은 냉기를 자극한다.

빙하를 녹이는 용암처럼 뻗어 나간 열기가 마나 회로를 관통하여 끝내 단전에 도달했다.

고오오오!

만화공의 기운이 응집되어 오러의 구슬을 만들려는 순간 섬뜩한 목소리가 뇌리를 울렸다.

-이제 본왕의 차례로군.

무아지경에 빠져 있던 라온의 등 뒤로 오싹한 소름이 돋아 올랐다.

제30화

뿌득!

라온이 이를 악물었다.

'라스!'

무아지경에 도달하여 오러를 만들기 직전에 방해를 받자, 뭉치려던 오러가 흩어지기 시작했다.

'크읍!'

정신을 집중해서 사그라지려던 만화공의 오러를 응집시켰다. 억지로라도 오러를 안착시키려 할 때 서늘한 한기가 몰려들었다.

-말했잖느냐.

라스의 목소리에 비웃음이 어렸다.

-본왕은 네가 가장 약해진 순간을 노릴 거라고.

'크으….'

그 말이 맞았다.

라스는 가장 위험한 순간에 공격이 들어갈 거라 경고했었다. 솔직히 말하자면 이 순간을 예측하기도 했었다.

하지만 갑작스럽게 무아지경에 빠지면서 놈의 존재 자체를 완전히 잊어버렸다.

-이제 시작이다!

라스가 막대한 냉기를 폭발시키며 달려들었다. 식은땀조차 얼려 버릴 서늘함에 이빨이 덜덜 떨렸다.

뼈가 얼어붙는 듯한 고통에 당장 눈을 뜨고 싶었지만 지금 움직였다간 마나가 역류하여 폐인이 될 수도 있었다.

'이놈….'

한동안 조용해서 잊고 있었지만, 라스는 같은 편이 아니다. 악마. 그것도 마계의 왕이다. 육체를 망가뜨려서 영혼을 먹어 치우려는 것 같았다.

후우우욱!

라스의 냉기가 점점 더 독해지자, 숨죽인 듯 가라앉았던 마나 회로의 냉기까지 난동을 부리기 시작했다.

'으윽….'

비명이 입을 뚫고 흘러나왔다. 뼈와 피부가 쪼개지는 느낌이다. 차디찬 냉기와 분노의 감정이 정신까지 좀먹기 시작했다.

-끝났다.

라스의 서늘한 목소리에 분노가 아닌, 희열이 차올랐다.

-이제 네놈의 육체와 영혼은 본왕의 것이다.

놈의 말대로 전신에 시리고 시린 냉기가 차오른다. 통증을 넘어 감각이 사라져 간다. 금방이라도 정신을 잃을 것 같았다.

'크으!'

라온이 혀를 깨물었다. 통증에 찬물을 뒤집어쓴 것처럼 잠시 정신이 들었다.

'생각해라. 생각!'

라스의 냉기가 이미 전신을 뒤덮었다. 이대로라면 놈에게 몸이 넘어가는 건 시간문제였다.

'만화공을 멈출 수도 없어.'

지금 와서 불의 고리를 운용해도 늦었다. 고리가 회전하기 전에 라스의 냉기가 몸과 정신을 집어삼킬 테니까.

'살아날 구멍을 찾아야 해.'

끊임없이 만화공을 휘돌리며 버텼다. 그야말로 동아줄 하나로 절벽에 매달린 상황이었다.

-포기해라. 네놈의 육체는 이미 본왕에게 넘어왔으니까.

'그거야 해 봐야 아는 일이지.'

-불필요한 노력이다. 매일 숯가마를 태우는 저 노인네처럼.

'숯가마…. 숯가마!'

있었다. 살아날 방법이.

꾸욱!

라온이 주먹을 바드득 말아 쥐면서 마지막 힘을 다해 마나를 끌어당겼다.

고오오오!

숯가마의 열기에 데워진 자연의 마나가 아니라, 숯가마 내부의 마나를 빨아들였다.

-네놈. 무엇을 하는 것이냐!

'발악!'

그래. 이건 발악이다. 아무것도 못 하고 죽는 건 전생으로 충분하다. 이번 생은 절대 허무하게 죽지 않는다.

쿠구구구!

단단한 진흙으로 굳힌 숯가마의 천장에서 낙엽이 바스러지는 듯한 소리가 들려왔다.

-이놈! 멈춰라!

'끄윽!'

라스가 뿜어내는 냉기가 강해졌다. 피부를 넘어 뼛속까지 얼려 버릴 위력. 이제 팔과 다리에선 감각도 느껴지지 않았다. 악으로 버티며 마지막 숨을 들이마셨다.

퍼어억!

대지가 쪼개지는 소리와 함께 어마어마한 열기가 허공으로 치솟았다. 숯가마 내부에서 터져 나온 불꽃이었다.

후우욱!

라온은 단숨에 그 열기를 빨아들였다. 태어나서 처음 호흡했던 그때처럼.

코와 입만이 아니라, 전신의 모공으로 받아들인 열기가 몸 전체를 잠식한 냉기를 밀어낸다. 압도적인 화력. 용암이 혈관을 질주하는 듯했다.

화아아아!

노도와 같은 열기에 라스의 냉기들이 봄눈처럼 녹아내렸다.

-이, 이게 무슨!

'꺼져라. 라스!'

라온은 입술을 짓씹으며 만화공을 운용했다. 마나 회로에서 녹아내린 막대한 냉기까지 끌어당겨 단전으로 이끌었다.

고오오오!

꺼져 가는 아궁이의 불씨 같았던 만화공의 기운이 숯가마의 열기를 받아 뚜렷한 형상을 만들어 냈다.

우우웅!

그게 전부가 아니다.

완벽하게 형성된 만화공의 오러 바로 옆에 새하얀 기운이 유리구슬처럼 응집되었다. 마나 회로를 채웠던 혹한의 냉기였다.

-이, 이런 젠장!

'후욱….'

라온은 라스의 분통 어린 비명을 흘려들으며 대기에 퍼진 열기와 육체 내부의 냉기를 모조리 갈무리했다.

극한의 집중력. 그는 라스의 방해를 이겨 내고 두 번째 무아지경에 빠져들었다.

"후!"

발칸이 아궁이에 장작을 집어넣으며 탁한 숨을 뱉어 냈다.

치이이익!

순식간에 불이 붙어 진한 불길을 일으키는 아궁이를 보자, 옛 기억이 떠오른다.

'벌써 30년이 됐나.'

30년 전에 만든 마지막 걸작 진천검. 인생 최고의 명검인 진천검을 글렌 지그하르트에게 바치고서 자신의 삶은 막을 내렸다고 생각했다.

평생을 바쳐도 다 쓰지 못할 재물도 있으니, 남은 삶을 즐기겠다고 은퇴를 선언했다.

하지만 정신을 차리면 어느새 불 앞에 앉아 있었다.

일찍 일어날 필요도, 용광로에 불을 지필 필요도 없지만, 자신도 모르게 발걸음이 공방으로 향했다.

멈췄지. 아주 단단히.

자신의 시간은 아직도 진천검을 만들었던 그 시절에 멈춰 있었다.

'끊어 내질 못하겠군.'

많은 검을 만들었고, 지그하르트에 큰 공헌도 했으며, 가주이자, 대륙 최강자 중 한 명인 글렌은 자신의 검을 사용한다.

이대로 은퇴해도 역사에 이름이 남겠지만, 가만히 있을 수가 없었다. 망치를 놓지도, 불에서 멀어지지도 못했다.

이러지도 저러지도 못하는 이유는 하나.

계속 일을 하고 싶어도 글렌에게 바친 진천검을 넘어서는 작품을 만들 자신이 없었기 때문이다.

이도 저도 아닌 애매한 위치에서 어설프게 불을 지피고, 망치를 들었지만, 돌아오는 건 허무함뿐이었다.

'그래서 이 가마를 만들었지.'

십여 년 전부터는 이 숯가마를 만들어서 숯을 생산했다. 흑탄과 백탄을 넘어서는 금탄을 만들기 위해서.

그 특별하다는 숯이 있으면 더 좋은 검을 만들 수 있을지도 모른다는 생각이었다.

하지만 지금까진 단 한 번도 성공하지 못했다.

전설과 소문을 종합해서 수많은 방법을 사용했지만, 금탄은 손에 잡히지 않았다.

그래도 포기하고 싶지 않았다. 얼마 남지 않은 삶의 유일한 집착이었다.

그렇게 하염없이 시간을 태우고 있을 때 그 아이가 찾아왔다.

라온 지그하르트.

그 녀석은 처음 만난 그날부터 아궁이의 불씨와 호흡했다. 십수 년간 멈춰 있던 불꽃이 맹수처럼 이를 드러내고 타올랐다.

처음이었다.

화염이 반응한 것도, 화력이 올라간 것도 지금까지 단 한 번도 없었던 일이었다.

무언가가 변할지도 모른다고 생각하며 라온에게 곁을 허락했지만, 큰 기대는 하지 않았다.

'여긴 불지옥이니까.'

이 가마가 내뿜는 열기는 산전수전 다 겪은 장인들도 피할 만큼 지독했다. 처음에 돕겠다며 찾아온 장인들도 며칠 견디지 못하고 슬금슬금 사라졌다.

하지만 아이는 식은땀을 줄줄 흘리고, 입술을 깨물 정도로 고통스러워하면서도 매일매일 찾아와 가마 앞에 주저앉았다.

처음엔 바닥에서 피어나는 열기에 연공에 집중하지 못하는 게 보였다. 둘째 날도 마찬가지였다. 열기에 덜덜 떨면서 입술을 깨물었다.

사흘, 나흘, 일주일, 한 달 그리고 석 달.

라온은 하루도 빠지지 않고 숯가마에 찾아왔다.

그리고 오늘.

라온의 들숨과 날숨에 호응하듯 아궁이 속 불씨가 거세게 타오르고, 가마의 열기가 곱절 수준으로 강해졌다.

후우욱!

그는 불의 화신이 된 듯 이 공간의 불길을 지배했다.

'이건!'

발칸은 이 순간이 자신에게 찾아온 중요한 기회라는 걸 깨달았다. 새로운 숯을 만들어 내는 것만이 아니라, 다시 한번 장인으로서 살 기회.

"후우욱!"

온 정신을 집중하여 아궁이에서 타오르는 불길의 화력을 유지시켰다. 불고, 부치고 불꽃을 키울 수 있는 모든 행동을 반복했다.

불씨가 살아 숨 쉰다.

중앙에 자리 잡은 투명한 불꽃이 탁하고 흐릿한 불길을 지워 내며 더 짙은 화력을 끌어올렸다.

하지만 이상한 일이 벌어졌다.

숯가마에서 퍼지는 열기에 땀을 흘려야 할 라온의 전신 위로 서리가 내려선 것이다.

'뭐지?'

당황하며 주변을 둘러봤지만, 냉기가 퍼진 곳은 오직 라온의 육체뿐이었다.

그 냉기는 점점 그의 전체에 퍼졌고, 결국에는 금빛 머리카락마저 얼어붙기 시작했다.

'어, 어떻게 해야 하지?'

라온의 몸이 바들바들 떨린다. 좋지 않은 상태라는 건 알지만, 무엇을 해야 할지 모르겠다.

이런 때 건드려선 안 된다는 걸 알지만, 저대로 놔두었다간 죽을 것 같았다.

"이, 이봐! 너…."

"안 돼."

발칸이 라온을 깨우기 위해서 손을 뻗으려고 할 때 리메르가 나타났다. 그야말로 바람 같은 움직임이었다.

"리메르! 뭐 하는 거냐! 저놈 저러다 죽겠어!"

"지금은 방법이 없어."

리메르가 고개를 저었다. 인상을 찌푸린 채 더욱 심하게 떠는 라온을 바라보았다.

"외부에서 조금만 충격을 줘도 피를 토하고 죽게 될 거야."

"저게 전에 말한 그 냉기인가?"

"그래. 저 아이는 태어났을 때부터 저런 냉기를 몸에 가지고 있었어."

"그런…."

발칸이 입술을 깨물었다. 가슴이 찌르르 울렸다.

'저 어린놈이….'

머리에 피도 안 마른 아이가 아궁이의 열기마저 지워 버릴 정도로 지독한 냉기를 가지고 태어났다는 것이 안쓰러웠고, 지금까지 버텨 왔다는 것이 대견스러웠다.

어떻게든 도와주고 싶었다.

"우리가 할 수 있는 건 없나?"

"없어. 무엇 하나라도 건드렸다간 위험해."

리메르의 표정도 평소와 달리 심각했다. 주먹을 말아 쥔 채로 라온에게만 시선을 고정했다.

두 사람은 아무 말도 없이 점점 라온의 몸을 덮어 가는 냉기를 지켜보았다.

"이, 이대론 정말 죽겠어! 뭐라도!"

"잠깐! 라온이 움직였다!"

리메르의 표정에 희망이 깃들었다. 그는 헛웃음을 흘리며 라온을 바라보았다.

"뭐? 그게 무슨… 어?"

발칸이 옆으로 고개를 돌렸다. 숯가마를 태우는 아궁이의 불길이 갑자기 격해졌다.

쿠구구구!

불길은 아궁이 밖으로 뿜어져 나와 숯가마 전체를 휘감았다. 진흙으로 밀폐시켜 놓은 숯가마가 터지며 무시무시할 정도의 열기가 허공을 뒤덮었다.

콰아아아아!

막대한 열기에 순간 숨을 쉴 수 없을 정도였다.

"흐읍!"

대륙 장인으로서도 겪어 본 적 없는 열기에 몸을 숙였지만, 그 뜨거움은 순식간에 가셨다.

고오오오!

열기가 나선으로 회전하며 라온에게 빨려 들어가기 시작한 것이다. 어마어마한 열기가 응집되며 그의 전신을 덮은 냉기가 녹아내렸다.

화아아!

라온의 육체 위로 새빨간 불꽃이 타올랐다. 아니, 빨간색 불꽃이 아니다.

금빛.

동쪽의 산을 넘어 떠오른 금색 여명에 물든 황금색 불길이 피어났다.

라온은 금색 불꽃에 휩싸인 상태에서도 연공을 멈추지 않았다. 이 주변만이 아니라, 북망산 전체의 열기를 모조리 받아들였다.

우우웅!

태양이 그 웅장한 서광을 완전히 드러내고, 쏟아지던 빛이 아스라이 옅어질 때 라온이 두 눈을 떴다.

번쩍!

그 눈을 마주한 발칸이 마른침을 삼켰다. 발끝에서 시작된 전율이 뇌리를 꿰뚫었다.

진한 금광.

여명의 빛을 담아낸 황금의 불길이 그의 눈동자에서 타오르고 있었다.

2권에서 계속됩니다.

환생한 암살자는
검술 천재 I

초판 2쇄 인쇄 2025년 05월 28일
초판 2쇄 발행 2025년 06월 10일

글 글개미

펴낸곳 (주)다온크리에이티브
편집, 표지 디자인 (주)다온크리에이티브
내지 디자인, 인쇄, 제작 손봄(주)
출판 등록 번호 251002014000248
출판 등록일 2014년 09월 11일

출판 (주)다온크리에이티브
주소 서울특별시 강남구 선릉로 119길 5, (논현동 플랜에이빌딩)
전화 02-515-4208
E-mail biz@daoncreative.com

도서 유통 손봄(주)
전화 070-7708-7050
E-mail books@sonbom.co.kr

ⓒ 글개미 / 다온크리에이티브 All rights reserved

ISBN 979-11-7300-309-7 (04810)
　　　979-11-7300-308-0 (04810) SET

※ 파본은 구입하신 서점에서 교환하여 드립니다.
※ 이 책은 (주)다온크리에이티브와 저작자의 계약에 의해 출판된 것이므로 무단 전재 및 유포, 공유를 금합니다.